ニトの怠惰な異世界症候群
～最弱職〈ヒーラー〉なのに最強はチートですか？～
NITO's lazy foreign world syndrome

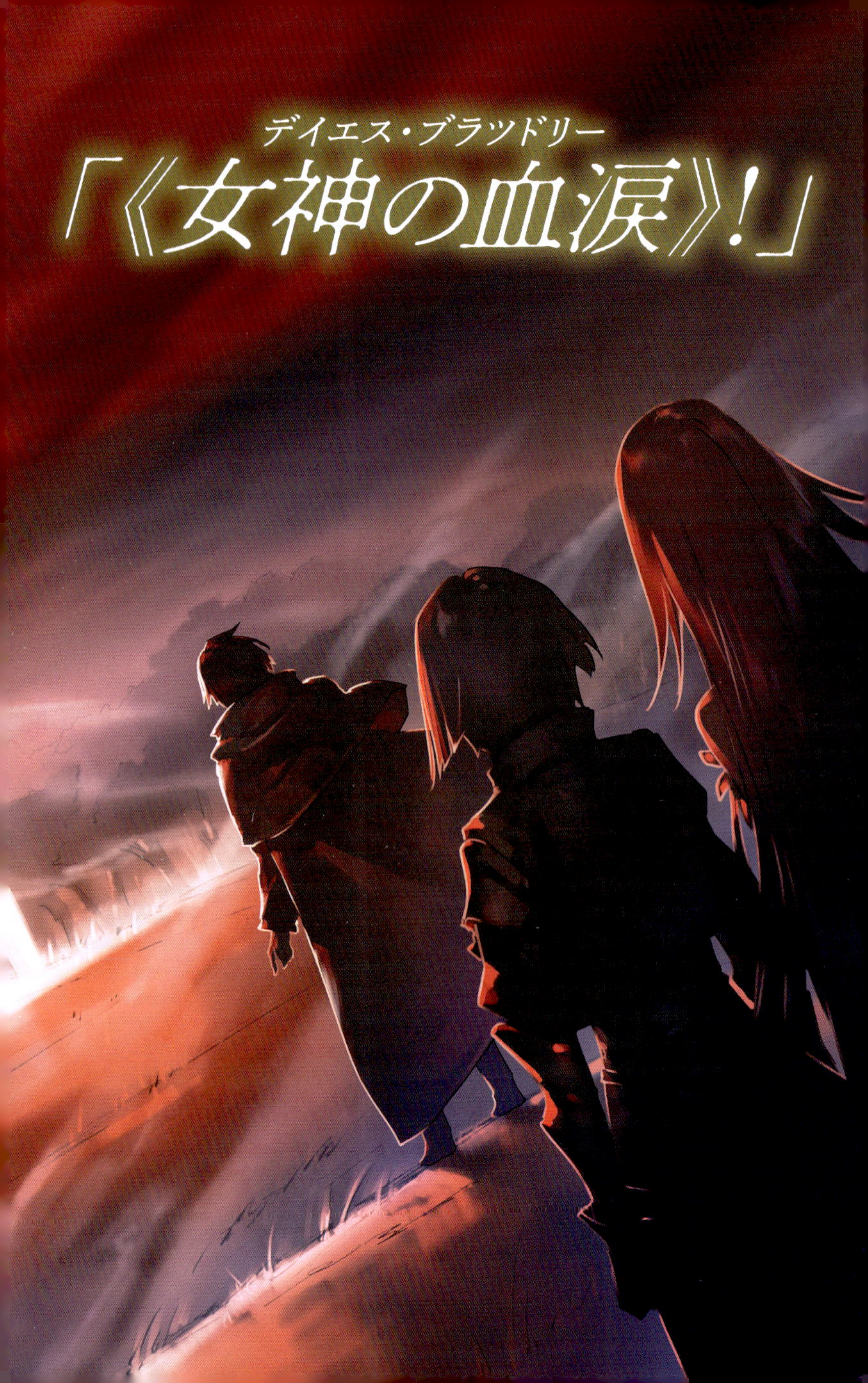

「《女神の血涙》!」
デイエス・ブラッドリー

両目から流れる《血涙》は、
女神の表情に赤い筋を作り、
それが女神をより不気味に見せていた。
白い肌に赤黒い瞳――
女神はその瞳でヌートケレーンを覗き込む。

「んんん……おはよう、マサムネ」
俺はトアがシャツ一枚という
《童貞殺し》の恰好であることに気づいた。
世の中には《童貞を殺すセーター》
という物があるらしいが、
一度立ち止まって考えてほしい。
そして間違いに気づいてほしい――
童貞は薄手のシャツ一枚で殺せるということを。

1
ニトの怠惰な
NITO's lazy foreign world syndrome
異世界症候群
〜最弱職〈ヒーラー〉なのに
最強はチートですか？〜
Joryu Romero
蒸留ロメロ
Illustration Garuku

口絵・本文イラスト：Ｇａｒｕｋｕ
デザイン：ＡＦＴＥＲＧＬＯＷ

目次

Contents

プロローグ

足元にまで流れる大量の血。

光を失い闇夜《やみよ》に閉《と》ざされていた大広間を、倒壊《とうかい》した城壁《じょうへき》と天井《てんじょう》の隙間《すきま》から零《こぼ》れる月光が照らした。

だがあれが月であるかどうかは定《さだ》かではない。

蛍火《ほたるび》のように闇《やみ》を漂《ただよ》い紅《あか》く微光《びこう》するその左眼で、政宗《まさむね》は今、自分が踏《ふ》み潰《つぶ》したそれを見下ろした。

「……」

口に出せるような感想はなかった。政宗は今、初めて復讐《ふくしゅう》の感触《かんしょく》を知ったのだ。

酷《ひど》く無表情なまま、もはや肉塊《にっかい》と化したそれを見つめるその瞳《ひとみ》は、紅く光りつつも色がない。

知らない感情が入り乱れ、深層から湧《わ》き出る思いもしないその感情を覚えた時、政宗の表情は一《いっ》瞬《しゅん》、悲しいものへと変わった。

だが政宗はその表情以上に、この感覚の意味を知らなかった。故《ゆえ》に政宗は勘違《かんちが》いしているのだ。

つまり、それが政宗の考える復讐そのものであり、だが彼《かれ》はそれに気づかない。

だから政宗はこの先しばらくの間、苦悩《くのう》することになるだろう。
復讐の意味――その本質に気づくまでは。

第一章　虐げられた転生者

俺《おれ》は性格の悪い人間だ……そんなことは俺自身、分かっている。

だが虐《いじ》められたことのある者なら分かるだろう。それは仕方のないことだと……。

「おい日高《ひだか》！　ジュース買ってこい！」

昼休みを告げるチャイムが鳴り終わると、俺は今日も佐伯《さえき》にパシらされる。

市販《しはん》の毛染めで脱色《だっしょく》したように軽く赤みがかった無造作ヘアー。そして両耳に見える十字架《じゅうじか》のピアス。開《はだ》けた首元から見える鎖骨《さこつ》。だらしなくはみ出たカッターシャツの裾《すそ》。

佐伯の中に校則の文字は存在しないのだろうか？

「じゃあ俺のも頼《たの》むね？　日高っち」

そしてこれは佐伯の金魚のフンこと木田修史《きだまさふみ》だ。ピアスはないが佐伯と同じように教養のない身《み》形《なり》をしている。そのオレンジ色に見えるほどの明るい髪色《かみいろ》と伸《の》びた襟足《えりあし》は、何を主張したいのか分からない。

俺は毎日のように、この時間になると二人に都合よく使われる。いわゆる、棒人間だ。

「うん……炭酸でいい？」

何が〝炭酸でいい？〟だ……気を利《き》かしているつもりか？　それは奴隷根性《どれいこんじょう》が染《し》みついてきた証《あかし》でしかないというのに……。

自問自答し、そして自分に対する愚痴《ぐち》を繰《く》り返す。だがその先に突破口《とっぱこう》はない。

いつまでも色のない、灰色の空が続いているだけだ。

そしてこれが俺の日常だった。


高校に入学してからの二年間、今に至るまで俺はこの佐伯と木田の奴隷だ。

でも虐められているなんて認めたくないから、あくまで佐伯とは友人であるかのようなフリをし、無理やりやらされている訳ではないと自分に言い訳できるギリギリの関係を演じている。

だが自分に嘘《うそ》をつくことはできない。


俺は、そんな意味のない日々を過ごしている。


「佐伯くん！　また日高くんを虐めてるの！　恥《は》ずかしくないの？　高校生にもなって虐めなんて！」

彼女《かのじょ》は学級委員の河内《かわち》さんだ。正義感が強く、自分の中に完成された正義を持っているらしい。だがその真偽《しんぎ》は定《さだ》かじゃない。

　後ろで一つにまとめられた黒髪。そして雑多な赤ぶちメガネから覗《のぞ》くその厳しい視線に対し、俺は心の中で偽善者《ぎぜんしゃ》と嗤《わら》い、それを表情に出さないようにしていた。

「はあ？　虐めじゃねぇよ！　ちょっとジュースを買いに行ってもらうだけじゃねえか？　なあ日高？　俺たち友達《ともだち》だよなぁ？」

　佐伯は狡猾《こうかつ》な人間だ。軽薄《けいはく》でありながら勉強はできる方で、腹は殴《なぐ》っても顔は殴らない。そしてパシらせる時は必ずジュース代を握《にぎ》らせる——証拠《しょうこ》を残さないためだろう。

「そうだよ、河内さんの勘違《かんちが》いさ？　俺たちはこれでも親友なんだから～」

　何が親友だ……こいつが喋《しゃべ》る度《たび》に俺は、心の中でそう呟《つぶや》く。

　佐伯もそうだが、木田は真正だろう。天然と言えば良いだろうか？

　必要に応じて手を出すのは佐伯であり、木田は傍《そば》で見ているだけ。そして木田は自分が虐めに加担しているとは思っていない。そこが佐伯と木田の違うところだ。だが無意識ほど性質《たち》の悪いものはない。

「日高くんも黙《だま》ってないで何か言ったらどうなの？　虐められてるって、そうはっきり言えばいいでしょ？」

　何故《なぜ》、お前に怒《おこ》られなければいけない？

「その……虐められてないよ？」

　その言葉に河内さんは大きなため息を吐《つ》き、唖然《あぜん》としている様子だった。

「……日高くんは、それでいいの？」

「どういう意味か、分からないよ……」

俺はそう言い残し、河内さんの次の言葉も待たず、教室から去った。

廊下《ろうか》にいても聞こえる佐伯と木田の笑い声……人を馬鹿《ばか》にして何が楽しい？　いや、楽しいのだろう。だから虐めはなくならない。

虐めが起きる仕組みを表す、《四層構造》という考え方があるらしい。

――加害者、被害者《ひがいしゃ》、観衆、傍観者《ぼうかんしゃ》。つまり虐めの現場において無関係な者などいないという考え方だ。それぞれが作用し合い、その結果、俺は虐められている……そうだ、無関係な者などいない。

だけど現実は違う。皆《みな》、自分は関係ないとそう思っている。気づいているか気づいていないのか、そんなことは関係ない。ただ楽しいか楽しくないのかというそれだけのことだ。

だから俺は自販機《じはんき》の前ではなく、校舎の屋上へとやって来た。

「……」

もうほとんどの学校では屋上への立ち入りが禁止されているそうだ。だが俺の通うこの学び舎《や》では屋上が開放されていた。つまりこういうことだろ？

生きるのが辛《つら》くなったらいつでも飛び降りてどうぞ？――そう心の中で呟いてみて分かる。

――俺は、壊《こわ》れている。

「でも壊れているのは俺じゃなくて、この世界なんだよ……」

そう声に出してみても何も変わらない。

フェンスの先に見える空――変わらない景色を眺《なが》めた後、俺は柵《さく》をよじ登り反対側へ下りる。そして空を見上げ、深呼吸した。

フェンスの内側では、昼食を食べながら友人と楽しそうに語り合う何人かの生徒たちが見えた。すると俺を見つけるなり、ざわつき始める生徒たち。

「ちょっとあれ、先生呼んできた方がいいんじゃない？」――そんな声が聞こえた。

これから俺が何をするのか、その場にいた者にはそれが一目で分かったことだろう。

そうなんです……俺、これから自殺するんです。

物珍《ものめずら》しさか正義感か、もしくは常識という鎖《くさり》に縛《しば》られた者の性《さが》かは分からないが、生徒の一人が屋上から校舎内に駆け込み教師を呼びに行った。だが俺にはもう関係ない。

空はいつものように綺麗《きれい》な灰色だ。空だけじゃない。校舎もグラウンドもアスファルトも、全部同じ色に見える。

お前らには分からないだろう？　何故、俺が今日ここから飛び降りるのか……だけど遅《おそ》いくらいなんだよ。もっと早く終わらせていれば良かったんだ。もっと……早くに。

「じゃあ……みんな、さよなら」

前のめりに体重をかけ、足が地を離《はな》れる瞬間《しゅんかん》、力を抜《ぬ》く……俺はもう、飛び降りていた。

そのまま真っ逆さまに下へ下へと落ちていく。

死にたかったわけじゃない。ただ生きたくなかっただけだ。お前らにはその違いも分からないだろう？

ただ落ちていく……俺の考えもこれまでの時間も、すべて落ちていく。そして消えるだろう。

まるで、初めから何も存在していなかったかのように……。

空中で体が仰向《あおむ》けになり、遠ざかる屋上が見えた。瞼《まぶた》が重くなり、次第《しだい》に意識も遠のくような気がした。

だがその時だ――

――目の前に凄《すさ》まじい光が飛び込《こ》んできた。それは目の前と周囲を埋《う》め尽《つ》くし、視界さえも奪《うば》った。

その光景に対し、俺はもう深く考えることもできなくなっていた。

最後に見た景色はただの白。果ても、何も確認《かくにん》できない白界だった。

そしてこの日、俺はこれまでのくだらない人生に別れを告げ、その生涯《しょうがい》を終える。

日高政宗《まさむね》は、死んだのだ。

※

「成功した……成功しましたぞ！　陛下！」

意識が戻《もど》り、目を開けた時、最初に聞こえてきたのはその言葉だった。

「私たちは、成功したのですね⁉」

地に足がついている？　俺はどこかも分からぬ場所に直立していた。

目の前に老人が見える。清潔感のある茶色のローブを纏《まと》い、整えられた白い長髪《ちょうはつ》と長い髭《ひげ》を蓄《たくわ》えた老人だ。

そしてその向かいには純白の白いドレスに身を包み、艶《つや》のあるブロンドヘアーとシミ一つない透《す》き通った白い肌《はだ》の美女が、何やら興奮した様子で騒《さわ》ぎ立てている。意味は分からないが「成功した」とそう繰り返している。

「うむ。そのようだなアリエスよ。これでこの国も救われる。アルバートよ、そなたの長年の努力も報《むく》われよう。よくやってくれた、礼を言うぞ」

目の前にもう一人、別の者がいることに気がついた。丁度、老人と美女の間だ。

赤い布地に何か、動物の彫刻《ちょうこく》が施《ほどこ》された金色の椅子《いす》。それに腰《こし》を下ろし、横柄《おうへい》な態度でこちらを見下ろしている。傍《かたわ》らの美女にも似た、金色の髪と髭を蓄えた男だ。その風貌《ふうぼう》には威厳《いげん》のようなものを感じた。

〝陛下〟という言葉がさっきから聞こえるが、この人は王か何かなのか？

「ぐすっ、勿体《もったい》なきお言葉……」

涙《なみだ》を袖《そで》で拭《ぬぐ》いながらそう答えるアルバートさん。するとアルバートさんの心を理解したように、

「良いのじゃ……アルバートよ」――と、王様はアルバートさんを慰《なぐさ》めた。

「ようこそ勇者たちよ！　よくぞ参られた。余はグレイベルク王国第四七代国王、ヨハネス・グレイベルクである！」

ヨハネス・グレイベルク――それがこの王様の名前だった。

俺は王様の発した《勇者》という言葉に違和《いわ》感を覚えていた。だが王様は俺の事情など知らずに話を続ける。

「まず初めに、皆に謝罪しなければならないことがある。余の勝手な都合でここに呼び出してしまったこと、大変申し訳なく思っている」

体調が改善されぬまま、朦朧《もうろう》とした頭に聞こえる王様の言葉に耳を傾《かたむ》ける。聞き取りづらいからこそ自然と集中してしまう。

「そんな陛下！　頭をお上げください！　これは私がやったこと故《ゆえ》、謝罪をしなければならぬのは私の方です！」

アルバートさんは芝居《しばい》のようなワザとらしさを感じさせる口調で話を遮《さえぎ》った。

徐々《じょじょ》に晴れつつもまだ微《かす》かに霞《かす》む視界の中、俺はその会話が茶番に聞こえてならなかった。

ひたすら聞こえてくるのは、誰《だれ》が悪いとか悪くないとかそういった話だ。だが王様はあくまで自分の責任だと伝え、アルバートさんには罪がないと告げた。

二人の間には信頼《しんらい》関係が築かれているらしい――と、どうでもいい考察をしてみる。

「いや……良いのだアルバート。お主の提案を聞き入れ、最後に決断を下したのは余ぞ？　お主が謝《あやま》ることではない」

王様の胡散臭《うさんくさ》い言葉にアルバートさんは「勿体なきお言葉」と嬉《うれ》し涙を浮《う》かべながら引き下がる。

そして満足気に薄《うす》ら笑《え》みを浮かべた後、王様は話に戻った。

「さて、勇者であるそなたらは今こう考えておるであろう？　〝ここはどこなのか？〟と」

王様はそなたらなる者へ問いかけた……ん？　そなたら？

そういえば先程《さきほど》から、王様は〝そなたら〟と何度もそう言っている。

俺はそれが気になり、何となく後ろを振《ふ》り返ってみた。

そして丁度、視界が徐々に晴れていき虚《うつ》ろな感覚が解けてきた時、先程から頭の中にあった違和感がはっきりとしたものへと変わっていく。

俺はこの時、初めて背後の様子を知ったのだ。

「……」

言葉を失った。それまで辛《かろ》うじて整理できていたものが吹《ふ》き飛ぶほど、俺はその光景に混乱した。

そしてまた状況《じょうきょう》を理解できなくなってしまう。

――そこにいたのが佐伯だったからだ。いや、佐伯だけではない。俺のクラス――二年三組の生徒。その大半が集まっていた。

そこで一瞬、佐伯と目が合った俺は逃《に》げるように目を逸《そ》らし、王様の方へと視線を戻す。

その振り返り際、何かおかしなものを見たような気がしたが、二度見はしなかった。


ここは言わばＲＰＧによく出てくるような大広間だ。俺にはそう見えた。広間の両側には等間隔《とうかんかく》に立てられた柱があり、各柱の上部には何かの模様の入った旗が確認《かくにん》できた。その下には銀の鎧《よろい》に身を包み、大きな槍《やり》――ランスを携《たずさ》えた兵が見えた。

そして広間の衛兵とは違った何人かの者たちが、柱にこびり付いた不気味な赤い汚《よご》れを雑巾《ぞうきん》のようなものとブラシで洗い流している。それは足首までが隠《かく》れる程の薄汚《うすよご》れたスカートのような衣類に身を包んだ者たちだった。おかしなものとは彼《かれ》らのことだ。

「ここグレイベルク王国は、長きに亘《わた》る魔族《まぞく》との戦いに身を投じてきた。だが未《いま》だ終戦に至ってはおらぬ。奴《やつ》らの魔力は恐《おそ》ろしく強力だ。だが幸運にも、魔族に対抗《たいこう》できるだけの力を持つ者はこの国にもおる。しかしそれも数名だ。数がまったく足りておらぬ。そこで余はこの状況を打開すべく、そこにおるアルバート指揮のもと、《勇者召喚《しょうかん》》を行ったのだ。そして……」

校長の話よりも長い王様の言葉に、俺の瞼は重くなる。

つまり要約すると、ここは俺たちのいた世界とは全く別の世界――異世界であるらしい。

「勇者召喚により呼び出された者は、その時点から神の加護を受け、高い能力をその身に宿すと文《ぶん》献《けん》には記されておる。そこでそなたらにはまず、自身のステータスを確認してもらいたいのだが

「……」

「ちょっと待てよ！」

その時、広間にある者の怒号《どごう》が響《ひび》き渡る。俺は一瞬で誰の声なのかが分かった。

だがおかしいとは思っていたんだ。あの王様が事の経緯《けいい》を説明し出してから数十分は経《た》ったはずだ。

何故、誰も何も言わないのだろうか？

つまり、俺が言っているのは佐伯のことだ。普段《ふだん》あれだけ威張《いば》り散らしている佐伯が何故黙っているのかと、先程からずっとそう思っていた。普段の佐伯なら、そろそろ感情のままに叫《さけ》びだしても良いころだ。だが、どうやら予感は的中したらしい。

「さっきから黙って聞いてりゃあ、勇者だの召喚だの意味の分からねえことを言いやがって！　こっちは迷惑《めいわく》してんだよ！　せっかくの昼休みが台無しじゃねぇか！　何がステータスだ！　お前ら分かってんのか！　これは誘拐《ゆうかい》だぞ！」

佐伯はチンピラのような言い回しと剣幕《けんまく》で、王様に怒号を飛ばす。

だが俺としても胡散臭さを感じてはいた。異世界や勇者などと言われても、どこか子供の戯言《たわごと》みたいに聞こえるし、国王と言われても信用できない。と、そんな疑念を抱《いだ》きつつ佐伯の次の怒号を待っていた時、突然《とつぜん》、後ろが何故か騒がしくなった。

俺は反射的に音のする方へと振り返った。そこで視界に入ってきたのは、衛兵たちに囲まれランスを突《つ》き付けられた佐伯の姿だった。

「国王陛下に向かって、何という無礼か！」

あれほど威勢《いせい》の良かった佐伯が表情を引き攣《つ》らせ、軽くパニックを起こしている。その背後では木田が怯《おび》えていた。

動揺《どうよう》しつつも俺にはその様子が見えていた。

「よい！」

だが王様のその言葉が広間に響くと、あっさりと槍を収め元の位置へと戻り整列する衛兵たち。その光景から甲冑《かっちゅう》の磨《す》れ合う音が聞こえる度《たび》に、彼らが統率《とうそつ》された者たちであると思わされた。

佐伯を解放した王様は、俺の動揺と混乱が治まらぬまま話へ戻った。

「驚《おどろ》かせてしまい申し訳ない。我に免《めん》じて、兵の無礼を許してほしい」

王様はまず、俺たちに謝罪した。

「一方的で理不尽《りふじん》な、申し訳ないことをしてしまった。それは余とて重々承知しておる。しかし先に伝えておく。召喚した者を元の世界に帰す術《すべ》はない。どちらにせよ、そなたらはここで生きていくしかない……」

「ふざけたことを言ってんじゃねぇ！」

どうやら佐伯はまだ懲《こ》りていないらしい。

「帰れない訳がねぇだろ！　何が召喚だ！　馬鹿にするのも大概《たいがい》にしろ！」

馬鹿というより、佐伯はアホだ。威勢がいいのかそれとも単なる怖《こわ》いもの知らずか、佐伯は一人、まだ状況が分かっていない様子だった。

その時、軽く手を添えるように王様が何やら佐伯へ手の平を翳《かざ》した。

「あ？」

王様のその不思議な行動に、佐伯は眉間《みけん》にシワを寄せ、反抗《はんこう》的な態度で睨《にら》みつけた。対し王様は小さく何かを呟いただけだ。

佐伯はその様子に言葉を遮られたと勘違いしたのか、「は？　何だって？　もっとはっきり喋れよ！」と煽《あお》るように威嚇《いかく》する。

――背筋に悪寒《おかん》が走った。それまで辛うじて友好的に見えていた王様の目が、一瞬、酷《ひど》く冷たいものに見えたからだ。

だがもう一度確認してみると、既《すで》にそこには先ほどまでと同じ威厳のある詫《わ》びの表情があった。

俺の勘違いだろうか？　確かに一瞬、そう見えたような気がしたんだが……と、よそ見をしていた時だ――

――突然、王様の手の平に、どこからともなく青い微光《びこう》が集束するように灯《とも》ったのだ。

その光からは微かに何かがざわめくような音も聞こえる。

次の瞬間だった。突然、空気を振動《しんどう》するような衝撃音《しょうげきおん》と共に、青く光る球体が王様の手の平から放たれた。そして風を切るような音を広間に響かせながら、それは俺たちの目前に迫《せま》ったかと思うと、佐伯の足元で小さな爆発音《ばくはつおん》を起こし、光の粒子《りゅうし》が散ると、消えた。

「……」

予想も反応もできなかった佐伯は、茫然《ぼうぜん》とした様子で足元を恐る恐る窺《うかが》っていた。

そこには焦《こ》げ付いた跡《あと》のようなものがあり、微かな煙《けむり》とほこり、そして辺りには焦げ臭《くさ》いニオイが感じられた。

黒く掘《ほ》れたその跡を眺める佐伯の表情は震《ふる》えており、そこからは混乱が窺えた。

だが混乱しているのは佐伯だけではない。ここにいる皆がその一瞬を目にし、佐伯と同じ恐怖《きょうふ》を感じているだろう。俺もそうだ。

今のはなんだ？　手品か？　魔法？　一瞬見えたあの球体は、青い水晶《すいしょう》のように透き通っていた。ならば火ではない。だというのに、辺りには微かに焦げ臭いニオイが漂《ただよ》っていた。そして抉《えぐ》れた地面は焦げ付いている……分からない。俺は何を見たんだ？

佐伯は冷や汗《あせ》を浮かべながら、目の前の王様に視線を戻していた。

戸惑《とまど》いと警戒《けいかい》。佐伯も俺と同じように理解したのだろう。そんな感情が想像できた。

発光する玉の映像が頭から離れない。それは明らかに、ＣＧでもなければ何かの演出でもない。

「これは《魔法》という」

王様は、静かに落ち着いた様子でそう説明した。

魔法……嘘だろ？

「驚かせてしまい申し訳ない。だが信じぬ者に説明するというのは難しい。見せることが一番早いのだ。どうか許してほしい」

王様は謝罪の言葉と同時にそれぞれの顔を確認していた。それはまるで〝分かったか？〟と、そう問われているようにも思えた。

「ところでそなた、名はなんと申す？」

王様は佐伯に直接語りかける。佐伯は名を尋《たず》ねられるとは思っていなかったんだろう。

「……佐伯、健太《けんた》」

その表情からは動揺が窺え、返答するまでには不自然な間があった。

「なるほど、ではサエキよ？　ここで一つ重要なことを話しておく。そなたを含《ふく》め、ここに集まってもらったそなたらの生死に関《かか》わる話だ」

王様の〝生死〟という言葉に俺は思わず身構えてしまう。だが凶器《きょうき》を構えた騎士《きし》に囲まれた状況では無理もない話だ。

「この世界には様々な国が存在する。中でもこのグレイベルク王国は始まりの町が隣接《りんせつ》していることから、異なった種族や様々な価値観を持つ者たちが頻繁《ひんぱん》に出入りしておる。異界の者であるそなたらのように、価値観の違う者でも受け入れる数少ない国だ。そして、そなたらは特別と言える」

異なった種族？　俺は気づくと何故かその話にワクワクしていた。

考えてみれば異世界だ。そして先程のあれは、この王様の話が嘘でなければ魔法。夢も希望もない世界に絶望した俺は今、魔法や王様、そして人間とは違う種族が存在する世界――異世界にいる。

これは俺にとって好機なんじゃないだろうか？　これまで何も手に入れられなかった俺に与《あた》えられた、唯一《ゆいいつ》の好機。

「ああもう！　何が言いたいのか分かんねえんだよ！」

また、佐伯のうんざりした声が聞こえた。

「始まりの町とか知らねえよ！　話が長いんだよ！」

どうやら佐伯はいつも通りらしい。俺には畏縮《いしゅく》しているように思えたのだが、そこには威勢の良い普段の佐伯がいた。王様の説明をその乱暴な物言いで一蹴《いっしゅう》だ。

「佐伯くん！」

すると突然、そこに一人の生徒が割って入る。

「何だよ？」

「申し訳ございません、その……陛下。少し彼に話があります」

そいつは王様の傍らにいる側近に警戒しつつ、目の前の者を王様だと理解した上で、〝陛下〟と呼び、断りを立てた。

一条幸村《いちじょうゆきむら》──毎日のように女子に囲まれバラ色の学生ライフを送るイケメン。

──つまりはリア充《じゅう》。そんなリア充が何をするつもりなのか？

俺に言わせてみれば一条は楽観的な、めでたい頭の持ち主だ。天然な木田とはまた違う。真面目《まじめ》過ぎて話が通じない。こんな正義面《づら》した低能がわざわざ話に割り込んできて、一体何の用なのか？

俺はもう少しこの世界の話を聞きたいというのに……くだらない話ならさっさと済ませてほしいところだ。

「佐伯くん？　俺たちは今、刃物《はもの》を持った衛兵に囲まれている。王様の一声でいつでも殺せる状況にあるんだ。勝手な都合で召喚されたとはいえ、もう仕方のないことだと思うし、それに俺たちは右も左も分からない状態なんだ。とりあえずその横柄な態度を引っ込めて、話を最後まで聞くべきじゃないか？　怒鳴《どな》るのはそれからでも遅くないだろ？」

佐伯を諭《さと》す一条の腕《うで》には二人の女子がしがみついている。二人は恋《こい》をした乙女《おとめ》のような瞳《ひとみ》で、一条の顔を見上げていた。俺はそれを心の中で嗤《わら》う。

あれをカッコいいと思っているこいつらのようなマネキンなど、安易に可哀想《かわいそう》の一言で表してやればいい。中身がないから見た目だけの男に付き纏う。こんな状況に陥《おちい》ってもまだ、そいつを頼《たよ》るということがどれほど意味のないことか、知能が低いこの二人には分からないのだろう。

「そうよねぇ～佐伯は空気を読まなさ過ぎだよねぇ～」

右腕にしがみ付く女は真島京香《まじまきようか》。日焼けした肌に後ろでまとめた茶髪。そしてピンク色のセーターを腰に巻きつけている。

「そうそう、ちょっと黙っててほしいんだけど？」

左は木原《きはら》まどか。白い肌にブリーチで傷んだ金髪。そして同じく腰にはピンクのセーターだ。真島と揃《そろ》えているのだろう。

黙るべきはこいつらじゃないか？　せっかくイケメン一条が空っぽの頭で良いことを言ってくれたんだ。そこにこいつらのような奴が口を挟《はさ》むと、ただでさえ軽い一条の言葉がさらに軽くなってしまう。こいつらはそれを考えないのだろうか？

「ちっ！　分かったよ……」

佐伯は意外にも一条の言葉に従った。どうやら真島と木原の言葉が効いたようだ。こんな品のない二人にも使い道はあったらしい。

佐伯はアホだが危険を察知できるくらいの知能はある。こいつはそういう奴だ。リスクを嗅《か》ぎ分け自分が不利になるようなことはしない。いつもそうだ。

そこで王様が「もう、よいか？」と尋ねると話は戻る。

「悪いようにはせぬ。そして何か勘違いをしているようだが、そなたらを殺すつもりなど毛頭ない。そなたは名をなんと申す？」

「え？　あ、一条です。一条幸村」

「なるほど、イチジョウか。ではイチジョウよ、その誤解を解いておこう。先ほども話した通り、そなたらは召喚魔法により我らが呼び出した勇者だ。そして勇者召喚は多大な魔力を消費することから、そう易々《やすやす》と行えるものではない。それだけにそなたらは貴重な人材と言える。苦労し、やっとのことで呼び出した勇者を、我らが殺す訳もなかろう？　どうだ？　理解してもらえたか？」

「その……はい。分かりました。すみません……」

「分かってもらえたようで何よりだ。では話を元に戻すが、ここには寝《ね》る場所も食事も服も、そなたらに必要なものはすべて用意してある。しかし一歩でも国の外に出れば、そこはそなたらにとって未知の領域だ。今のそなたらでは太刀《たち》打ちできぬ」

つまりここにいれば俺は安全に安心して異世界ライフを楽しむことができるってことか？

「文献によれば、召喚された者はこの世界のことを何も知らぬとあった。そなたらもそうなのであろう？　ならば結果は明白だ。そなたらにとってここより安全な場所などない」

この王様が俺たちの身を案じているとは思っていない。信用するにはまだ早すぎる。

とは言え必要最低限の生活は保障してくれると言っているんだ、ここは甘《あま》えておこう。これで佐伯さえいなければ、より一層楽しめたんだが……そうもいかないか。

「どうか我々を……この国を救ってほしい！　この通りだ！　勇者たちよ！」

王様は俺たち一人一人に顔を向け、悲痛の表情でそう告げた。

正直、威嚇射撃《しゃげき》までしておきながら、ここに来てそれはないだろう？　これがこいつの本心なのだろうか？　戸惑っているのは俺だけか？

だが闇雲《やみくも》に疑うのが俺の悪いクセだ。自分が臆病者《おくびょうもの》だということは自覚している。だからすぐに人を疑ってしまうことも分かっている。胡散臭さしか感じないが、皆も王様の言葉をただ鵜呑《うの》みにしているということはないはず……ん？　勇者？

そう言えば先程から王様はずっと俺たちのことを〝勇者〟と呼んでいる。あまりにふざけた単語が多すぎて、今まで意識して聞いていなかった。

一つ試《ため》しに尋ねてみようか？　佐伯の失礼な態度にも冷静だった王様だ。俺が喋ったところで怒りはしないだろう。

そして俺は尋ねようとした訳だが、すぐにその必要はなくなった。

「勇者だと？　どういうことだ？　俺たちはただの高校生だぞ？　流石《さすが》に冗談《じょうだん》がきついぜ？」

そこで、王様を小馬鹿にしたように尋ねたのは、やはり佐伯だった。

「冗談などではない。我らが行ったのはただの召喚魔法ではないと、先程もそう申したであろう？」

「その……勇者召喚？　だったか？」

佐伯のその疑問に王様は頷《うなず》いた。

「これにより召喚された者は、先ほども言ったように、皆、等しく高い能力と上級職を授《さず》かる。そして職業に《勇者》を持つ者は、さらにそれらを上回る程の高い能力を得ると言われている。そして先ほどの話に戻るわけだが……」

「ここからはわたくしが説明させていただきます」

するとと王座に向かって左に立っていた金髪の美女アリエスさんが、王様に代わり説明を始めた。

「まずステータスの確認をしていただきまして、《職業欄《しょくぎょうらん》》を見ていただきます」

ブロンドヘアーの美女というものを俺は初めて見た。アリエスさんの美貌《びぼう》とその豊満な肉体に、俺は一瞬、心を持っていかれそうになったがすぐに目を逸らし平常心を保った。

だがその時、アリエスさんに目を奪われた佐伯の姿が見えた。どうやらこいつは躊躇《ためら》うということを知らないらしい。間抜《まぬ》けな面でニヤニヤと、完全に心を奪われている。

「すみません。ステータスはどうすれば確認できるのでしょうか？」

尋ねたのは一条だった。見ると両脇《りょうわき》にいる真島と木原も「ステータス？」と首をひねり互《たが》いに顔を見合わせている。

「ではまず《ステータス》と呟いてください。その後、目の前に現れるはずです」

アリエスさんの簡単な説明を聞き、一条を含めそれぞれが「ステータス」と呟く。

「ステータス！」

そして各々《おのおの》、そこに表示されたステータスの職業欄を確認していった。

「アリエスさん！　ちょっと見てくださいよ！」

目立ちたがり屋なアホの声が聞こえた。無論、佐伯のことだ……ん？　敬語？

先程まで横柄な態度であったはずの佐伯が、今は敬語で話し、そして幸せそうに微笑《ほほえ》んでいる。思わず吐き気がした。

駆《か》け付けたアリエスさんは、佐伯のステータスを覗き込むとその内容を確認した。

その間、佐伯は終始、鼻の下が伸びたいやらしい表情を浮かべていた。

「すっ、凄《すご》いですわ！」

すると突然、何があったのか満面の笑みを浮かべながら喜びの声を上げるアリエスさん。

「陛下！　佐伯様の職業は《賢者《けんじゃ》》です！　ステータスも初期レベルとは思えない数値です！　さらに、火属性の上級魔術――《火炎の鉄槌《ディボルケード》》をもう既に習得されています！」

《名前》サエキ　ケンタ
《レベル》1《職業》賢者《種族》人間
《生命力》70《魔力》60
《攻撃《こうげき》》15《防御《ぼうぎょ》》17《魔攻》25《魔防》20
《体力》15《俊敏《しゅんびん》》13《知力》17
《称号《しょうごう》》勇者

《魔術》火炎の鉄槌《ディボルケード》
「そうかそうか！　どうやら我らにも、まだ先があるようだな？　アルバートよ」

「はい、陛下！」

佐伯のステータスを告げられた王様は、アルバートさんと共に勇者召喚の成果を祝っていた。

そんなことより……《賢者》だと？　魔法使いのことか？　ただ職業欄を見ろと言われただけでは良いか悪いかも分からない。

「陛下！　勇者が出ました！　勇者です！」

その時、先程まで佐伯のステータスに目を通していたはずのアリエスさんが、また別の者のステータスについて喜びの声を上げる。

その知らせと共に広間は静まり返り、アルバートさんや王様だけではなく統率されていた衛兵までもがざわつき始める。

《勇者》――王様が先ほど俺たちに言った言葉からすると、それはつまり職業的な意味での勇者なのだろう。それは俺にとっても誰にとっても憧《あこが》れの存在だ。

ＲＰＧには必ずと言っていいほど登場し、この国が魔族と戦争を繰り広げているというのなら、魔王を倒《たお》すのはやはり勇者ではないだろうか？

俺はそんな後味の悪い疑問を抱《いだ》きながら、何とも言えぬ脱力《だつりょく》感と憂鬱《ゆううつ》な感情をアリエスさんの隣《となり》にいるそいつへ向けていた――

――そこにいたのはイケメンリア充こと、一条だ。

「陛下！　どこを見ても信じられないステータスです！　そして驚くべきことに、一条様は《固有スキル》に加え、《固有魔術》までお持ちです！」

《名前》イチジョウ　ユキムラ
《レベル》１《職業》勇者《種族》人間
《生命力》１００《魔力》１００
《攻撃》20《防御》20《魔攻》20《魔防》20
《体力》20《俊敏》20《知力》20
《称号》勇者
《固有スキル》勇者の剣《エクスカリバー》
《魔術》火炎《ファイア》／水流《ウル》／雷電《サンダー・ボルト》／風刃《ソリード》／砂の槍《サブル・ランス》
《固有魔術》爆轟烈覇《エクスプロージョン》

固有スキル？　何だ？……だが考える傍から何故かどうでも良くなり、徐々に体から力が抜けていく……。

世の中は残酷《ざんこく》だ。そして理不尽。リア充はこの世界でも優遇《ゆうぐう》されるのか……おかしくないか？　これは言わば《異世界転移》だろ？　それなのに何故こいつのような恵《めぐ》まれた者が、さらに恵まれる？　いや……妬《ねた》んでも仕方ない。奴が勇者である事実は変わらないのだから……。

勇者は一条で決定だ、ならば次は俺の番……勇者でなくとも佐伯と同じ賢者か、それとは別の、何か強力な職業であることを祈《いの》り、俺は呟く。

「ステータス……」

そう言えば、他の皆は普《ふ》通《つう》に理解できていたようだが、俺はそのステータスとやらの内容は理解できるのだろうか？　言葉が違う可能性がある。当然、文字が違えば読めないだろう。

だがそこに表示されたステータスの職業欄には、それまでと変わらない現実がはっきりと表示されており、俺は当たり前のように理解した。

それを目にした瞬間、自分の口角がピクピクと痙攣《けいれん》しているのが分かった。

どこへ行っても何をしても救われない現実に吐き気を覚える。

……ヒーラー？　は？　何だよそれ？　ヒーラーって言えば、ＲＰＧじゃ支援《しえん》系の職業だろ？

ゲームの知識を活かし、目の前に現れた現実に仮説を立ててみる——職業《ヒーラー》。そこにはそう表示されていた。

それが俺に与えられた〝恩恵《おんけい》〟であった。

そして何となくその意味に察しがついた時、俺はただ、絶句していた。

※

勇者に賢者、そして木田の上級騎士。中にはプリーストなんていう職業もあったらしい。召喚された生徒は二一人。そのうちのほとんどが攻撃系の上級職を授かった。そんな中、俺に与えられた職業は……ヒーラー。どういうことだ？

ヒーラーとはいわゆる、回復職のことだろうか？　俺の認識が正しければそれで間違いないはずだ。いや……待てよ？　この世界でのヒーラーは、もしかすると勇者をも凌《しの》ぐ上級の中の上級という可能性もある。まずは確認だ。

「あの、すみません！」

「はい、どうされましたか？」

俺は希望を胸にアリエスさんを呼びつける。

「その、俺だけステータスの確認がまだなんですけど、見ていただいてもいいですか？」

「そうでしたか、では失礼いたします」

差別なくニッコリと微笑《ほほえ》み、俺のステータスを覗き込むアリエスさん。しばらくして、アリエスさんの笑顔が次第に歪《ゆが》んでいくのが分かった。

「こ、これは……」

アリエスさんは俺のステータスの内容を確認するなり言葉を詰《つ》まらせた。

何の用なのか、タイミング悪くそこへ佐伯が現れる。

「どうしたんですかアリエスさん？　ん？……なんだよ日高じゃねえか！　そういえばお前の職業がまだだったな？　仕方ねえから、この賢者である佐伯様が見てやるよ！」

賢者に選ばれたことがよほど嬉しいらしい。ふっ、そりゃ嬉しいだろうよ？　賢者と言えば、ファンタジー映画によく登場するメインキャラだ。はっきり言ってこんなアホが手にしていい恩恵じゃない。冒涜《ぼうとく》もいいところだ。

馴《な》れ馴れしく、俺の肩《かた》に手を掛《か》けながらステータスを覗き込んだ佐伯——その表情が、次の瞬間には笑いを堪《こら》えきれないような人を嘲笑《あざわら》うものへと変わる。

「は？……マジかよ？　ぶっ……ぶはっはっはっはっ！　なんだよこれ⁉　お前！　いくら何でもこれはねぇだろ⁉　ヒーラーってお前っ！　真島でもプリーストなんだぜ⁉　なのにお前ときたら……」

一条の腕にくっ付いている女子を指差し、肩を揺《ゆ》らしながらあえて笑いを堪えるようなフリをする佐伯。それにしても真島がプリーストか……言葉にならない。

「あの、アリエスさん？　ヒーラーって何なんですか？」

嘲笑う佐伯を横目に、俺はアリエスさんに正確な情報を求めた。

要はこの世界での基準がどうかという話で、それが重要だ。俺はこの世界でのヒーラーという職業について知らない。万が一ということもある。

「ヒーラーとは治癒職、つまり……最弱です」

だがアリエスさんから返ってきた言葉は、俺のささやかな希望を容易《たやす》く圧《へ》し折るものだった。

「最……弱？……」

なんだ……どういう意味だ？……いや、そんなはずはない。だって他の奴らはみんな上級職だったじゃないか？　何で俺だけが最弱なんだ？　どう考えても有り得ないだろ？

「とりあえずステータスの数値を確認してみましょう」

期待以上の答えに茫然とする中、先ほどよりもどこか冷たい声でアリエスさんは話を進めた。

《名前》ヒダカ　マサムネ
《レベル》1《職業》ヒーラー《種族》人間
《生命力》60《魔力》50
《攻撃》10《防御》10《魔攻》10《魔防》10
《体力》10《俊敏》10《知力》10
《状態》異世界症候群《しょうこうぐん》
《称号》転生者
《固有スキル》女神の加護
《魔術》治癒《ヒール》

「嘘だろ？……無能だとは思ってたけど、ここまでくると天才だな⁉　あはっはっはっはっ！」

佐伯の笑い声が広間に響く。おかしくて仕方がないらしい。

「どうしたんだ佐伯？　そんなに笑って……」

そこに現れたのは金魚のフンこと木田だ。また面倒《めんどう》臭い奴が来た。

「それがやべ～んだって？　ちょっとこいつのステータス見てみろよ？」

「日高っちのステータス？　ん、どれどれ？……」

他人のステータスを断りもなく覗き見る木田。

内容を知った木田は、声も出さずに「ドンマイ」とでも言いたげな表情で、俺の肩をポンと叩《たた》いた。

「佐伯くん！　またあなたは日高くんを！……」

佐伯のせいだ。周りにも聞こえるようにあえて大声で笑い続けた結果、聞きつけた周囲の生徒も集まってくる。そんな佐伯を咎《とが》めたのは河内さんだった。

ある意味この人には今一番来てほしくない。正直、俺はこの人が嫌《きら》いだ。お節介《せっかい》どころか、この人は佐伯の怒《いか》りを助長させている。そしていつもいい加減なことだけ言って去っていく。おかげで俺はより苛立《いらだ》った佐伯にまた余計なことを言われる始末。

「だってよぉ？　ヒーラーはねえだろ？　こいつ、この世界に何しに来たんだ？　誰かを癒《い》やしに来たのか？　違うだろ？　俺たちは魔族と戦うために召喚されたんだろ？　これを笑わずにいられっかよ⁉」

先程よりも少し笑い飽《あ》きてきた様子の佐伯は、冷静になっても佐伯だった。

「そのくらいにしておいたらどうだ？　佐伯くん」

するとイケメンの役目を果たしにきた一条。こいつのエゴには辟易《へきえき》する。

気取ったセリフを偉《えら》そうに吐く一方で、両脇には真島と木原がべったりとくっ付いている。一体どういう神経をしてるんだ？　お前が〝そのくらいに〟しておけよ？

「はあ？　なんだよ優男《やさおとこ》？　俺に文句でもあんのか？」

「君のその人を軽視した態度は目に余る。不愉快《ふゆかい》だ……」

「不愉快だと？　おい一条、前から言おうと思ってたが、お前の方が不愉快なんだよ？　いつも女子を侍《はべ》らせやがって！　僻《ひが》みじゃねえぞ？　チャラチャラ女とよろしくしてるくせに、自分は聖人君子だとでも言いたげな態度でいやがる！　それが不愉快だって言ってんだ！」

核心《かくしん》をつかれたはずが、一条の表情は揺るがない。

なるほど……やはり頭は空っぽか。だがどうやら自覚がないらしい。じゃあその両側の女は置物か？

「聖人君子か……なるほど。まあ不愉快だったなら謝る。すまなかった。だがそれとこれとは話が別だ。君の日高くんに対する行いは度が過ぎる。今すぐ彼に謝れ」

「謝ってねえんだよ！　お前は謝ってるつもりかもしれねぇがなあ！」

「ちょっと佐伯！　一条くんに噛《か》みついて何がしたいわけ？」

「そ～よそ～よ！　一条くんは日高を虐めてる佐伯が悪いって、そう言ってるだけなんだから！」

「女はすっこんでろ！」

話に割り込んできた真島と木原に、くだらない怒りをぶつける佐伯。すると視線はすぐに一条へ戻り、しばらく睨み合いが続いた。

そこへ、そんな二人の横を素通《すどお》りし茶色の老人アルバートさんは現れた。二人の言い争いを無視しつつ俺の傍まで来ると、低い背丈《せたけ》のせいで見えづらいのか、つま先立ちで背伸《せの》びをしながら俺のステータスを覗きこんでいる。もちろん断りなどない。

「アルバート、どうしましたか？」

そこでアルバートさんの行動が気になったのか、アリエスさんは首を傾《かし》げていた。

「うむ、少し気になりましてのお？　何故、お主だけ称号欄に《転生者》とあるのじゃ？」

「転生者、ですか？」

アリエスさんは目を細めながら俺の様子を窺っていた。やはりさっきまでとは違いどこか冷たい。

「そうなのです。他の者は皆、《勇者》です。勇者召喚されたのじゃから、それは当たり前の話でしょう。じゃが何故か、この少年だけが《転生者》なのです。まあその理由は本人に聞くとするかのお？」

アルバートさんは俺にその答えを求めるように、老いた瞳で俺の顔を覗き込む。弱々しくも優しげな笑み。だが目の奥《おく》が笑っていない。

一方アリエスさんは突き放すような目で、俺の言葉を待っている。

会話の内容が聞こえたのか、周囲の生徒たちも俺に視線を向けていた。

背後で言い争っていた一条と佐伯も静まり返った広間の様子に気づき、こちらへ視線を向ける。

「その……実は……」

〝屋上から飛び降りた〟とは言いたくない。特にこいつらの前では……。

でもどうなるんだろうか？　俺が自殺したことを知れば、流石の佐伯も謝らざるを得ない……よな？　皆も気づいてくれるんじゃないか？　佐伯はそれほどのことをしたんだって……。

「ふむふむ、なるほど。言いにくいか？　なるほどのお……事情は大体分かった。ならばこの話はまた後にしようかのお？」

何を悟《さと》ったのか、アルバートさんはその場を離れ王様のもとへと歩み寄る。

「陛下！　先に話を進めてもよろしかったですかな？」

「うむ、任せた」

王様の低い声をへて一礼するアルバートさんは、合図を送るようにアリエスさんへにっこりと微笑みかけ、頷く。どうやら段取りが決まっているらしい。

俺はあまりのショックに朦朧とした中、意味もなくその様子を目で追っていた。

「それではステータスの確認も終えたことですし、皆《みな》さまの今後についてお話ししたいと思います」

そうか……〝終わり〟か。俺への評価はあれで終わりか。

「まず、皆さまには学校へ入学してもらいます。そこで魔法や剣術《けんじゅつ》について学び、魔族に対抗し得るだけの力を身に付けていただきたいのです。よって、今から《空間転移魔法》で学生寮《がくせいりょう》へ移動していただくことになります。移動後はわたくしがご案内いたしますのでご心配なく」

そう説明しながら、アリエスさんは広間の中央へと移動する。

今気づいたのだが、そこに大きな模様が描《えが》かれていた。ゲームでよく目にしたせいか、一目でそれが魔法陣《じん》だと分かった。

「では皆さま、転移を行いますのでこちらへお集まりください」

言われるがまま、皆はその魔法陣の中へと入っていく。俺は皆の背中を眺めながらこれからどうなるのかと、ついこの間までは求めていなかったはずの未来を想像した。

さっき死んだばかりだというのに、何故、俺は生きているのか？　それが何故か可笑《おか》しい。

覚悟《かくご》なんかなかった。生きたくないから生きることをやめただけだ。だというのに、また同じ日常の中にいる。これほど笑える話もない。

そんな中、遅《おく》れて魔法陣へ向かう佐伯が俺の方へ近づいてきた。

「やっぱお前、俺らのジュースを買うくらいしか能がなかったな？　まあ精々《せいぜい》がんばれよ？　何もできねえって言っても、ニートよりはマシだろ？　ヒーラーの方が？　お前なんてこんなことにでもならなけりゃ高校を卒業したところでニートくらいしか道はなかったんだ。少なくとも職を与えてくれたあいつらに感謝すべきだろ？　そうは思わねえか？」

「……」

世界が変わっても、俺はまたこいつに虐められ続けるのか……。

一条との言い争いに敗北した佐伯は、ストレスのはけ口に俺を選び、いつにも増した怒りの笑みを見せつけ罵《ののし》る。

「佐伯くん！　いい加減にしろと言っているだろ⁉」

「うるせぇ！」

また一条か……俺を出汁《だし》にして人気取り……死ねばいいのに。

「一条くん……」

俺は気づくと、名を呼んでいた。

もう、うんざりだ。佐伯も、一条も、河内も…………けど、もう良いよな？

俺は一度、死んだんだから、もう生前の自分でいることはない。俺がこれから何を言ったとして
も、今以上につらいことなんか起きないから……。

『普段、何も言ってこない日高くんが初めて自分から話し掛けてきた！』――こいつの、一条のこ
の表情の意味はそんなところだろ？　だから結局こいつも同じなんだ。

「もう、そういうの……止《や》めてくれないか？」

俺は普段の躊躇いがなくなっていた。

「え？　ど、どうしたんだ？　急に……」

「正義の味方気取りか？　一条くんを見てると、吐き気がするんだよ……」

もう、どうでも良い。こいつは自分の株を上げるために俺を助ける。いや、助けるフリをしてい
るだけだ。根本を解決する気はない。解決してしまったら好感度を上げる材料がなくなってしまう
からだ。

「はっはっはっ！　そうだよな日高？　気持ち悪いんだよなあ？　分かるわ～」

「君もだよ？　佐伯くん……そんなに楽しいか？」

諸悪の根源はこいつだ。こいつさえいなければ俺の高校生活はもっと輝《かがや》かしいものになっていた
だろう。

俺のその言葉に、一瞬、驚いたように目を見開いた佐伯だったが、表情はすぐにいつも通りの忌《い》

まわしい笑顔へと変わった。

「言うようになったじゃねえか？　日高、どうなるか分かってんだろうなあ？」

声を荒《あら》らげることなく、あえて冷静に問う佐伯。

「分かりたくもないよ……だって、君のことなんてもう、どうでもいいから……」

佐伯はいつも通りの表情だが、俺が初めて反抗的な態度を見せたからか、少し動揺しているようにも思えた。だがそれは俺がそうであってほしいと望んで見ているからかもしれない。

「河内さん……いつも助けてくれてありがとう。面倒臭かったでしょ？」

「私は、そんな……」

「嘘はつかなくてもいいよ」

そう……嘘はつかなくていい。こいつは一条とよく似たタイプのクズだ。要は学級委員気取りで、人助けをする自分、つまり正義を為《な》す自分に酔《よ》っているだけなんだ。一条と河内……より性質が悪いのはどっちだ？

だが結局は同じだ。こいつらも佐伯と変わらない。

「皆《みんな》は俺が虐められてた時、よく見て見ぬフリをしたよね？　いや、別に助けてほしかった訳じゃないんだ。一条くんに言ったことも本心だし。でも、無罪だなんて思わないでね？　佐伯くんもそうだけど、ここに召喚されなかった残りのクラスメイトだって大いに関係してるんだから」

ここで〝佐伯〟と呼び捨てできないところが、俺の欠点なのだろう。俺は弱い。まだ怖がっている。

生徒たちの中には、俺の言葉に困惑《こんわく》し目が点になっている者もいるように思えた。それは俺が虐められていたことなど、はなから何も知らなかったということだろうか？　でも、だから自分は関係ないって……それでいいと思ってるのか？

「アルバートさん、さっき俺のステータスを見て、転生者という表記について聞いてましたよね？」

「うむ、いかにも」

「でもそれは不思議でも何でもないんですよ。だって俺は一回……死んでますから」

そう呟くと少しだけ、心が軽くなったような気がした。何故か隠しているような気分になっていたからだ。

「ふむふむ、そうじゃろうと思っておったわい」

だがアルバートさんは察しがついていたという。

「そもそも転生とはそういう意味じゃからのお？　死んで生まれ変わることを転生と呼ぶのじゃ。それにのお？　お主の虚ろな目を見れば分かるわい、つまりそういうことじゃろ？」

「はい……俺は、自殺したんです。校舎の屋上から飛び降りて……」

俺は誘導《ゆうどう》されるように、気づくと正直に答えていた。

これで佐伯は犯罪者だ。皆の佐伯を見る目も変わるだろう。

だが思ったよりも生徒たちの反応が薄《うす》いような気がした。どういうことだろうか？……いや、本当に驚いた時というのは表情に出にくいものなのかもしれない。

でもそうだよな？　こいつらは俺を殺したんだから。

佐伯を筆頭に……俺を辱《はずかし》め、死に至らしめた人殺しだ！　だから今、申し訳ないという気持ちすら表情にできない！　分からないんだ！　どうすれば償《つぐな》えるのか！

そうだ後悔《こうかい》しろ！　見殺しにしたことを！　そして詫びろ！　俺に土下座して謝れ！　自分が悪かったとそう言え！

「落ちて……意識が薄れかけた時、光が見えました。あれはおそらく、勇者召喚の光だったんだと思います」

「ふむふむ、それはなかなか興味深い話じゃのお？」

何だこの爺《じじい》は？　それだけか？　もっと他《ほか》に感想があるだろ？　自殺したってのが聞こえてなかったのか？　あまりにあっさりし過ぎていて気色が悪い。

「それだけか？」

――突然、問いが聞こえた。俺は耳を疑ったが、その声が誰のものなのかすぐに分かった。

頭の中で、〝それだけか？〟という言葉が間隔を空けて繰り返されると、感情をどう表現して良いのか分からず、無言のまま軽くパニックになる。

そこにいたのはいつもの佐伯だった。表情はいつも通りだ。見下した目つきと歪んだ口角。まったく反省の色がない。

「それだけって……え、何が？……」

佐伯は笑っていた。でも何で笑えるんだ？　俺の話を聞いてなかったのか？

「〝何が〟じゃねぇよ。てめぇが自殺しようが、俺らには何の関係もねえって言ってんだ？」

は？……整理が追い付かない。

頭は真っ白になるも、まるで何かが這《は》いずり回っているかのようにぐらぐらする。

「お前ってさ〜、ホントめでたい奴だよな？　俺が今までのことを泣いて謝るとでも思ったか？　馬鹿かよ！　後悔するくらいなら初めからやっちゃいねぇんだよ！　元はと言えばてめぇが無能なのが悪いんだろうが！」

え？　俺が悪い？　こいつは何を言ってるんだ？　自殺したんだぞ？　お前は人を殺したんだぞ？　何故そんな言葉が出てくる？

「佐伯くん！　よさないか！」

またこいつか……鬱陶《うっとう》しい。こいつもそうなのか……お前が悪いと……そう言うのか？　佐伯と同じように……。

「一条、お前も聞いてただろ？　〝吐き気がする〟んだとよ？　つまりこいつはそういう奴なんだよ？　助けようとしたお前にすら暴言を吐く、自分のことしか考えてないクズなんだ！」

うるさい……黙れ……死ね……お前なんか、死んでしまえばいい……。

「日高？　死にたきゃ勝手に死ね？　そうしてくれた方が俺らも助かる。これから得体の知れねぇもんに挑《いど》むって時に、つらいから死ぬだと？　はあ⁉　同情誘《さそ》ってんじゃねぇよ！」

ふっ……なんだこれ？　俺が悪者か？　そういうことなのか？　何だよその目は？　見るな……見るなよ……俺を見るな。

「佐伯くんの言葉は聞かなくていい。さあ魔法陣の中へ行こう」

話しかけるな、リア充が……一生、充実《じゅうじつ》してろ……傍観者が。

「日高様、転移を行いますのでこちらへどうぞ」――アリエスさんはまるで話など聞いていなかったように、普通の声色《こわいろ》で促《うなが》す。

「俺は……行かない……」

行く訳がないだろ……もう、たくさんだ。

「は？……今、何と仰《おつしや》いましたか？」

すると本性を現したように、冷たい問いが聞こえた。

「行かないと言ったんです」

俺は目を合わせずに呟いた。すべてがどうでもよくなっていくようで、会話さえも面倒臭い。

「……そうですか」

突き放すような理解の後、見せつけるような深いため息が聞こえる。

どうやらこの世界も大差はないらしい。だがそんなことは最初から分かっていた。どこにいったって自分に都合の良い世界なんてある訳がない。だから俺は死んだんだ。すべて、分かっていたから。

「陛下！　許可をいただけますか！」

それは半ば怒りにも似た声だった。

「ふむ、任せる」

いや……俺は何も見えてなかったのかもしれないな。だから今、傷ついているんだ。こいつらにも心があると、どこかでそう信じていた俺が間違っていたんだ。気づくべきだった。こいつらは人の皮を被《かぶ》っているだけだと……。

それより〝許可〟とは何のことだろうか？　いや……どうでも良いか？　全部、どうでもいい。

「日高様、実は日高様がヒーラーであると分かった時点で、日高様はこの転移魔法により皆さまとは違う別の場所へと移動していただくことになっておりました」

「……そうなんですか……どういうことですか？　別の場所？」

「はい。転移場所はランダムであり、私たちにも予想がつきません。そしてこれは救済措置《そち》として、わたくしたちが設けたシステムなのです」

「救済措置？……ということは、俺は助かるんですか？」

救済――俺はその言葉の意味を考え、気づくと沈《しず》んだ気持ちが徐々に晴れていくような感覚を抱《いだ》いていた。

異世界に八つ当たりするのは良くないよな？　俺はまだこの世界を知らないんだ。アリエスさんだって、この悪い目つきは生まれつきかもしれない。だがそう思いかけた時だった――

「何を勘違いされているのですか？」

――邪悪《じゃあく》に満ちた低い声が、俺にのしかかってきた。

「これは私たちに対する救済措置ですよ！」

突然、アリエスさんが大きな怒鳴り声で睨んできたのだ。それは先程まで優しく微笑みかけていた美女のものとは思えない、冷たく、瞳孔《どうこう》の開いたような瞳だった。

「だってそうではありませんか⁉　この勇者召喚に一体どれだけの魔力と時間を費やしたと思っているのですか⁉　それだけではありませんよ⁉　国民の……人の命まで犠牲《ぎせい》にしなければ発動できないほどの魔法なのです！　そこまでして召喚した者が！　まさかヒーラーだなんて！　誰が想像できますか⁉　わたくしは命を捧《ささ》げてくれた者たちにどう説明すれば良いのですか⁉」

こいつは、何を言ってるんだ？……畳《たた》み掛ける怒号と悪意に、俺はただ茫然とするしかなかった。

怒っている理由が分からない。何故、俺がそんな言い方をされなければいけないんだ？

「はっ……はっはっ……はっはっはっはっはっはっ！」

なんだか……笑えてきた。可笑しい……おかし過ぎる。

「あなたですよ！　日高様！　あなたに話しているのですよ！　いったい何が可笑しいというのですか！　あなたのような無能を召喚してしまった上に！　さらにそれを保護するなど！　この国に無能を手厚く保護するような無能はおりません！」

やっぱり……俺って、生きてちゃいけないのかな？……その時、何となく皆の表情が見えたような気がした。この女の剣幕に怖がっている者もいる。だが一番印象に残っているのは、嘲笑うような視線で眺める佐伯の目だ。

「アルバート！　転移の準備をしなさい！　その無能を飛ばします！」

「ほっほっほっ！　分かりました姫様《ひめさま》」

姫様……。

「そうか……あんたはこの国の王女だったのか……」

くだらない……これが一国の王女だと？　なんだよ異世界って？　こんな姫がいていいはずないだろ……。

「口の聞き方も知らぬ無能に教える身分などありません！」

そうか……これがこいつらの正体……この国の正体か。ふっ、何が無能だ……。

そこで俺の足元に青い光の円が現れる。理解できない文字が細かく刻まれている――魔法陣だ。

「こんなものを呼び出してしまうとは……魔力を無駄《むだ》にしてしまいました。勇者召喚にも改良の余地がありますね」

俺が夢見た異世界とは、一体、何だったのだろうか？

「な？　やっぱりお前は無能だったろ？」

わざわざ近づいてきた佐伯は、立ち尽くす俺の耳元でそっと囁《ささや》いた。

こいつも……あいつも……皆が俺を見て、嗤っている。

「この召喚に命を捧げた者たちの、想《おも》いを無駄にした罪！　その身で償いなさい！」

その時だ。俺の中に、何か、おぞましい感情が沸《わ》き上がってきた。

何故、俺ばかりがこんな目に遭《あ》わなくてはいけない？　何故いつも俺ばかりが背負わされる？

こいつらは笑う。そして楽しむ。これからもずっとだ……。

そしてこれから俺が望んでいた異世界ライフを魔法や剣《けん》の授業と共に満喫《まんきつ》する。だが、俺は訳も分からず飛ばされる。嘲笑われ……罵られながら。

何故、虐げられなければいけない？

「この世界のどこに飛ばされても！　今のあなたが生き残るのは不可能でしょう！　それほどにこの世界は厳しいのです！　無能が生きる場所など、どこにもありません！　恥《はじ》を知りなさい！」

こいつらを殺してやる。いや、殺さなきゃダメだ。俺は自然とその発想が浮かんだ。

「どうせ……碌《ろく》でもない国なんだろ？」

「は？……聞き間違いでしょうか？　今、〝碌でもない〟と、そう聞こえたのですが？」

「碌でもないだろ？　お前ら、皆……」

俺はアリエスの目を睨みつけ、はっきりとそう答えた。アリエスは何も返さず、ただ開いた瞳で睨みつける。

「そうだ、消してやるよ？　この国ごと……消し炭にしてやる。塵《ちり》も残さない。お前たちは生かしておいてはダメだ。この世界が……異世界が腐《くさ》ってしまう」

できるはずもない……だがこれが俺の、精一杯《せいいっぱい》の抗《あらが》いだった。

「遺言《ゆいごん》はそれだけですか？　愚《おろ》か者は恥すらも理解できませんか？」

アリエスは声を荒らげもしなかった。そうかよ……俺と話す言葉もないってことか。

「外道《げどう》が……」

俺はアリエスを、佐伯を、そして、視界に入ったそいつら全員を睨みつけ、そう呟く。

笑いたければ笑うが良い……。

「必ず……殺しに来るからな？　お前ら、全員……」

俺は睨みつけることしかできない。怒りで胸が張り裂《さ》けそうになる。それでも俺は、決して最後まで目を閉じなかった。この光景を……殺したい奴らの顔を、この感情と共に心に刻み込むために。

全員……一人残らず殺す。そう自分に誓《ちか》った時、視界が光に満たされると浮遊《ふゆう》したような感覚に襲《おそ》われ、俺は転移する。

最後に見たのはあの女の嗤った顔と、あいつらの見下した目だ。

あの日を忘れることは、ない……。

第二章　侵蝕という名の意志

今思い返しても、俺《おれ》の人生は何も成し遂《と》げられない……無能そのものであったように思う。

そんなことを考えながら、気が付くと俺の足は地についていた。そしてそっと目を開ける。

「ん？　どこだ？」

何も見えない。どうやら転移を終えたらしい。

そこで何となく声を出してみた……。何かにぶつかり反響《はんきょう》しているのか、自分の声が返ってくるのが分かった。

そこはただ暗く、何かが腐《くさ》ったような悪臭《あくしゅう》が立ち込《こ》めていた。暗闇《くらやみ》を探《さぐ》るように手を動かしていると……これは、壁《かべ》だろうか？　俺は立ち上がり、壁の感触を覚えるとゆっくりと壁に沿って進み始める。

確かにこんな何も見えない場所じゃ生きられないよな？　アリエスの言葉を思いだしながら、俺は取り除けない感情を置き去りに、ゆっくりと足を進めた。

一歩一歩、足が地面に擦《す》れる音と壁の感触を頼《たよ》りに、ただ無心に足を進める。

この一歩を進めたところで何かが変わるとは思えない。希望など見てはいないんだ。だが、だからこそ足は動いた。光を求めていないからこそ、俺は冷静でいられた。

「うっ……うぉええええええ！」

だが体は正直だったらしい。咽返《むせかえ》る空気に涙《なみだ》とゲロが混じった。

それでも俺は歩き続けた。得体の知れない生臭《なまぐさ》さと光一つない、この闇を……。

「……ステータス」

何かを見ていたかった俺は、気づくとそう呟《つぶや》いていた。何も見えないよりはマシだった。結局、光を求めているということなのだろうか？

ステータスの表示が見えた時、少しだけ安心できたような気がした。その時の気持ちが分かるだろうか？　この気持ちを誰《だれ》が理解するだろうか？　この時の俺には、それすら救いだったのだ。

「無能……だな」

代わり映《ば》えのしないその表示が、何故《なぜ》か笑えた。そしてあの時は細かく見ていなかったが、今はもう少し詳細《しょうさい》が見えてきた。

状態：《異世界症候群《しょうこうぐん》》……異世界に憧《あこが》れた者が患《わずら》う病《やまい》。

「病気か……フッ……クックックッ……俺は病気なのかよ？」

意味不明だ。確かに俺は異世界に憧れを持っている。また新たに一から何かを始められる、ゲームのようにリセットが可能な世界……そんな別の世界があるならばと想像しない日はなかった。

だがここではそれすら病気扱《あつか》いになるらしい。異世界症候群とはなんだろうか？　そんな病名は聞いたことがない。まるで、世界すらも俺を嘲笑《あざわら》っているかのように思えた。

そしてステータスをスクロールし、下段を確認《かくにん》していく。

「……女神《めがみ》？」

固有スキル：《女神の加護》……女神の有《あ》り難《がた》い慈悲《じひ》により授《さず》けられた能力。対象のライフをゼロにした時にのみ相手の有する能力やアイテムを選択《せんたく》し、一つだけ手に入れることができる。

「これは、使えそうか？」

そう言えば一条《いちじょう》も《固有スキル》を持っていたっけ？　やけにアリエスが興奮していたのを覚えている。あいつは俺のこの《女神の加護》については一切《いっさい》触《ふ》れてこなかったが、気づいていなかったのか？　それともヒーラーである時点で確認するまでもなかったということだろうか？

だが今となってはもう、どうでも良い……次だ。

魔術：《治癒《ヒール》》……基本的な治癒魔法。

これを見た時、ヒーラーが最弱と言われる所以《ゆえん》を知ったような気がした。

〝お前はこの世界に誰かを癒《い》やしに来たのか？〟――佐伯《さえき》の言葉を思い出す。確かに佐伯の言った通りだ。

これでどうやって、何をやれって言うんだ？　俺はこれからどうすればいいんだろうか？　こんなことなら異世界に行きたいなどと思わなければ良かった……。

ところで俺は、何で歩いてるんだろうか？　ふと、そんなことを考え、すると足が止まった。

「……」

どこに視線を合わせようと、闇の中で見えるものはない。殺したい……あいつらを、今すぐ殺してやりたい。そして味わわせてやりたい……この苦痛を。

※

あれから意味も分からずまた歩き始めた俺は、それを見つけた。

揺《ゆ》らぐ灯《ともしび》――それは突然《とつぜん》、視界に入ってきた。急に赤い色が視界に現れたことから、俺は一瞬《いっしゅん》、頭でも打ったのかと、血が出ていないか頭を確認したがそうではなかった。

――それは松明《たいまつ》だった。

「松明か……ないよりはマシだな」

これがＲＰＧなら松明など初めから所持していただろうに……。

松明を手に取り辺りを見渡《みわた》した時、俺は体を広げられるほどの小さな部屋にいることを知った。

部屋の隅《すみ》を確認していると、そこに人一人通れるほどの天井《てんじょう》の低い通路が見えた。どうやら俺はここからこの部屋へ入ったらしい。いつの間にか、随分《ずいぶん》と歩いていたようだ。

暗闇では時間の感覚が分からず、どれほどの距離《きょり》を歩いたのかも分からない。長い道のりだったはずだが、不思議と足は疲《つか》れていなかった。これが恩恵だとしたら笑える話だ。

俺は急に怖《こわ》くなってきた。正体不明の恐怖《きょうふ》が急に俺を襲《おそ》うのだ。

松明——おそらくこれのせいだろう。急に周りが見えたせいで、自分の置かれた状況《じょうきょう》をより理解してしまったのだ。怖い……何故、俺が……俺だけがこんな目に遭《あ》わなくてはいけない？

今頃《いまごろ》あいつらは飯でも食べているのだろうか？　脳裏《のうり》にあいつらの顔が浮《う》かんだ。

最も強く現れたのは佐伯の顔だ。いや……まずはあの女を殺してやりたい。

あいつも、あの女も、一人残らずみんな殺してやりたい。

「殺してやる」

するとその声が部屋で反響し、俺は返ってきた自分の声にビクつく。

「はっ……はっはっ」

情けない。何が殺してやりたいだ……お前に人など殺せる訳がないだろう。

俺はしばらく、そこで立ち止まっていた。

※

松明で手元を照らしながら、何かないかと部屋中を探っていた。しかし何もない。ただ生臭い……いや、カビの臭《にお》いか？　よく分からない。暗闇というのは人の感覚を鈍《にぶ》らせるらしい。すぐにどうでも良くなってしまう。

そして考えることを止《や》めるように壁にもたれかかった時だった――どこからか、音が聞こえた。地響《じひび》きのように何かが蠢《うごめ》いているような低い音だ。俺は恐怖のあまり身動きが取れなかったが、それは今に始まったことではない。しばらくして音は鳴り止んだ。

どうやら何かを触《さわ》ってしまったらしい。そんな気がする。というのも、壁にもたれかかった時、背中に何か、レバーへ触れたような感触があったのだ。ということは、そういうことだろう。つまり、何かが作動したということだろう。

俺はまた怖くなり、恐《おそ》る恐るあたりを警戒《けいかい》した。そこであることに気が付く。先ほどまで何もなかった向かいの壁――その一部がなくなり、そこに通路が出現しているではないか。

「なるほど、仕掛《しか》け扉《とびら》だったか」

ＲＰＧにはよくあることだ。ということは、ここはそういった類の場所なのだろうか？　だとしたら完全にゲームの世界だ。だが楽しさはない。

俺はゾンビのように感情のない足取りで、その入り口の向こう側へと進んだ。

※

あれからさらに時間が経《た》ったはずだ。ただしどのくらいの時間をここで過ごしたのかは分からない。だが今の俺に、時間など関係あるだろうか？

ここはまるで時間が止まったように静かだ。それに俺にはそんなことを気にしている余裕《よゆう》もなかった。

仕掛け扉を抜《ぬ》け、それからいくつかの通路と部屋を通り抜け、俺はとある部屋に辿《たど》り着いていた。

「宝箱か……」

目の前には三つの箱が見えていた。低い台座の上に置かれた箱だ。

松明の火が箱の縁《ふち》に反射している。どうやらそこだけ金属になっているらしい。

だがこの暗さでは色など確認できず、俺は反射する火を頼りに箱の形状を確かめ、見えない部分は想像しながら補填《ほてん》した。結果これは宝箱だと、そう思った。

それだけ希望を求めているということだろう。それとも俺は浅はかだろうか？

待てよ？　開けたら箱の縁に牙《きば》があるんじゃないか？　もしかして、口になっているんじゃないか？

つまり、俺が言っているのはミミックのことだ。俺はそいつをよく知っている。

《ミミック》――命名するなら初心者殺しだ。あれは、それがミミックだと知らないプレイヤーを確実に捉《とら》え、死に至らしめる。決して逃《に》げる隙《すき》は与《あた》えない。

だがこの世界にミミックがいるとも限らない。あれは完全にフィクションの産物だ。ならば気にせず開けるべきか？　それともやはり黙《だま》って通り過ぎるべきか？　だがこのまま進んでも後悔《こうかい》するだろう。やはり開けておくべきだったと……。

「……」

俺は悩《なや》んだ末、まず一番右の箱を開けることにした。ミミックであった場合を考え、念のため、息を凝《こ》らし気づかれないようそっと箱の蓋《ふた》を持ち上げる。

「……なるほどな」

だが中には何も無かった。

特に驚《おどろ》いたりはしない。何も望んでいないのだからショックを受けるなんて間違《まちが》っている。とりあえず水でも出てくれれば儲《もう》けものだろう。何事も期待しないことが大事だ。

そして俺は一つ目よりも半ば適当に、次の箱を開けた――

「……あ」

今度はヤバいのが出てきた。俺はそれを手に取り、松明の灯《あか》りを翳《かざ》しながら蓋や瓶《びん》の底、側面などを念入りに確認する。臆病《おくびょう》だからか、こういったものは気が済むまで確認しないと安心できない。

――それは小瓶だった。

材質はガラスだろうか？　中には禍々《まがまが》しいオーラを放つ液体が入っていた――ドス黒く淀《よど》む赤い液体だ。

「ポーション……じゃないよな？」

色の問題ではない。確かにそれは赤黒く、得体も知れず、いかにも「毒ですよ」と言わんばかりの雰囲気《ふんいき》を醸《かも》し出している。しかし色の問題ではないのだ。理由は分からないが危ない。何かが俺にそう警告していた。

「飲み物だよな？　消費期限とか大丈夫《だいじょうぶ》か？」

そんな、どうでもいいことを考えていた時だ——

「ソレヲ、飲メ……」

「え？」

——突然、暗闇から声が聞こえた。それは部屋全体から聞こえるようで、だが場所が特定できない。まるで俺の聴覚《ちょうかく》を支配するように囁《ささや》かれた声は、一度聞こえるとすぐに途切《とぎ》れた。

辺りを見渡し、その声の正体を探る。だがどこにもそれらしいものはない。

俺は何故か嬉《うれ》しくなっていた。

「何だ、誰かいるのか……どこにいる？　出てこいよ？　ここはどこなんだ？　俺はどこにいるんだ？」

自分でも不思議な感じだった。何故、俺はこんなにも安心できているのか？

出られるかも分からない暗闇の中、俺は長い時間を彷徨《さまよ》った。それが原因だろうか？

もしかしたらここは怖がるところなのかもしれないが、俺は単純にそれが嬉しかったのだ。

一人じゃないと一瞬でも思えることが、こんなに嬉しいことだとは思わなかった。だがそれは一瞬だった。結局、声はしない。俺の質問にも答えてはくれない。

「気のせい……な訳ないよな？」

そんなはずはない、あれほどの声量を聞き間違えるはずがない。

すると案の定、しばらくしてまたその声は聞こえた。

「ソレヲ飲メ……迷ワズ……」

先程《さきほど》よりも鮮明《せんめい》に聞こえる。だがどこからのものなのか、やはりそれは分からない。

「なあ？　飲めってのはこれのことだよな？　これ、あんたの物か？」

声の主はひたすら〝飲メ〟とだけ告げる。おそらく俺が手に持っているこいつのことだろう。問いかけてみるが、姿が見えないのでどこに話しかければいいのかが分からない。

「力ガ欲《ほ》シイノダロウ？　ナラバ飲メ……飲ミ干セ！」

「力？　何の話だよ？」

しかし返答はない。その声はまるで俺がここにいるその経緯《けいい》について知っているかのような口ぶりだった。何故、俺が力を求めていることを知っているのか……俺はその場に座《すわ》り込み、じっとその小瓶を眺《なが》めた。

黒い……そして部屋は暗い。俺は暗い場所が好きだった。物心がついた頃にはもう怖いとは思わず、むしろ落ち着くほどだった。

だけど今は怖い。暗闇がこれほど心細いものだとは思わなかった。気を紛《まぎ》らわせるため、試《ため》しに瓶の蓋を開け、少しだけ中を嗅《か》いでみた。だがそれは無臭だった。というより部屋の匂いが臭すぎて、仮に臭いがあるのだとしても判別できない。

「飲むか……それともとりあえず保留か……」

だがこのまま地道にレベルを上げていったとしても、俺のステータスは佐伯や一条にしてみれば蟻《あり》のようなものだ。ヒーラーである俺があいつらへダメージを与える術《すべ》など、この先見つかるだろうか？

そもそもそのレベルの問題で悩んでいる俺は、この先、生きていけるのだろうか？　このままでは、あいつらにたどり着く前に死ぬ……間違いなく……。

人生は運だ。その運をどう勝ち取っていくかで決まる。怖い怖いといつまでも言ってはいられない。決断する時が来たのかもしれない。声に従いこれを飲むか、それとも空《むな》しく孤独《こどく》に死ぬか。そのどちらかだ。

「一度は捨てた命だ。本来なら生きていることがおかしい」

俺は自分に暗示をかけ、どうにか納得《なっとく》しようとした。

「なあ？　誰かは知らないけど、これ飲ましてもらうよ？　だから……頼《たの》むな？」

自棄《やけ》になっている部分はあった。だがそうでもしないと先には進めなかった。

そして俺は蓋を開け、瓶を口に咥《くわ》える。一瞬の躊躇《ためら》いはあったものの恐怖を捨て去り、俺はそれを一気に飲み干した。

「フッ……承知シタ」

その時だ――微《かす》かに聞こえた笑い声と共に、突然、体に凄《すさ》まじい激痛が駆《か》け抜けた。

落とした小瓶の割れる音が部屋に響《ひび》き、俺は体を反らしながら痙攣《けいれん》したように地に倒《たお》れる。

「ぐっ！　クソっ……」

まるで内側が焼けつくような腹痛。だが腹を除けば、体は寒い。それも凍《い》てつくような寒さだ。

感覚が矛盾《むじゅん》し温度が分からない。後には痛みだけが残った……この突《つ》き刺《さ》すような痛みが。

「これで……終わり、かよ。畜《ちく》、生《しょう》……」

最後にあった感情は、諦《あきら》めだ。だがもういい。もう十分に生きたし、後悔はない。

それに俺は、元々……そして、俺の意識はそこで途切れた。

※

ここはグレイベルク王国。魔術と剣術《けんじゅつ》など、戦闘《せんとう》における様々な分野について学ぶことのできる魔法学校──《国立アリエス・グレイベルク学園》である。

そこに、学生寮《がくせいりょう》へと向かう生徒たちの姿があった。

「佐伯くん、君は本当にあれで良かったと思っているのか？」

「何がだ？」

「〝何がだ〟じゃないだろう？　日高《ひだか》くんのことだ！」

勇者一同はアリエスに寮へと案内されていた。その道中、先程の広間での出来事を掘《ほ》り返し、一条は佐伯に突っ掛かっていた。

「はぁ……お前って本当にお優《やさ》しい奴《やつ》だよな？　助けた相手に暴言で礼をされたってのに、まだ助けようとするんだもんな？　本当にお優しい奴だよ。真島《まじま》と木原《きはら》はこいつのそういうところに惹《ひ》かれたのか？」

「う～ん、最初はそうだったんだけど……でも、流石《さすが》にお人好《ひとよ》しが過ぎるかな？」

難しい表情に誤魔化《ごまか》すような笑《え》みを浮かべながら答えたのは、真島だった。

「誰にでも優しいのは一条くんの良いところだけど、でもねえ？……」

隣《となり》の真島に同意を求めるように、木原も複雑な表情でそう語った。

真島と木原はいつも一条の傍《そば》にくっついていた。その二人がここにきて、一条の言動に呆《あき》れている。

それを見た佐伯は勝ち誇《ほこ》ったように、不敵で調子の良い薄《うつす》らとした笑みを浮かべていた。

「そういうことだ一条。お前のその優しさとやらについて行く奴なんていないってことだ？　分かったら日高のことは諦めろ？　もうそのことで俺に突っ掛かるのも止めろ。まあどちらにしろ、今頃あいつは死んでるだろうがな？」

佐伯はあえて、一条に目を合わせることなくそう吐《は》き捨てるように告げた。その後ろでは、木田《きだ》がそんな佐伯の言葉に苦笑いを浮かべている。佐伯と木田では、本心に多少のずれがあるのかもしれない。

一条は何も言わなかった。まるで話から逃げるように先へ進もうとする佐伯の後頭部を、不満気な無表情と微かに気の立った目つきでじっと睨《にら》んでいる。

そしてそんな一条の表情を密《ひそ》かに窺《うかが》う人物がいた――アリエスだ。

もし一条が勇者でもなければ、アリエスは間違いなく一条を日高と同じように転移魔法で国外追放にしていただろう。だがそれはできない。

仮にこの先、一条が戦意を喪失《そうしつ》するような出来事が起ころうとも、それはできないのだ。

一条は腐っても勇者だ。勇者とはそれほどに強力であり、一国の命運を左右するほどの力を持っている。だからこそ、無暗《むやみ》に処分できる訳もなかった。

するとそこで、アリエスが足を止めた。

「ここが皆《みな》さまの寮になります。後は寮母の方にお任せしていますので、分からないことがありましたらそちらに尋《たず》ねてください。それと明日から各職業に合った訓練が始まります。訓練に備え、今日は十分に疲れを癒やしてくださいませ。それでは私はこれで失礼させていただきます」

そう言い残しアリエスは一礼すると、一瞬の青い光に包まれ、その場から姿を消した。


「アリエスさんって、綺麗《きれい》な人だよな〜」

アリエスを見送るなり、そんなことを言い出す佐伯。まるで心を抜き取られたかのように佐伯の頬《ほお》は赤く火照《ほて》っていた。

「あなた、あの女の顔を見てなかったの？　日高くんを飛ばした時のあの顔……綺麗どころかおぞましい以外の何者でもなかったわよ？」

河内《かわち》は嫌悪《けんお》する表情で、佐伯の好みを真っ向から否定した。

「何言ってんだよ？　綺麗な女には棘《とげ》があるって言うだろ？　女ってのはあのくらいが丁度いいんだよ」

「いいえ、あれは棘なんてものじゃないわ？　深入りすれば私もあなたも殺されるわよ？」

「日高みてぇにか？」

佐伯はそう言ってすぐに茶化した。どうやら河内の助言など聞いていないらしい。

そんな佐伯に対し、河内は呆れることはなかったものの、その視線からは佐伯の人格を否定するような意図が読み取れた。

「木田くんはどうなの？　あなた、あの時はずっと黙っていたけど？　あなたも彼《かれ》と一緒《いっしょ》になって日高くんを虐《いじ》めてたでしょ？」

「虐めてないって……」

言葉を濁《にご》す木田。天然にも、思い当たる節があるのだろうか？　だが木田は佐伯以上に自覚がない。だがこの表情の意味するところは罪悪感だ。政宗《まさむね》が思っている以上に、木田は自分の行動の意味を理解しているのかもしれない。

「おい河内！　木田に八つ当たりすんじゃねえよ！　木田はこれでも上級騎士《きし》なんだぞ！」

すると訳の分からない言い分で木田を庇《かば》う佐伯。

「あら、私はソーサレスよ？」

どうやら知らぬ間に、彼らの中で職業による階級が生まれていたようだ。

《ソーサレス》とは、遠距離魔法を得意とする職業のことだ。ありふれた職業ではあるが上位のものとなる。男性の場合は《ソーサラー》と表記される。

「まあ、なんだ？　終わったことは仕方がねえ。いくら騒《さわ》いでも日高は戻《もど》らねぇんだ。木田や俺を責めても、あいつがここに戻《もど》ってくることはねえ。河内、まあ仲良くしようや？　俺たちはこれから魔族討伐《とうばつ》のために色々と頑張《がんば》らなきゃいけねえ。こんなところで揉《も》めたって仕方がねぇだろ？」

「都合が良すぎるとしか言いようがないわね？」

佐伯の戯言《たわごと》に納得《なっとく》する河内ではない。河内は佐伯の心を理解していた。だがそれは河内に限ったことではない。

つまり、佐伯が他人に思いやりの無いどうしようもないクズだということは、皆《みな》、分かっているのだ。

佐伯は日高のことなど本当にどうでも良かった。何も考えていないし、心配もしていない。本心で死んでほしいと思っている。

一方、河内はどうにかできなかったのかと、一人悔《く》やむ。そしてそれは河内だけではない。一条もそうだ。

二人は同じ考えを持ち、悔やんでも悔やみきれない想《おも》いを、一度心の奥《おく》へとしまった。

※

意識が戻った時、初めに視界に入ってきたのは闇。そして足元の松明だ。俺は床《ゆか》で横になっていた。

それからゆっくりと体を起こし立ち上がる。すると足元に散乱していた小瓶の破片《はへん》を踏《ふ》んでしまい、そして思い出した。

「そうか……そういえばそうだったな」

赤黒い液体を飲んだ後、俺は意識を失ったのだ。だが、どうやら死ななかったらしい。

つまり、あの声の主は俺を殺そうとしていた訳ではない。邪悪《じゃあく》な声であったことから、痛みを感じた瞬間《しゅんかん》に疑ってしまったが、それは早とちりだったということか……。

「……あれ？」

俺はそこであることに気づいた。何となくだが視界が良い。ここは一切が闇であり、先程までは松明で照らさないと何も見えなかったはずだ。

だが今は部屋の隅まではっきりと見える。どうやら寝《ね》ている間に目が慣れたらしい……そんな訳もないか？　思い当たる節があるとすればあの液体だ。

ついでに恐怖もさっきより感じなくなっているような気がする。なんというか、清々《すがすが》しい気分だ。急に心が晴れた。

あの痛みの対価がこれだというなら、悪くはないがそれでも納得はできない。何故なら力の方にはまったく影響《えいきょう》がないからだ。そこに関しては変化がなく、先程までと同じだ。

声の主へのそんな批判的な言葉を頭の中で並べていた時だ。そこで未開封《みかいふう》の箱が目に止まった。

「そういえば、まだ開けてなかったんだったな……」

納得のいかないまま、俺は箱に歩み寄り手をかける。そしてため息と共に惰性《だせい》と片手間で蓋を開けた。

「ん？……」

だが、それが間違いだった。

気色の悪い金切声が聞こえ、突然、箱が飛びついてきたのだ。

「うっ、うわあああ！」

俺はとっさに離《はな》れようとするが、反応が遅《おく》れ、自分の左腕《ひだりうで》が箱に接触《せっしょく》する姿をまるでスローモーションのような景色の中、はっきりと見た。

喰《く》われる……食われる……くっ！

「うわあああああああ！」

その時、地面に落ちていた松明の灯りが、ギラついたその牙に反射し、俺ははっきりと姿を見た。

「ぐわぁあああああ！」

それは愛犬に噛《か》まれるのとは訳が違う。皮膚《ひふ》に食い込んだその牙は、確実に俺の肉を持っていこうとしていた。

左腕から大量の血が滴《したた》り落ちている。袖《そで》の一部と共に腕の皮膚がなくなり……いや、そんな状態ではない。俺は肉を食われたのだ。

「はぁ……はぁ……」

痛くない訳がない。と思いきや、もはや感覚はなかった。

そしてゆっくりと後退《あとじさ》るように距離を取った時、そいつの全体像が見えてきた。

箱の縁に隙間《すきま》なく、びっしりと生えた無数の牙。どう考えても違和《いわ》感しかない、痩《や》せ細った長い足。それから一番気持ち悪いのはこの長い舌だ。

そんな気持ちの悪い生き物が、目の前で舌をぶらつかせながら生きている……動いている。

目がないにもかかわらず、そいつは俺を捉えている。まるでニヤついた瞳《ひとみ》で睨まれているような感覚を抱《いだ》いた。

「あっ……あっ……うわあああああああ！」

俺は逃げ出した。もう左腕のことなど忘れてしまう程に必死だった。

逃げることに夢中で、どこへ逃げているのかも分からなくなった。

狭《せま》い通路を、ただ無心で走り続けた……俺は、逃げたんだ。

※

「《治癒《ヒール》》！」

これが今の俺を支えている。

「はぁ……はぁ……」

右腕の手の平から発せられる小さな緑色の光——波動は左腕の抉《えぐ》れた傷口を癒やした。

完全に傷口が塞《ふさ》がるまでは激痛を伴《ともな》ったが、次第《しだい》に皮膚も繋《つな》がり、気づくと触っても痛くなくなっていた。感覚も戻っていたことから、俺は安堵《あんど》する。

「はぁ……はぁ……クソっ！　クソクソクソクソクソ！」

通路の壁にもたれ掛かりながら、俺はこの最悪な状況に苛立《いらだ》ちを覚えていた。

傷の治りが遅《おそ》く、おかげで《治癒《ヒール》》を必要以上に使わされた。

俺のレベルは1——ステータスを確かめると魔力は残り少なく、もはや絶望的だ。

「ふっ……ふはっはっはっはっ……終わったな」——悟《さと》った。ここで終わりだと。

《治癒《ヒール》》しか使えない上に魔力も残り少なく、あと何度使えるかも分からない。

そんな俺が、あんな化け物を倒せる訳がない。仮に刺《さ》し違えたとして……いや、刺し違えたら終わりか……この傷だけでこれだ。次にこれ以上の傷を負えば、おそらく助からないだろう。

「どうしろって言うんだよ……ん？」

するとその時、ステータス上に《固有スキル：復讐神《ふくしゅう》の悪戯《いたずら》》という、見知らぬ文字を見た。

先程まではなかった表示だ。

「なんだこれ？」

だが疑問に思った傍から、気づくと俺はあの禍々しい液体のことを思い出していた。

あの時の声は、俺に〝力ガ欲シイノダロウ？〟とそう尋ねていた。つまり、その答えがこれということなのだろうか？

俺はこの固有スキルの説明欄《らん》を開き、もう一度よくステータスを確認してみた。

固有スキル：《復讐神の悪戯》……復讐神の秘薬を体に取り込むことにより生まれたスキル。尚《なお》このスキルには、固有スキル《反転の悪戯【極】》が含《ふく》まれる。

さらにスキル説明には続きがあったことから、俺はゆっくりとページをスクロールしていく。

固有スキル：《反転の悪戯【極】》……職業、ステータス、魔術、スキル、固有スキル、称号《しょうごう》、装備品など、あらゆるものを対象に《極《きわ》めた反転》の効果を任意で付与《ふよ》、または解除することができる。しかしステータス自体に付与した場合、プラスがマイナスとなり、これが《生命力》の場合は対象が絶命してしまう為《ため》、自身に使うことはお勧《すす》めしない。

――まさに《悪戯》のような説明文だった。

俺の感想としては、まず意味が分からないというのが正直なところだ。

だが物は試しだ……この辺りでいいだろう。

「とりあえず、《治癒《ヒール》》に使ってみるか。それに、選択肢《せんたくし》なんてないしな」

考えている余裕などない。もう俺にはこれ以外に頼れるものがないんだ。

俺は固有スキルを使った。それは魔法のように口で唱える必要はなく、どうやら俺の意思に反応しているらしい。そして発動はある現象が起きることで確認できた。

――『固有スキル《復讐神の悪戯》発動により、固有スキル《反転の悪戯【極】》を発動しました』

つまり、現象というのはこの声のことだ。それはまるでアナウンスのように、突然頭の中で聞こえ、発動した事実だけを告げた。

するとさらに続けて流れるアナウンス。

――『魔術《治癒《ヒール》》は固有スキル発動により、魔術《侵蝕の波動《ディスパレイズ・オーラ》》へと反転されました。以後、報告を一部、省略させていただきます』

何だその危ないネーミングは？　侵蝕だと？　あんなに可愛《かわい》かった《治癒《ヒール》》が見る影《かげ》もないじゃないか？

興奮する感情を抑《おさ》えながら、俺はすぐ魔術を確認する。

魔術：《侵蝕の波動《ディスパレイズ・オーラ》》……使用者を中心に三六〇度、侵蝕効果のある球体型の波動を放つ。その波動に触れた者は生命を奪《うば》われる。効果範囲《はんい》は魔力の配分で拡大可能。

「なるほど。命を繋ぐ《治癒《ヒール》》が、命を奪う《侵蝕の波動《ディスパレイズ・オーラ》》に反転したって訳だ」

それも同等の状態ではなく【極】――それがどのくらいのレベルを意味するのかは分からないが、これはもしかしてチートか？　いやチートであってくれ……。

そこで意識がステータスから離れると、俺の脳裏には先ほどのあいつの姿が浮かんでいた。

「あいつ……もしかしたらこの魔法で倒せるんじゃないか？」

どのみちここを抜けるにはあの部屋を通るしかない。とは言えミミックの前を素通《すどお》りすることもできる。

だがそうしないのは単純にこの魔法の効果を確かめたいからだ。

そしてそれ以上に、左腕の肉を食われたことに対する怒《いか》りもあった。こんな生臭い場所で一人という絶望の中、そんな風にやる気を出せる俺はやはり壊《こわ》れているのだろうか？

いや壊れてなどいない。正常だ。何故なら俺の意識はいつにも増してはっきりしているからだ。

「よし！」

一人だからこそ、俺は自由でいられる。これが力だと言うなら存分に使ってやろうじゃないか。

※

どうやらこいつはこの部屋から出られないらしい。

部屋に到着《とうちゃく》した俺は、まずミミックの姿を探した。だがその必要はなく、箱は定位置に戻っていたのだ。

「なるほど、時間が経つと元に戻る訳か。じゃあこいつは何を食べて生きてるんだ？」

気付かせるつもりで声を出してみたが、どうやらこいつは箱を開けた者しか襲わないらしい。そこも俺の知るミミックと同じだ。

ここには頻繁《ひんぱん》に冒険者《ぼうけんしゃ》が足を運ぶのだろうか？　松明や毒々しい液体しか見当らないこの部屋で、こいつは一体何を食べて生きているのだろうか？

そんなどうでもいいことを考えながら俺は箱に近寄り、手の平を翳す。

「これで死んでくれよ？」

そして魔力を込め、魔法を発動する。

「《侵蝕の波動《ディスパレイズ・オーラ》》！」

その瞬間、俺の体から赤黒い波動が発せられた。それは説明欄にあった通り、俺を中心に三六〇度方向へ展開し球体を形作るように広がると、一定の規模を維持《いじ》し拡大を止めた。

そこに《治癒《ヒール》》の面影《おもかげ》はない。目の前でゆらゆらと揺れ動く侵蝕の波。それは俺が口にしたあの禍々しい液体のようにドス黒く、そして赤い。

「嘘《うそ》だろ……反転しただけでこれになるのか？」

俺は今、魔法を目の当《ま》たりにしていた。自殺するほどに恋《こ》い焦《こ》がれた魔法だ。

するとその時、まるで苦しみを訴《うった》えるかのような金切声が聞こえた。先程と同じあの嫌《いや》な声だ。

波動の素晴《すば》らしさに見惚《みと》れていた俺は、反射的に声のする方へ視線を移す。するとそこには波動に舌を蝕《むしば》まれ、悶《もだ》え暴れるミミックの姿があった。

「ハッハッハッハッハ！　どうした！　最弱の治癒魔法でも使って治してみろよ！」

言葉が通じるとは思っていない。

俺は距離を詰《つ》め、奴に目掛けてさらに波動を拡大した。

奴は相変わらずな金切声を上げ、二本の痩せ細った足で逃げようと必死だ。しかし俺の波動が道を塞ぎ、身動きが取れない。

「どうだ！　俺の魔法は気に入ったか！」

部屋の隅へと逃げていくミミック。俺は侵蝕を維持しながら後を追った。

「逃げられると思うなよ？　俺の左腕の借りは返してもらうからなぁ？」

その言葉に、ミミックはまるで意味を理解したかのように返答する。だがそれは相変わらずな金切声だ。

「何だその返事は？」

波動に触れた傍から、徐々《じょじょ》にミミックの体は磨《す》り減っていく――まさに侵蝕だ。

気づけばあっという間に箱の半分が侵蝕により消滅《しょうめつ》していた。そして恐るべき魔法だと感心していたその時だ。突然、ミミックが発光し始めた。

「……」

俺は思わずその現象に目を奪われた。だが間もなくして光は小さな粒子《りゅうし》となり、部屋を照らしたかと思うと儚《はかな》く散った。

「勝った……のか？」

それは質問するまでもない。

「そうか……俺は勝ったのか。ハッ……ハッハッハッハッハッ！」

それは紛れもない勝利だった。俺は嬉しさのあまり笑いが止まらず、臭い部屋で一人、腹を捩《よ》じらせた。

するとそこへ、あのアナウンスが流れる。

――『固有スキル《女神の加護》を発動しました。戦利品を一つ選んでください』

その声と共に、目の前に《戦利品》の詳細が表示された。

スキル：《擬態《ぎたい》》……自由に姿を変えることができる。

スキル：《王の箱舟《はこぶね》》……異空間収納。異空間に持ち物を収納することができる。大きさに制限はない。

消耗品《しょうもうひん》：《回復薬》……回復効果のある液体。

「なるほど、これが《女神の加護》の能力か。そうだなぁ……《擬態》も捨てがたいが、やっぱりこれだろうな」

《王の箱舟》――異空間収納。それは魅力《みりょく》的な響きだった。スペースは膨大《ぼうだい》であるらしく、規格を気にする必要がない。

試しに発動してみると、俺の手元に黒くそして若干《じゃっかん》紫《むらさき》がかった異空間の渦《うず》が出現した。それは音もなく俺の都合の良い場所に現れると、さらに良いタイミングで消えた。

「こいつ、箱の癖《くせ》に良いもの持ってるじゃないか？」

そこで、またあのアナウンスが流れた。

――『《ミミック【宝箱】Lv：５００》討伐により、経験値を振《ふ》り分け、レベルアップを開始します』

「やっぱりミミックだったのか。まあ知ってたけどな、定番だし」

するとレベルアップを告げる音と共に、俺のステータスの数字が上昇《じょうしょう》していく。

「ん？　レベル５００？」

その時、俺はある事実を見落としていたことに気づく。

「いや、ちょっと待てよ⁉　あいつそんなに強かったのか⁉　レベル５００って！　どう考えてもおかしいだろ⁉　俺のレベルは1だぞ⁉」

しかし俺の声は、アナウンサーには届かない。


――『経験値の振り分けが終わりました。レベルアップを終了《しゅうりょう》します』

丁寧《ていねい》な説明が終わると、辺りが静まり返る。と言ってもあの声は俺にしか聞こえていないようだ。

その証拠《しょうこ》に、部屋には反響していなかった。

そして俺は、自分のステータスが大変なことになっていることに気づいた。

《名前》ヒダカ　マサムネ
《レベル》１５０《職業》ヒーラー《種族》人間
《生命力》９０００《魔力》７５００
《攻撃《こうげき》》１５００《防御《ぼうぎょ》》１５００《魔攻》１５００《魔防》１５００
《体力》１５００《俊敏《しゅんびん》》１５００《知力》１５００
《状態》異世界症候群
《称号》転生者／復讐神の友人
《スキル》王の箱舟

《魔術》治癒《ヒール》
《固有スキル》女神の加護／復讐神の悪戯・反転の悪戯【極】

固有スキルの力と、あの魔術の異常さに鳥肌《とりはだ》が立つ。ステータスを見て俺は愕然《がくぜん》とした。

何だこのイージーモードは……。

確かに俺は耐《た》えたよ！　あの姫《ひめ》さんの罵声《ばせい》にも佐伯の嫌がらせにも耐えた！

性格が捻《ひね》くれるほどに……ミミックに腕を抉られても泣かずに頑張ったさ。だからなのか？

だからこその褒美《ほうび》なのか？

「だとしたら有り難い話だけど……いや、もしかして……この世界ではこれが普通《ふつう》なのか？」

異世界に来られたことは大変うれしく思う。だが俺はこの気味の悪い場所以外に、この世界のことを知らない。俺は今、自分が最強になったとそう思い込んでいるが、もしかするとそれはこの世界において普通である可能性がある。

「佐伯や一条は、俺よりも余裕で強いんだろうな……」

唐突《とうとつ》に訪《おとず》れる虚《むな》しさ。

「これも勇者召喚《しょうかん》の恩恵かな？」

〝ヒーラーが生きられる場所などない〟――アリエスが嘘をついたとは思えない。だが俺は今、ミミックを殺しそして生きている。

「俺ですらこれなんだ。あいつらなんかもう、バケモンみたいに強いんだろうな……」

ただ悔《くや》しかった。俺がなるはずだったのに……俺が、勇者になるはずだったのに……。

憂鬱《ゆううつ》な気分の中、またしてもアナウンスは鳴った。


――『レベルアップにより、魔術《治癒《ヒール》》のレベルアップを開始します』

は？　魔術のレベルアップだと？

――『レベルアップにより、魔術《治癒《ヒール》【Lv：1】》を魔術《治癒《ヒール》【Lv：MAX】》にレベルアップしました』

魔術にレベルがあることを初めて知った。ステータスには表示がなかったからだ。

「それよりもMAXだと？　つまりカンスト……ん？　レベル的には普通のことなのか？」

《MAX》という文字が気になった。つまり天井を迎《むか》えたということだ。

だがこれが強いのか弱いのか、基準を知らない俺には何も分からない。


――『レベルアップにより、魔術《治癒の波動《ヒール・オーラ》》を覚えました』

は？……その時、またしてもアナウンスが流れる。どうやら新たに魔術を覚えたらしい。だがアナウンサーが告げたのはそれだけではなかった。
――『レベルアップにより、魔術《治癒の波動》《ヒール・オーラ》【Lv：1】》を魔術《治癒の波動》《ヒール・オーラ》【Lv：MAX】》へレベルアップしました』
――『レベルアップにより、魔術《状態異常治癒》《エフェクト・ヒール》を覚えました』
――『レベルアップにより、魔術《状態異常治癒》《エフェクト・ヒール》【Lv：1】》を魔術《状態異常治癒》《エフェクト・ヒール》【Lv：MAX】》へレベルアップしました』
――『レベルアップにより、魔術《属性付与》《エンチャント》を覚えました』
――『レベルアップにより、魔術《属性付与》《エンチャント》【Lv：1】》を魔術《属性付与》《エンチャント》【Lv：MAX】》へレベルアップしました』
――『レベルアップにより……』
――『レベルアップにより……』
――『レベルアッ……』
執拗《しつよう》に鳴り響くアナウンスに辟易《へきえき》する。だがその後もアナウンスは続き、俺は大きな成長を遂げた。
そこでふと思った――このアナウンサーは暇《ひま》なのかと。

相変わらず俺は孤独に彷徨う。ここはRPGで言うところのダンジョン。おそらくはそういうことだろう。

「だったらせめて、装備品くらい落ちていたっていいだろう?」——思わず愚痴《ぐち》が零《こぼ》れる。

ここに来てからというもの、俺が目にしたアイテムと言えばあの禍々しい液体くらいのものだ。それ以外は何もない。

いや、あったか?——松明だ。

つまり今、俺は高校の制服を着ている。それも片腕《かたうで》の裾《すそ》が破れた制服だ。

「これってただ高校生が道に迷っただけだよな? あのアバズレも、せめて服くらいくれてもよかっただろ?」

〝アバズレ〟とはアリエスのことだ。もっとも、あの姫さんがアバズレかどうかなんて俺には知る由《よし》もない。俺がそう呼びたいから呼んでいるだけだ。

俺はそんな独り言をブツブツと呟きながら、この果てしない闇を彷徨った。

すると目の前に大きな扉が現れる。木製の小さな扉なら何度か見たが、この扉は初めてだ。

それは鉄か何かでできたような大きな扉だった。見るからに分厚く、頑丈《がんじよう》そうなその扉の両脇《りようわき》には松明が灯《とも》されている。

※

「……ボスの予感がする」

ＲＰＧなら確実にイベントが発生するレベルの扉だ。俺はとりあえず扉を押《お》してみた——

「……ん？」

——だがビクともしない。

「押してダメなら引いてみるってか……ん？　ない、ないぞ？」

だが引くも何も、そもそも扉でありながら取っ手すら見当らない。

「こいつ、入れる気があるのか？」

しかし引き返すこともできない。何か仕掛けでもあるのだろうか？　だが辺りを見渡しても何もない。

そういえば以前、映画でこんなシーンを見たことがあった。

それは壁に飾《かざ》られた松明が、隠《かく》し扉を出現させるためのレバーになっているというものだ。試しに左の松明を下げてみたが、力み過ぎたのか反動で折れてしまった。

ステータスレベルが上がってからというもの、何故か体の奥から力が湧《わ》いてくる。そして握力《あくりよく》や瞬発力《しゆんぱつりよく》といった肉体的な能力が上がったように思える。

というのも、ここに来るまでに何度か木製の扉と遭遇《そうぐう》した訳だが、そっと開いたつもりがすべて破壊《はかい》してしまった。経年劣化《けいねんれつか》という可能性もあるが、何となくそうではないような気がする。

それともう一つ、いくら歩いてもまったく疲れなくなった。どうやらレベルアップとは、それほどに人を変えるらしい。

だがこの扉は押しても松明を折っても開かない。

流石の俺も萎《な》えてその場に座り込む——どうやら精神だけは成長しないようだ。

「……あっ！　そうか！」

だが俺はあることに気が付いた。

「別に馬鹿正直《ばかしょうじき》に開ける必要なんてなかったんだ！」

そうだった。俺には魔法があるんだから最初からこんな扉、破壊してしまえば良かったんだ。

《侵蝕の波動《ディスパレイズ・オーラ》》！」——俺は勢いよく魔法を放った。

すると扉は波動に侵《おか》され、そこには人一人、余裕で通れるくらいの大きな穴が開いていた。

「まったく、魔法ってのは万能《ばんのう》だよな」

これがもしゲームなら間違いなく鍵《かぎ》を探さなければいけないところだった。だがこれはゲームではなく現実だと確信すると共に、密かにあった俺の中の可能性が一つ消えた。

開いた穴から灯りが漏《も》れていることに気が付いた俺は、状況も開けたことから、上機嫌《じょうきげん》で中へと足を踏み入れた。


中に入るなり部屋の様子を確認してみると、そこは広々とした大部屋だった。だが何のために作られた部屋なのか、だだっ広いだけで殺風景なことからそれは分からない。

天井も高く、壁一面には豪勢《ごうせい》に火が灯されている。それもすべて松明ではなく蝋燭《ろうそく》だ。

しかし俺が気になったのはそんなことではない。俺はこの部屋に入った時からそればかりを見ていた。もうそれが気になって気になって仕方がなかった。

それは俺の正面――部屋の奥にある壇上《だんじょう》。そこに浮かぶ一本の杖《つえ》だ。

「ついにここまで来たか……間違いないな」

俺は辺りを警戒しながら前へ進んだ。

「ようやく俺も装備品を手に入れる訳か？　それも杖……」

杖は発光しながら宙に浮いている。何ともファンタジー要素の詰まった演出だ。だが異世界なのだからこれくらい朝飯前だろう。いや、これくらいしてくれなければ手に入れる甲斐《かい》がない。

「やっぱ魔法使いなら何と言っても杖だろ？　まあ俺はヒーラーだけどな？　レベルが上がってもプリーストにすらなれない……」

どうしてもヒーラーだという部分で引っ掛かってしまう。だがプリーストと言えば聖職者だ。クラスチェンジのようなシステムがあったとして、微弱《びじゃく》な治癒しか使えないヒーラーがそんな者になれるとは考えづらい。アリエスが俺を追放してプリーストの真島を追放しなかったことを考えると、その可能性はないだろう。そんなことを考えていた時だった――

「え？……ええ⁉」

――急に地面が揺れ始めた。天井からパラパラと小さな砂埃《すなぼこり》と石が落ちてくる。

揺れは次第に激しさを増すが、身体的能力が向上した俺は普通に立っていられた。

そして追い打ちをかけるように訪れたさらなる巨大《きょだい》な揺れの後、俺はこの地震《じしん》の正体を目の当たりにする――

「……」

尻餅《しりもち》さえつかなかったが、俺は目の前の光景に意識を奪われていた。

――天井から巨人が降ってきたのだ。それは騎士の鎧《よろい》で全身を覆《おお》い、さらに右手に剣、左手には盾《たて》を持っている。

「……嘘、だろ」

その天井まで届きそうなスケールに、俺はそれ以上の言葉が出てこなかった。

「おいおいおい！　まだ異世界に来たばかりなんだぞ！　荷が重すぎやしないか⁉」

こちらに気づいた巨人騎士は、一歩一歩、ゆっくりと俺に向かって歩み始める。

その度《たび》に震動《しんどう》が伝わり、天井から細かい砂と塵《ちり》が落ち地面は揺れた。

「待て待て待て待て待て！」

そこで巨人騎士が、右手の巨大な剣を振り下ろそうと構えに入った。すると間も空けず、風を切りながら豪快《ごうかい》に振り下される大剣。

そして剣の刃先《はさき》が地面と接触した瞬間、耳を塞ぎたくなるような衝撃音《しょうげきおん》と共に、そこへ大きな亀《き》裂《れつ》が生まれた。

剣は大部屋に敷《し》き詰められたタイルを吹《ふ》き飛ばしながら砂煙《すなけむり》を起こし、地面に食い込んだ。

「ぐっ！」

俺はギリギリのところで回避《かいひ》したが、衝撃波と共に飛んできた破片が刺さる……ことはなく、体に無数の切り傷を与える……こともなかった。

どうやら物理耐性《たいせい》がカバーしてくれたようだ。しかし数秒逃げ遅れていたら、俺もどうにかなっていただろう。それは両断されたこの地面を見れば明白だった。

「《攻防強化付与《オディウム・オーラ》》！」

足元に紫色の魔法陣《じん》が現れた。そこから発せられた同じ色の光は、俺の体へ包み込むように纏《まと》わりつくと、《攻防《こうぼう》》と《魔攻防》を上昇させた。

これは元々《攻撃強化付与《アタック・オーラ》》という《攻撃・魔攻》の強化魔術と《防御強化付与《プロテクト・オーラ》》という《防御・魔防》の強化魔術という二つの魔術であったが、レベルがカンストした時一つの魔術へと集約された。

剣はまだ地面にめり込んだままだ。こいつに隙があるとすれば、それは今しかないだろう。

そこで俺は、まず右側から巨人騎士の足元へ入り込んだ。その後、巨人の左足を置き去りに右足へと回り込む。

深い理由はない。とりあえずこいつが右手に持っているあの巨大な剣を、常に視界に入れておきたかっただけだ。左手には巨大な盾があることから、それが邪魔《じゃま》をして万が一にも剣を見失う可能性がある。

すると巨人騎士は地面にめり込んだ剣を引き抜き、持ち上げ、その反動を利用し、そのまま後方へ振り下ろした。

剣先が天井と壇上の一部を抉り、鬱陶《うっとう》しいほど砂が落ちてくる。おかげで視界はめちゃくちゃだ。

それよりも一番危ないのは壇上の杖だった。

「おいおいおい、気をつけろよ！　杖が壊れるだろ！」――言葉は通じるはずもなかった。

だがあと少しずれていたら、杖はおそらく粉々に砕《くだ》けていただろう。

大剣はまたも地面にめり込んでいる。

そして次の攻撃がくる前にと、俺は急ぎ魔法を詠唱《えいしょう》した。

「《侵蝕の波動《ディスパレイズ・オーラ》》！」

赤黒い波動が展開されると、俺はすぐに巨人騎士の右足を狙《ねら》う。

そして波動は徐々に巨人騎士の右足を蝕み、間もなく膝《ひざ》から下は完全に消失した。

直後、巨人騎士はバランスを崩《くず》し、右斜《なな》めに倒れるように膝をついた。

「なんだ？　思ったよりも楽勝だなぁ？」――しかし、それは甘《あま》かった。

俺が削《けず》り取ったのは膝から下のみだ。つまり膝を含め、そこから上は残っている。

「……嘘だろ？　何で回ってるんだ？」

巨人騎士はあろうことか消失の免《まぬが》れた右足の膝部分を軸《じく》にし、どういう原理で動いているのかは知らないが、ゆっくりと回転し始めたのだ。

最初のうちは少し距離を取るだけで十分だった。だが速度は徐々に増し、気づくとそれはもの凄《すご》い速さになっていた。

そしていつの間にか右手にはめり込んでいたはずの大剣があり、巨人騎士は範囲を拡大しながら高速回転していく。

「……」――狙う隙がなく、言葉が詰まった。

飛び散る石とタイル、そして砂煙。何よりこの風圧だ。まるで目の前で竜巻が起きているようで、手を出す隙がない。

――その時、俺の体に何故か重圧がのしかかった。

「ぐわあああああああああああ！」

突然、右側から訪れた圧力に左へ押し出され、いとも容易《たやす》く俺の体は吹き飛ばされた。

空を切りながら飛ばされた俺は、体の支配を失いそのまま壁にめり込んだ――

「ガハッ！」――その瞬間、口の中に血の味が広がる。

喉《のど》にたまった血の味が鼻に抜け、なんとも鉄臭い。

「《治……癒《ヒール》》」――俺は踏ん張りながら、めり込んだ上体を起こし、痛む体へすぐに《治癒《ヒール》》を施《ほどこ》した。

多少動けたのは、《攻防強化付与《オディウム・オーラ》》のおかげだろう。あれがなければ死んでいたかもしれない。

するとそこで、巨人の回転が何故か止まる。

そして丁度、俺の傷が癒《い》え、痛みが消えたところで状況が分かってきた。

おそらく、俺はあいつの左足に蹴《け》り飛ばされたのだろう。左足の一部が大きく陥没《かんぼつ》している。

つまり俺はあそこに当たった訳だ。

「クソっ！　痛っ……ただ思ったよりは耐えられたな。これも魔法のおかげか？　いやレベルか？」

俺は力を振り絞《しぼ》り壁から抜け出した。

ダメージのせいか体が重い。だが痛がっている暇などない。最初から全力で行くべきだったのだ。大幅《おおはば》なレベルアップと複数の魔術を同時に習得したことで、自分の力を過信していたのかもしれない。結局のところ俺はヒーラーなのだから、全力でやって丁度いいくらいだった。

「今度は全力でいかせてもらう、出し惜《お》しみはしない」

巨人騎士はまたも足を軸に回転し始めた。そしてすぐにトップスピードになり、そのままこちらへと迫《せま》ってくる。

だが俺としても、もうやることは決まっている。

「《侵蝕の波動《ディスパレイズ・オーラ》》！」

赤黒く禍々しいオーラが周囲を包んだ。そして十分に当たる距離まで範囲を広げていく。

回転など気にする必要はない。できるはずだ、この力なら……。

「皮肉なもんだよな？　無能な俺は、今からこいつを無に帰するんだからな……」

直後、波動が回転する巨人騎士と接触した。

そして一瞬、回転と競《せ》り合うような動きを見せた波動。だがそれは見間違いだった。

巨人騎士の頭の高さまで拡大した波動は、触れた部分から対象を侵蝕し、巨人騎士は回転しながら削れていく。

「ハッハハッハッハッ！　俺は最強だ！」

半分ほど削り終えたところで、巨人は体を光らせる。それは消滅を意味する小さな粒子となり部屋中へ飛散すると、静かに消えた。

「……終わったか」

図体《ずうたい》こそ巨大だった。だが終わりはあまりに呆気《あっけ》なく、もうこの広い部屋には勝者である俺しかいない。

――『《ミミック【鎧の巨人】Lv：400》討伐により、固有スキル《女神の加護》が発動しました』

また前回と同じアナウンスが聞こえた。

「ん？……ミミック？　あれが⁉　あいつもミミックだったのか⁉」

あの巨人がミミックだと誰が想像しただろうか？

「何にでも化けるんだな～、というかレベル400って！　あいつ、あのデカさであの箱より下なのかよ？　どう考えてもこっちの方が強いだろ？」

確か最初のミミックはレベル500だった。だがこちらの方が遥《はる》かに厄介《やっかい》だった。

――『戦利品を一つ選んでください』

こちらのタイミングに合わせようとしないアナウンサーは、戦利品の選択を促《うなが》す。

まだ二度目ではあるが、この戦利品選びは孤独な空間でできる唯一《ゆいいつ》の楽しみになっていた。

スキル：《ミミックの人生》……偽装《ぎそう》――それはミミックの人生そのものである。高レベルのミミックが稀《まれ》に所持しているスキル。使用者は自身のステータスを偽装することができる。だがそれは表示だけだ。

装備品：《上級騎士の大剣》……上級騎士が所有する大きな剣。

装備品：《上級騎士の盾》……上級騎士が所有する大きな盾。

上級騎士か……だがヒーラーの俺には剣など上手《うま》く使えないんだろう。それはアリエスが教えてくれた。

剣が使えたなら多少は戦力になったはずだし、追放されることもなかったはずだ。つまり使えないってことだろ？　じゃあこの《上級騎士シリーズ》は無駄《むだ》だな。

「諦めよう……」

空しくはある。だが元より、俺はスキルを選ぶつもりだった。

どのゲームでもそうだ。最終的に必要になってくるのはスキルだった。

勿論《もちろん》、強い武器はそれだけで有効打になる。一つあれば当分の間はそれだけで凌《しの》げることもあった。だが今の俺に必要なのはスキルだ。そんな気がする。

それにしても偽装が人生とは、なんと切ないことか……。

「こいつも、苦労したんだろうな……」

俺はミミックに同情するほど弱っていた。もちろん精神的な話だ。

「グッバイ……俺のファンタジー……」

目の前から《上級騎士》の文字が消えていく。俺はそれを眺めながら、そう呟いた。

――『スキル《ミミックの人生》を習得しました』

選択は間違っていないはずだ。

だが上級騎士か……俺も上級になりたかったな……。


――『《ミミック【鎧の巨人】Lv：400》討伐により、レベルアップを開始します』

そして、異世界に来てから二度目のレベルアップが始まろうとしていた。

それよりもここにはミミックしかいないのだろうか？　これだけ歩き回ってやっときたかと思えば、またミミック。俺はどこにいるのだろうか？　ミミックの巣にでも迷い込んでしまったのだろうか？

――『レベルアップを終了します』

「これもどうにかならないものか……」

レベルが上がる度に〝ピロピロ〟と響くその音は、鳴り止んだ後も余韻《よいん》が頭の中で繰《く》り返し流れていた。

《名前》ヒダカ　マサムネ
《レベル》212《職業》ヒーラー《種族》人間
《生命力》12720《魔力》10600
《攻撃》2120《防御》2120《魔攻》2120《魔防》2120
《体力》2120《俊敏》2120《知力》2120
《状態》異世界症候群
《称号》転生者／復讐神の友人
《スキル》王の箱舟／ミミックの人生
《固有スキル》女神の加護／復讐神の悪戯・反転の悪戯【極】
《魔術》治癒《ヒール》／治癒の波動《ヒール・オーラ》／状態異常治癒《エフェクト・ヒール》／属性付与《エンチャント》／攻防強化付与《オディウム・オーラ》

レベル212か……流石に疑わしくなってきた。

ここまで一気にレベルが上がるなんて、どう考えてもおかしい。これがゲームならクソゲーだ。

だが基準を知らない俺には何とも言えない部分がある。だが異常だってことは分かる。

だけど、覚えた魔術は五つのみ。

分かってたさ、ヒーラーが弱いってことくらい。最弱なんだろ？　あいつもそう言ってたじゃないか……あのアバズレも。

今ある魔術は前回のミミックを討伐した時、その経験値で習得したものだ。そして今回、俺はまた大幅なレベルアップをした。

確かにステータスは上がった。だが魔術は一つも増えることはなかった。

「つまり……これがヒーラーの限界ってことか……」

この異世界には一体どれだけの職業があるのだろうか？　俺はこの先もずっと、ヒーラーのままなのだろうか？

俺は憂鬱な中、壇上で発光し浮かぶ杖を手に取った。

それは全体が真っ白な杖だった。長さにして俺の腰《こし》の高さくらいはあるだろうか？　先端《せんたん》では目を閉じた聖女が手を合わせ、何やら祈《いの》りを捧《ささ》げている……ように見えた。

光は徐々に収束していく。

――『魔道具《聖女の怒り》を入手しました。装備品に追加します』

魔道具？　とりあえず効果を確認しとくか？

魔道具：《聖女の怒り》……聖属性の中級魔法《聖なる光《セイント・シャイン》》が込められた杖。魔道具。

中級魔法か。とりあえず魔力があれば誰でも使えるってことか？

それよりも、これは強いのだろうか？

手に入れた杖に疑いの視線を送りながら、俺はなんとなく部屋の隅を眺める。すると左の壁際《かべぎわ》に、上へと続く梯子《はしご》を見つけた。

「あれが出口だな……」

俺は杖を片手に、希望へと足を進めた。

そう言えばそろそろ腹が減ってきたな。何か食べないと流石にヤバい気がするが、そんな死に方だけはしたくない。だったら自分で、命を絶つよ。

飢餓《きが》状態で抗《あらが》うほど、俺は生きることに何かを求めてはいない。

だが俺はその数時間後、人生における癒やしとの出会いにより、またしても現実から目を背《そむ》けることになる。

※

政宗が迷い込んだ迷宮《めいきゅう》――ダンジョン。そこには果てしない闇が広がっており、政宗は一人、孤独と向き合いながら迷宮からの脱出《だっしゅつ》に奮闘《ふんとう》していた……はずだった。

「でもまさかヒクッ！　うぅぅ……こんなところに食料庫があるとは……ん？　食料庫？　酒蔵？　ワインセラー？　何だっけ？」

だが政宗は今、酔《よ》っぱらっていた。酷《ひど》く酔っぱらっていた。そして迷宮からの脱出など忘れ、先ほど偶々《たまたま》見つけたこのワイン貯蔵庫で、優雅《ゆうが》な一時を過ごしていた。

そこでまたコルクを抜き、政宗はワインを豪快に流し込む。

「うっ！　うめぇ！」

右手にワイン、左手にはチーズだ。このチーズは貯蔵庫を見つける少し前、食料庫で見つけたものだ。

政宗は異世界に来て初めて酒に触れた訳だが、どうやら酒豪《しゆごう》であったらしい。その飲みっぷりは凄まじく、勢いは一向に落ちない。とは言え、今、政宗が手にしているのは二本目である。

「悪いな相棒？　俺の両手はワインとチーズで塞がってるんだ」

足元には先ほど手にした魔道具《聖女の怒り》が転げ落ちていた。

この杖の先端に丁寧に彫《ほ》り込まれた聖女が一体誰なのかは知る由もない。だが政宗の場合、怒りを向けられたとしても言い訳できないだろう。だが現状の怠惰《たいだ》な政宗にはそれが分からない。

「ふぅ……腹ごしらえもしたし、ちょっと寝るか……」

ダンジョンは政宗に力と、そして酒を与えた。

政宗は夢落ちする寸前、『こんなに良い物があるなら、自殺なんかすべきじゃなかったな』と、心底、酒に感動した。

それが政宗にとって良かったのかどうかは分からないが、この闇を生き抜くには息抜《いきぬ》きも必要だったのだろう。

酒におぼれた政宗だが、ただし、どうやら気は抜けていないようだ。とは言え、それも酔う前の話である。

政宗は今、すり減り汚《よご》れた制服の上に、その制服よりは多少マシと言えるであろうボロ布を羽織っている。

異世界に夢を抱いていた政宗にとっては、この制服が異世界人に違和感を与えるであろうことなど、容易く気が付けることであった。

実際のところはどうか分からないが、それなりに良い判断と言えるだろう。

そして、政宗は少しの間だけ復讐の旅を離れ、夢の中へと旅立つ。

「お休み……異世界」——という、寝言《ねごと》と共に。

※

召喚されし生徒たちは、魔族を滅《ほろ》ぼすべく魔法の習得に励《はげ》んでいた。

ここはグレイベルク王国の壁内、その北東に建てられた学び舎《や》——国立アリエス・グレイベルク学園だ。

その異様な学名の由来は、自己を過大に評価したアリエスの産物。そして極《きわ》まれた愚《おろ》かさに気づきもしない国王――ヨハネスによる娘《むすめ》への愛情だ。

そして学園の一画に位置する第一演習場。単なるグラウンドに見えるその校庭の周りには、木々や花々といった平穏《へいおん》でのどかな景色が広がっている。

そこでは今、一条幸村《ゆきむら》が講師フィリップ・バトラー指導の下《もと》、《爆裂《ばくれつ》魔法》と呼ばれる魔法の習得に励んでいた。

「イチジョウ！　もっと魔法陣を安定させろ！　それじゃあ魔法が暴発するぞ！」

「はい！」

一条の足元には五色に輝《かがや》く魔法陣が浮かんでいた。それぞれの色が融合《ゆうごう》するように、一つの円を築いている。

「お前は勇者だ！　爆裂魔法は、職業に勇者を持つ者だけに許された魔術。それを使いこなせなければ勇者である意味はない！」

「はい！　ぐっ！……うわぁあああ！」

だがその時、一条の足元に見えていた魔法陣が、一瞬にして弾《はじ》け消滅した。

一条は地中から噴《ふ》き出したかのような爆風で上空へ放《ほう》り出され、宙に舞《ま》ったかと思うと落下し、そのままグラウンドに叩《たた》きつけられる。

「ガハッ！」

「……ここまでか」

バトラーはその様子に軽くため息をつくと、すぐに一条のもとへ駆け寄った。

「はぁ……はぁ……」

一条は肩《かた》を揺らし、荒《あら》い呼吸を整えながら大の字に倒れていた。

受け身など手慣れたものだ。何故なら一条はここ数日、ずっとこれを繰り返しているのだから。

「大丈夫か、イチジョウ？」

「はい……先生」

「いいかイチジョウ？　もう一度、頭に叩き込んでおけ。魔力はお前の心臓、その核《かく》にある。その魔力を《術式》に変換《へんかん》し、そして繰り出されるのが《魔術》だ。だがお前の有する爆裂魔法は膨大な魔力を消費する。つまり強力だ。だが強力な魔法というのはそれだけに扱いが難しい。力は行き場を求め外に向かい、暴走する。そして安定を促し暴走を抑えるのが、この《魔法陣》という訳だ。現状、お前は魔法陣なしにこの魔法を使うことはできない。だが将来的には魔法陣なしで使えるようにする必要がある。詠唱も簡略化し、声に出さなくても術式を構築できる程度には仕上げてもらう」

「無詠唱……ですね？」

「そうだ。それが理想だ。そうでなければ魔族には対抗《たいこう》できない。イチジョウ、これはお前にかかっていると言っても過言ではない。お前は勇者として、それだけの力を身に付ける義務があるんだ。努力はしてもらう」

「……はい」

一条は呼吸を整えつつ返事をする。だがその心は、〝何故、俺はこんなことをしているんだ？〟という疑問で溢《あふ》れていた。溢れているが答えはない。

そして、そんな二人の様子をグラウンドの片隅《かたすみ》から窺う生徒たち。

この後、自分たちも一条のようにしごかれるのかと恐怖し、中にはため息を漏らす者もいた。


バトラーは一条への指導に尽力《じんりょく》していた。だが彼は普段《ふだん》、あまりやる気を見せない。彼がここまで一条に尽《つ》くすのには、ある理由があった。

——それはアリエスだ。

アリエスにとってバトラーは学友だ。だがバトラーにとってはそれ以上だろう。つまり、彼はアリエスの魅力に惑《まど》わされ、魂《たましい》を喰われている。

だがもう一人、そこにアリエスに魂を喰われ、判断能力を失った者がいた。

——佐伯健太《けんた》である。

佐伯は他の生徒たちとは別に、グラウンドの隅に生えた木にもたれ掛かり、木陰《こかげ》からその様子を眺めていた。その隣には親友、木田の姿も見える。

「勇者が聞いて呆れるよな？　あのすぐへばる優男《やさおとこ》が勇者なんだぜ？　俺らの称号にある勇者は言わばお飾りだ。勇者召喚で呼び出したから勇者。つまり取って付けただけ……アリエスさんも分からねぇよな？　あんな奴に入れ込むなんて」

「〝入れ込む〟？……どういうことだ？」

「どうって、そういうことだろ？　つまり一条は期待されてんだ。俺たちと違ってあいつは勇者だから、データ上は一番強い。有望視されてんのさ。ったく……俺の賢者《けんじゃ》って、何だったんだろうな……」

佐伯は自身のステータスを眺めながら、アリエスの喜ぶ顔を思い浮かべていた。あの時、大広間で見たアリエスのあの表情だ。

「魔力が足りないんだってよ？……」

「え？」

唐突にそう漏らす佐伯。

「魔力が足りないんじゃ、この上級魔術も持ち腐《ぐさ》れだ。意味はねえ」

「……」

「じゃあモンスターの一匹《ぴき》でも殺しに行けば済む話だ。でも〝魔術は《魔導書》で覚えるもの〟だもんな？　へっ……笑っちまうよ。賢者って何だよ？　何が恩恵だ。結局、まともに魔法が使えるのはあいつだけじゃねえかよ……」

佐伯はそう呟きながら、付近のベンチに腰を下ろす一条を恨《うら》めしそうに見つめていた。

「違う世界に来てまで教科書を眺めてろってか？　冗談《じょうだん》きついぜ……」

単純な話だ。美女に煽《おだ》てられた佐伯は、あの日、自身に期待した。

だがアリエスや王様が最も期待しているのは一条だ。それを目の前で見せつけられ、佐伯はやる気をなくした。

そんな佐伯を咎《とが》める者はいない。また、バトラーもさほど気にはしない。それが彼の現状だった。

「仕方ないさ、一条は勇者なんだ」

脳天気な木田の言葉に反論することなく、佐伯はステータスをそっと閉じる。

「ああ……そうだな」

快晴の下、一条に敗北し、佐伯の心は曇《くも》るばかりだった。

※

俺は久しぶりに人の声を聞いていた。

「冒険者よ！　よくぞここまで辿り着いた！」

そいつは銀色の鎧を纏《まと》い、額をさらけ出し、銀色の髪《かみ》をしっかりと固めオールバックにしていた。肌《はだ》は異常なほど白く、闇の中でもはっきりと見えるその眼光は、蛇《へび》のように鋭《するど》く不気味で、その目を見た瞬間、俺はこいつが人間でないことに気づいた。

だがこいつは人の言葉を解し、まるでここに辿り着いたことが喜ばしいことであるかのように、この部屋へ足を踏み入れた直後、俺を祝した。

あの後、酔いの醒《さ》めた俺はワイン貯蔵庫を後にし、何となく通路を進むと、目の前に現れたとある扉を開けた。

何の変哲《へんてつ》もない扉だった。そんな中、俺は油断も隙もある状態でこの部屋へと足を踏み入れたのだった。

そして、目の前にこの男が現れたという訳だが……。

「ズーリよ！　何年ぶりだろうか！　こうして我の前に冒険者が現れたのは！」

「もうかれこれ一五〇年ぶりになりやす、親びん！」

男の隣にはズーリと呼ばれるコウモリのようなモンスターがいた。

血管の浮き出た一つしかない目玉で、ギョロギョロと俺の様子を窺っている。パーツは目玉とコウモリの羽しかなく、あれでは目玉から羽が生えているようなものだ。

「何⁉　我は……一五〇年もここにいたのか⁉」

一五〇年もいて何故、気が付かないのだろうか？

だがよほどショックだったのか、その表情にはどこか寂《さび》しさが窺えた。

「ズーリよ！　今日は宴《うたげ》であるな！」

男はそう言うとこちらに視線を向け、俺の顔をその蛇の眼で見つめニヤリと笑みを浮かべた。

すると突然、何故か天井に吊《つ》るされたシャンデリアに明かりが点《つ》き、部屋全体が照らされる。

明かりを取り戻した部屋は、グレイベルクで見た大広間に似ていた。

「我こそは蛇の王シャオーン！　では冒険者よ！　始めようぞ！」

次の瞬間、シャオーンと名乗る男の姿が消えた。

不思議に思った俺は二度見するも、やはりそこには誰もいない。だが答えはすぐに告げられた。

「殺し合いを」――突然、俺の耳元でそう囁きが聞こえたのだ。

同時に、腹に何か重たい感触があり、「ん？」と首を傾《かし》げながら下を見る。

その瞬間、腹部にこれまで感じたことのないほどの激痛が走った。

「え？……ぐっ……ぐわぁあああああああああ！」

――腹に、シャオーンの歪《いびつ》な刃先が突き刺さっている。

「フッハッハッハッハッ！　思い出した！　思い出したぞ、この感触を！」

躊躇いなく引き抜かれる剣。シャオーンは血の付いた剣を眺めながら高らかに感動を叫《さけ》んだ。

「カハッ！……」

吐血《とけつ》……息ができず、体が死んだように動かない。なのに腹は内側から蠢く。まるで傷口が意思を持ち、生きているかのようだ。

俺は自分の腹を見つめながら動けなくなっていた。そして気づくと膝をついていた。

「それにしても実に残念だ。これすら避《よ》けられないとは……我が隠居《いんきょ》していたこの一五〇年の間に、冒険者の力は落ちたとみた」

「《治《ヒー》……癒《ル》》」

激痛のあまり傷を触ることもできず、どうにか《治癒《ヒール》》で傷を治す。

「ん？　貴様、プリーストか？　ならば我の動きが見えぬのも理解できるが……ズーリ！」

「はい親びん！」

シャオーンとズーリが何やらよく分からない会話をしている。だが俺には二人の様子など見えない。

「親びん、分かりやした！　こいつはヒーラーです！」

「何⁉　ヒーラーだと⁉　そんな馬鹿《ばか》な！　ではヒーラー風情《ふぜい》が、この玉座の間に一人で辿り着いたというのか⁉」

「分かりやせんが……それと、変なんですよこいつ」

「変？……どういうことだ？」

「それが、こいつスキルが……」

その時、俺の傷が完治する。

「《聖なる光《セイント・シャイン》》！」

杖を拾い、俺は即座《そくざ》にズーリに向けて魔術を放った。

杖の先端から白い光が漏れ、次の瞬間、直線状に輝く球体が放たれた。

そして球体はズーリに接触した瞬間、膨張《ぼうちょう》するように拡大し、白い光を放ち破裂《はれつ》する。

「ズーリ！」

ズーリを心配するように表情を変えたシャオーンは、散らばる粒子の方へと振り返った。

――『《マッドアイ【Lv：350】》討伐により、固有スキル《女神の加護》を発動します』

レベル350か……こいつも化け物だな。戦利品はとりあえず後にしよう。

「おのれ冒険者めえ！　よくもズーリを！」

消滅したズーリを確認したシャオーン。蛇の面がこちらへ振り返ると、その表情は先程とは全く違い、額と眉間《みけん》には血管が浮き出ていた。

「《侵蝕の波動《ディスパレイズ・オーラ》》！」

俺は隙を与えることなくすぐに魔法を発動した。

こいつは一瞬で俺の所まで移動し、そして俺の腹を剣で突き刺した。俺は奴の動きを目で追うどころか反応すらできなかった。そんな奴を相手に、俺が油断することはもうないだろう。

「なっ⁉」

目前に迫る波動に気づいたシャオーンは、先程と同じその素早い動きで回避した。

「ん？……ぬぁあああああ！　我が愛刀、《蛇剣《じやけん》キルギルス》があああ！」

するとどういう訳か叫び声が聞こえ、俺は反射的に目を向ける。

「貴様……やりおったな？　我が愛刀を……」

そこには、折れた手元の剣を見つめ憤慨《ふんがい》するシャオーンの姿があった。

剣の刀身が半分ほど綺麗に消滅している。どうやら回避する直前、俺の侵蝕に触れたらしい。

「キリギリスだと？」

それにしてもダサ過ぎだろ？　愛刀ならもっとちゃんとした名前を付けるべきだ。

「なんだと？　貴様……ズーリに飽《あ》き足らず、我が愛刀までもを愚弄《ぐろう》するか？」

あの目玉がそんなに大事だったのか、シャオーンは鬼《おに》のような形相でこちらを睨んでいた。

「悪いなおっさん？　この腹の借りは返したぞ？」

「ふ……口だけは達者とみた。ではこちらも友と愛刀の借りを返そうぞ！」

気のせいだろうか？　さっきからこいつの口調には違和感を覚える。ワザとらしいような、何かを演じているような臭さを感じる。

「久々に話し相手が見つかったと思ったら、まさかモンスターだとは俺もついてない。ところでおっさん？　ここがどこなのか教えてくれないか？」

「礼儀《れいぎ》を知らぬ小童《こわっぱ》め。ふざけておるのか？　我はモンスターではない、蛇王《じゃおう》ぞ？」

ふざけているのはお前の方だとそう言ってやりたくなるが、腹の痛みも消えたし、できれば今後のために少し情報を集めておきたい。こいつを殺すのはそれからでも遅くないだろう。

「こっちは大真面目《おおまじめ》に、ここがどこか分からないんだが？」

シャオーンはそれでも睨みつけていた。まるで話が通じない。

すると奴の口元が緩《ゆる》み、何故か突然「ふっ」と微笑《びしょう》した。

「ん？　なんだよ？」

「ズーリの眼《め》に間違いはない。貴様がヒーラーであることは確実だ。だがその魔法はなんだ？　お主はヒーラーではないのか？」

「ズーリの目に間違いはなかったんじゃないのか？　俺は正真正銘《しょうめい》のヒーラーだ。それよりここがどこなのかを答えろよ？」

「ズーリを殺《や》った魔法、あれはその杖によるものであろう？　おそらく聖属性の魔法だ。ズーリは聖属性に耐性がないからなぁ。しかし貴様が今しがた見せた魔法に、アイテムを使用した痕跡《こんせき》は見当たらぬ……貴様は一体、何者だ？」

「ヒーラーだって言ってるだろ。人の話を聞けよ？」

「笑止……口の減らぬ奴め？　人間ではない我が、人間の話など聞く訳がなかろう？　嘘をつくと言うのなら我にも考えがある。この蛇剣の無念、しゃしゃり出るその喉で呑《の》み込んでもらうとしよう」

怒りの籠《こも》った低い声が大広間に響く。あのズーリとかいうモンスターの死が、それほど悲しい……って訳でもなさそうに思うんだが、じゃあ何だ？

「だから俺はヒーラーだって？」

ただ何となくだが分かるような気はする。こいつはこんなところに一五〇年間も一人でいたんだ。話し相手はいたようだし多少はマシだったろうが、それでもこんな息苦しい場所に一五〇年はきつい。俺ならおそらく………俺ならどうなるだろうか？

「嘘をつくな！」

「いや、だからヒーラーなんだって！　あの目玉も言ってただろ？　〝こいつはヒーラーだ〟って？　間違いないんじゃなかったのかよ？」

「貴様！　ズーリまでも愚弄するか！」

「いやいやお前、話つうじてるか？　なんか面倒臭《めんどうくさ》くなってきたなぁ～」

どうやらこいつは頭がおかしくなってしまったらしい。当然だ。

だが同情はしない。ここで殺されるのも嫌だし、こいつみたいにここで一五〇年暮らすのも嫌だ。必ず、ここを出てやる。

俺はため息と共に《侵蝕の波動《ディスパレイズ・オーラ》》を展開し、自分を覆う程度に留《とど》める。

「貴様、否《いや》が応でも言わぬつもりか？　無礼だとは思わぬのか？　ヒーラーだと嘘をつき、何者かと尋ねても名すら名乗らぬ。それで良いというのだな？」

「いや、だからさぁ……」

もうこいつには何を言っても無駄だろう。だがそうだなぁ……

「俺が何者かって？　まあ、強《し》いて言うなら……ニートだな」

これは佐伯に向けた皮肉だ。

佐伯曰《いわ》く、無能な俺には《ニート》しか道がなかったらしい。ならば受け入れてやろう。この名前を広め、最後にあいつの前でこう言ってやろう。

――〝お前はニートに殺されるんだよ？〟ってな。

「なるほど貴様は〝ニト〟というのか……」

「いや、ニトじゃなくて、ニート！」

「そう何度も言わずとも聞こえておるわ。ところでニトよ？　貴様、まさか生きて帰れるとは思っておるまいな？」

どうやら耳が腐っているらしい。俺はもう何も言わないことにした。

あいつも何故か納得しているみたいだし、この茶番ももういいだろう。俺も久しぶりに話せてすっきりした。

「ああ、思ってるけど？」

「フッハッハッハッ！　笑止笑止！」

またしても見下したように嘲笑《あざわら》うシャオーン。

だがそこで、奴の姿が消えた。ということはつまり、始めるということだ。そしてもう、確認はない。

「談笑の合間に仕掛けてくるとは、どっちが礼儀知らずなんだよ？」

油断はない。俺は波動の範囲を拡大し、奴の姿を探した。その時だ——

「ぐわっ！」

——展開していた波動にシャオーンが接触した。

姿が見えた時には既《すで》に奴は侵蝕に触れており、波動による蝕みは終わっていた。

どうせこいつのことだ。お得意のあのスピードで突っ込んできたんだろう。その剣で貫《つらぬ》けるとでも思ったのだろうか？

「無理に決まってるだろ？」

そこには右手と右足を失ったシャオーンの姿があった。

俺はここまでだと波動を解除し、このくだらない戦いにため息を吐《つ》きながら、奴のもとまで歩いた。

「クッハッハッハッハッ！　ここまでこけにされるとは！　我ながら……呆れたものだ。力が落ちていたのは我の方であったか……」

俺は足元のシャオーンを横目に、ステータスを開く。マッドアイ討伐後、まだ戦利品を選んでいなかったからだ。

スキル：《真実の魔眼》……対象のステータスを覗《のぞ》き見ることができる。
魔術：《闇の一閃《ダーク・ブライト》》……使用者の瞳から直線状に闇属性の光線を放つ。
消耗品：《高級回復薬》……深い傷でも癒やすことのできる高級な回復薬。
装備品：《騎士の斧《おの》》……一般《いっぱん》的な騎士が使用する雑多な斧。

「別に気にする必要はないんじゃないか？　俺だってあんたの動きは全く見えなかった訳だし」

魔術《闇の一閃《ダーク・ブライト》》も捨てがたいが、能力が今一だなぁ……《真実の魔眼》はこの先、役に立つだろうし……。

考えた結果、やはり魔術よりも俺はスキル《真実の魔眼》が気に入った。

〝対象のステータスを覗き見ることができる〟とは、実にシンプルで強力なスキルだ。

――『スキル《真実の魔眼》を習得しました』

「敗者に対し、労《ねぎら》いの言葉を忘れぬか。クックッ……寛大《かんだい》だな？」

「そうでもない。あんたがあんまり悪そうな奴に見えないだけだ。気まぐれだよ」

初手でいきなり腹を刺されたというのに、俺は何を言っているのだろうか？

あの液体を飲んでからというもの、俺の中の何かが変わったような気がする。

だがステータス上、俺は依然《いぜん》として《異世界症候群》であり、異常を告げるアナウンスも流れない。ということは……気のせいか。

「ニトよ、それは違うぞ？」

すると横たわるシャオーンは、まるで警告するかのような声で指摘《してき》する。思考を一度切り替《か》え、俺は耳を傾《かたむ》けた。

「違う？」

「そう思うのはお主が未熟だからだ。一瞬でも我に《治癒《ヒール》》を施そうと考えたなら、それは止めておくがいい。無駄なことだ。どちらにせよ、我は直《じき》に死ぬ」

確かに一瞬、助けようとしたかもしれないな。それより、〝死ぬ〟か……当然のことのように言うもんだ。俺は思わず、微かに笑みが零れた。

こいつもおかしな奴だ。死が迫っているというのにまったく動じていない。

だがそんなシャオーンの言葉に笑えるくらいには、やはり俺もおかしいのだろう。そう思える感覚だけは残っていた。

「未熟か……そうかもな。ご忠告どうも」

「気にすることはない、ただの気まぐれだ。気まぐれついでに、もう一つ我の話を聞くが良い」

するとシャオーンは改まったように、重傷《じゅうしょう》ながらも冷静に尋ねる。

「貴様はヒーラーなのであろう？」

「ああ。何度も言うようにそうだが？」

「ふ、もう疑いはせぬ」

こいつのこの余裕がどこから来るのか、それが知りたい。血を流しながらも、シャオーンは何かを考えている様子だった。

「ならばこれから先、素性《すじょう》は隠した方が良いであろうな」

「素性？　どういうことだ？」

「我はこれでも何百年と生きた蛇の王である。これでも昔は大陸中に名を轟《とどろ》かせていた。しかし、貴様はそんな我を容易くこの姿に変えたのだ。ヒーラーでその強さ、おまけに得体の知れぬ魔術を使う……誰もが挙《こぞ》って欲《ほ》しがるであろうことは明白だ。俗世《ぞくせ》に呑まれた貴様の姿が目に浮かぶ」

一言多い奴だ。俺は俗世に呑まれたりなんかしない。むしろそれが嫌で異世界を求めたんだからな。

だが、こいつの言いたいことも分かる。

「貴様が自己顕示《けんじ》欲を満たしたいだけの愚かな者ならば好きにするが良い。ただ、そうでないのなら我の話を聞け。力を持つ者というのは、それだけで周囲を惹きつける。そしておそらく、貴様は面倒事《めんどうごと》に巻き込まれやすい体質であろう？」

何百年と生きたからだろうか？　こいつは大抵《たいてい》のことは見れば分かるようだった。

「……そうかもしれないな」

確かに面倒事にはよく巻き込まれた。虐めなんかはまさにそうだろう。

月日が経ち学校が変わっても、俺は誰かに必ず目をつけられた。

「ヒーラーでその魔力はあり得ぬ。常識だ。事実ならば、大抵の者は普通隠すはずだ。だが貴様はまるで何も知らぬように、大真面目にヒーラーと答えた」

「まあ事実、ヒーラーだからな？」

「その不用心さが問題だ。もちろんヒーラーと名乗ることをどうこう言うつもりはない。だがヒーラーならば弱くあるべきだ。世間は理解できぬものを拒《こば》む……」

そう話すシャオーンの表情が、一瞬、少し悲しいものに見えた。俺はあえて追及《ついきゅう》せず、そのまま流した。

「ところでその力だが、訳を聞かせてほしいと言っても教えてはくれぬのであろう？」

「それは俺にもよく分からないんだ。ここに来る途中《とちゅう》、変な液体を見つけたんだよ。宝箱に入ってた液体だ。それを飲んだら使えるようになってたんだ。逆に聞きたいんだが、何か知らないか？」

「なるほど、そうであったか……そんなものが……」

シャオーンもどうやら知らないらしい。そう顔に書いてある。

「ああそうだ。お前が死ぬ前にもう一つ教えてほしいことがあるんだけど」

「なんだ？　なんでも聞くが良い。我を圧倒《あっとう》した褒美にくれてやろう」

「じゃあ遠慮《えんりょ》なくそうさせてもらうが、《復讐神》って言葉に聞き覚えはないか？」

「……」

俺がそう尋ねた時だった。何故かシャオーンは目を見開き、一点を見つめたまま黙った。

「ニトよ……その名をどこで？　いや……そうか、そういうことか。フッハッハッハッハッ！」

「なっ、何だよ？」

限りなく純白に近い肌。そこに映えた蛇の眼と口元に光る牙——何故か急に笑い出すシャオーンが、より不気味に見えた。

「ん？　ああ、すまぬ。久しぶりに懐《なつ》かしい名を聞いたもので、ついな……」

「ってことは、知ってるってことか？　だったら教えてくれ、復讐神ってのは何だ？」

《復讐神の秘薬》、そして《反転の悪戯【極】》。すべてはあの赤黒い液体が始まりだった。

今ではあの声の主に感謝している。おそらくあれが《復讐神》だったんだろう。

「聞いたことのある名だ、遠い昔にな。それは言わば呪《のろ》われた冒険者の異名だ。だが我はそれしか知らぬ」

「ふ〜ん、神なのに冒険者か……訳が分からん」

「まあ気にすることはない。この世界を旅していれば、いつかその名の意味を知る日も来よう」

「お前、本当は何か知ってるんじゃないか？　口ぶりからして知ってるとしか思えないんだが？」

「我は知らぬ。だが焦《あせ》ることはない、楽しみはとっておくものだ。ところでニトよ？　お主、本当の名はなんと申す？」

すると突然、話を逸《そ》らしたかと思うと、ぬけぬけとそんなことを尋ねる蛇の王。どうやら頭がおかしい訳ではなかったようだ。

「何だよ、ちゃんと通じてるじゃないか？　政宗……日高政宗だ」

「マサムネ、か……名まで……あいつ……に……」

「なあシャオーン？　あんた、初めとキャラ変わってないか？」


――『《蛇の王シャオーン》討伐により、固有スキル《女神の加護》を発動します』

「おっさん？……」

俺はもう一度、蛇の名を呼んだ……だが、声が返ってくることはなかった。

殺したのは俺だ。だけど……なんだろうな。

多分、シャオーンならこう言うだろう。

〝それは貴様が未熟なだけだ〟……と。

※

（我は……夢を見ているのか？　この記憶《きおく》は？……）

死の淵でシャオーンは意識を取り戻し、夢を見ていた。

目の前には果てしない雲海が続いており、時間は夕暮れ時だろうか？

雲の下から微かに、そう思わせるような光が零れている。

――復讐神！　そうだシャオーン！　俺は……この名を世界に轟かせる！

『シャオーン……』

（懐かしき声が聞こえる。何故、今まで忘れていたのだ……）

『ん？……』

すると背後で声が聞こえ、シャオーンはすぐに振り返る。

そして目の前に現れたその男の顔を確認するシャオーン。表情は緩み、疑問は笑みに変わっていた。

『ふっ……そうか。そうで、あったな』

『そういうことだ』

『つまり、あの者に託《たく》すのか？』

『ただの気まぐれだ。そう願うばかりだがな？』

『ふっ、気まぐれか……気まぐれにしては手が込んでいるではないか？　だが、そうだな……ならば我らはあの者の行く末を見守るとしよう。貴様もそのつもりであろう？　ゼファー……』

『その話し方、相変わらずだな？　シャオーン……』

再会を祝うかのように、そして思い出すように語らう二人。その後ろ姿には朧気《おぼろげ》な儚さと、懐かしさが漂《ただよ》っていた。

そして二人は、白い光と霧《きり》に包まれながら、どこかへと姿を消した。

後には夕日に照らされた雲海が広がっているのみで、そこには何もなかった。

※

俺はひたすら階段を駆け上がっていた。それは人が二人通れるか通れないかぐらいの、狭く長い階段だ。

大広間の隅に見つけた扉を進み、この階段を上り始めてから一体どのくらいの時間が経っただろうか？

最初はこれで最後だと希望を見つめ、この上っても上っても先の見えない階段を駆け上がっていた。

だがそのうち、疲れてきた。つまり、俺が疲れてしまう程度には時間が経ったということだろう。

体力的には何の問題もなかった。ただ単純に、精神的にきつかった。

やはり精神はレベルを上げてもどうにもならないらしい。

そんなことより、俺が左手に持っているこの剣にお気づきだろうか？

これは先ほどシャオーンからドロップしたアイテム、《蛇剣キルギルス》だ。戦利品とは違い、単純なドロップアイテムになる。

蛇のような装飾《そうしょく》。そして刀にも似た刀身をしている。これで俺の装備が一つ増えた。

だが剣である以上、ヒーラーの俺には使えないだろう。でも野菜くらいなら切れるだろうか？

別に振れば相手を傷つけることだってできる。だがそれだけだ。

今の俺にはそれで十分かもしれないが、いつまでたってもヒーラーである俺にはそれしかできないのだろう。

シャオーンから得たものは蛇剣だけじゃない。勿論、それは経験値のことだ。

マッドアイ――ズーリ一体分と、シャオーン一人分の経験値により、またしても俺は大幅なレベルアップをした。

まずはマッドアイだ。こいつを倒した時、レベル212だった俺はレベル348へ成長した。

レベル400のミミックを倒した時よりも経験値が多いことに疑問を覚えたが、前にプレイしたRPGで、モンスターの種類によって同レベルでも経験値が全く違っていたことを思い出し、そういうものかと納得した。

つまりマッドアイは希少――レアだったのだろう。

そして問題は蛇の王、シャオーンだ。

奴のレベルを知った時、俺は貯蔵庫から持ってきた勝利の美酒を口から吐き出した。

何と！　レベル916もあったのだ！　何故、俺にそんな奴を殺せたのかが分からない。

そして俺はさらに経験値を得たことで、レベル348からレベル697へと成長した。もはやレベルは数字にしか見えず、そこに感動はなくなっていた。

そういえば称号の欄に、《蛇王神の友人》が追加されていたが、シャオーンのことだろうか？

だが奴は蛇の王ではなかったか？　その辺りは俺には分からない。

そして、忘れてはいけないのが《女神の加護》による戦利品だ。

俺は固有スキル《神速》を選んだ。これが奴の速さの正体らしい。

他《ほか》にもスキル《熱感知》や魔術《猛毒の奔流《シャフオール・ポイズン》》、召喚魔術《大蛇《ヒドラ》》といった、蛇の名に相応《ふさわ》しい能力があった。

正直どれも捨て難《がた》かったが、あの速さには替えられなかった。

そして一つ気になったことがある。これまで粒子となって消えた奴らと違い、シャオーンは消えることなく、その場に死体が残っていたのだ。何か違いがあるのだろうか？

それは外に出たら調べるつもりだ。という訳で、これが今の俺だ。

《名前》ヒダカ　マサムネ
《レベル》６９７《職業》ヒーラー《種族》人間
《生命力》４１８２０《魔力》３４８５０
《攻撃》６９７０《防御》６９７０《魔攻》６９７０《魔防》６９７０
《体力》６９７０《俊敏》６９７０《知力》６９７０
《状態》異世界症候群
《称号》転生者／復讐神の友人／蛇王神の友人

《装備品》聖女の怒り／蛇剣キルギルス
《スキル》王の箱舟／ミミックの人生／真実の魔眼
《固有スキル》女神の加護／復讐神の悪戯・反転の悪戯【極】／神速
《魔術》治癒《ヒール》／治癒の波動《ヒール・オーラ》／状態異常治癒《エフェクト・ヒール》／属性付与《エンチャント》／攻防強化付与《オディウム・オーラ》

シャオーンの忠告もあり、自分の異常さが分かってきた。もう誰にも負ける気がしない。

だが当分は様子を見ながら行動するつもりだ。技《わざ》をひけらかすようなことはしない。そこはしっかり忠告を聞いておこう。痛いのはもう嫌だ。腕を噛まれるのも嫌だし腹を刺されるのはもっと嫌だ。だから警戒は怠《おこた》らない。それから油断もしない。

あいつらを殺すまでは、死ねないから……。

「……」

なぜだろうか？　殺すという言葉を使っているのに気持ちは清々《すがすが》しい。

多少、精神的にも成長した。ということなんだろうか？

第三章　龍の心臓

　あれから一時間以上は経過したはずだ。だが出口はまだ見えない。俺《おれ》はワインで喉《のど》を潤《うるお》しながら、階段に座《すわ》り込《こ》み休憩《きゆうけい》していた。

　貯蔵庫にあったワインはすべて、このスキル《王の箱舟《はこぶね》》に収納してある。樽《たる》に入っていたものも含《ふく》めてだ。加えて、食料庫にあったチーズなんかもすべて持ってきている。

「進む方向、間違《まちが》ったかなぁ？　シャオーンに聞いておくんだったなぁ……」

　壁《かべ》に灯《とも》された松明《たいまつ》が、下りと上り両方に向かって果てしなく続いている。俺はその、気が遠くなるような光景に辟易《へきえき》し、空になったワインボトルをその場に置くと、《王の箱舟》から新たにワインを取り出す。

「《状態異常治癒《エフェクト・ヒール》》！」

　俺は先ほどから、酔《よ》っぱらってはこうやって魔術で酔いを醒《さ》まし、またワインを飲むということを繰《く》り返している。

「やっぱ、魔法って万能《ばんのう》だよな。これだったらいくらでも酒が飲める」

魔法と酒の素晴《すば》らしさに感動しつつ、立ち上がり、再び階段を上り始めた。

そして右足を上げ、次の段へ下ろそうとした。その時だった――

『ジーク！　後ろよ！』

――微《かす》かに誰《だれ》かの声が聞こえた。

それは山彦《やまびこ》のように、まるでここではないどこかで発せられたようにエコーの掛《か》かった声だ。

俺は不思議に思いながら耳を傾《かたむ》けつつも、まずは上げた足を次の段へと下ろした。

その刹那《せつな》、俺の周囲で信じられない現象が起きた――

「……は？　嘘《うそ》……だろ……」

――草原。

松明の明かりさえ頼《たよ》りない暗い階段を上っていたはずの俺は、気づくと木々や草木が生《お》い茂《しげ》る道の真ん中に立っていた。そして天候は快晴である。

驚《おどろ》きのあまり開いた口が塞《ふさ》がらない。しかしワインボトルだけは落とさない。

急に光が視界に入ってきたせいで目が痛い。だがすぐに慣れた。迷宮《めいきゅう》にいた時と同じで慣れるのが早い。

「どう、なってるんだ？　俺は……確かに今、階段にいたはずだよな……」

だがそこで、俺は状 況《じょうきょう》を理解した。

「……転移か？」

一度、経験したことのあるこの感覚——どうやら、俺は空間転移魔法の影響《えいきょう》を受けたらしい。

トラップか何かだろうか？　また何かに触《さわ》ってしまったらしい。

「そうか……外に、出られたのか……」

それはもう、この上ない喜びだった。悪臭《あくしゅう》からの解放、そして閉所からの解放だ。

「来たぞおおお！　ついに異世界に来たぞおおお！」

この青い大空が見えた時、俺は自分が異世界に来たことを実感していた。同時に大きな喜びを感じ、少しだけ救われたような気もした。

「そうだよな……異世界なんだよな……始まるのか、俺の冒険《ぼうけん》が……」

俺はダンジョンワインで祝い、頑張《がんば》った自分を労《ねぎら》った。

その時だ——

「アルフォード！」

——突然《とつぜん》、背後で声が聞こえた。

俺はワインをがぶ飲みしながら、声の方へと振《ふ》り返る。

「ん？　ゴクッ……ゴクッ……んっ！　ゴホッゴホッ！　な、なんだ⁉」

振り返るとそこには、黒いローブを身に着けた二人の男と一人の女が、こちらに鋭《するど》い視線を送りながら立っていた。

俺はワインで咽《む》せながらも状況を整理する。だが外に出られた嬉《うれ》しさから、完全に油断していることは間違いない。

「助かったジーク。それよりもエリザ！　ちゃんと見てたのか！」

「みっ、見てたわよ！　でも反応なんてなかったわ！」

首筋に触《ふ》れるほどの赤い髪《かみ》と見鼻立ちの整った面《つら》で、男は焦《あせ》り「警戒《けいかい》しておけと言っただろ？」と隣《となり》の女を責めていた。

一方、女はその言葉に苛立《いらだ》ちを見せながら、背中にまで掛かる毛先にウェーブの掛かった金髪《きんぱつ》をふわりと揺《ゆ》らした。

「なるほど……反応なしか。こいつ、何者だ？」

赤毛の男がこちらの様子を窺《うかが》っている。警戒されているようだが理由が分からない。

「誰であろうと関係ない。会話を聞かれた可能性がある。こいつにはここで死んでもらう」

そしてもう一人、異様な雰囲気《ふんいき》の男がいた。

うなじを隠し背中でなびく後髪と、鎖骨を隠し、なびく前髪、それら直毛の艶《つや》やかな黒髪は、風が吹く度《たび》にそいつが別格であることを悟《さと》らせる。

殺意の籠《こも》った鋭い目つき――表情には出さなかったが、俺はその目に少しばかりの恐怖《きょうふ》を感じていた。

そんなことより、一つ気になることがある。

「なぁ？　ちょっと聞きたいんだけど、お前ら人間か？」

ワインで気を静め平静を装《よそお》ってはいるが、俺は興奮を抑《おさ》えられなかった。

――目の前に人間がいる。

箱だと思ったらミミック。人だと思ったらモンスター。いや、シャオーンはモンスターじゃなかったな。

だがこいつらはどう見ても人間だ。できればそうであってほしいという希望も込みだが、見た目からして人間だろう。そんなことを考えていた時、俺は男の右手に注意がいった――

「……なっ！」

――長い刀。そんな凶器《きょうき》を持った男が、俺を睨《にら》んでいる。

「待て待て待て！　何だよいきなり！」

どうやら俺はピンチらしい。

それは一見すると刀だが、刀身はそいつの背丈《せたけ》を優に超《こ》えるほど長く、向けられれば一瞬《いっしゅん》で間合いを詰《つ》められそうな程《ほど》だ――大太刀《おおたち》。前にゲームで見たことがある。

「追手か？　見慣れない格好だが……どこの手の者だ？」

「追手？　何の話だ？」

だが俺がそう尋《たず》ねても、黒髪の男は聞く耳持たずといった表情をしていた。睨みつけたまま目を逸《そ》らさず、逃《に》がさない。

「止《や》めろよ！　とりあえずその物騒《ぶっそう》なもんしまえ！」

視界にあの長い刃《やいば》がちらつく度に、警戒心《けいかいしん》が強まり空気が変わる。だができれば戦いたくない。

会ったばかりの人間を殺すのか？　人間だぞ？　それでも殺すのか？　いや、そうなればそれも仕方がないか……ただ、どこかそう思えない。

シャオーンを殺したことを気にしている訳じゃない。襲《おそ》われたのは俺だし、あれで何もしない奴《やつ》は馬鹿《ばか》かお人好《ひとよ》しだ。俺はお人好しじゃない。

「お前は誰だ？　敵か？　それとも……」

魔術を使おうにも《聖女の怒り》は異空間収納にしまってある。杖《つえ》を持っていてはワインボトルが持てなかったからだ。おかしな動きをすれば、こいつは刃先《はさき》を俺に向けるだろう……行動すべきか、それともしばらく出方を窺うか。

だがシャオーンの助言もある。《侵蝕の波動《ディスパレイズ・オーラ》》はできれば使いたくない。

シャオーンはこの魔術を見て、俺を異常だと判断した。おそらくこの魔術、あるいは俺の魔法は、俺が思っているよりも異常で強力なものなのだろう。

「答えないということは、前者でいいな？」

俺はその問いに合わせるように、自分の左手にある蛇剣《じゃけん》キルギルスを横目でチラッと捉《とら》えた。

その時だ。微かに地を蹴《け》る音が聞こえ、男が大太刀を構えながらこちらに向かって素早《すばや》く前進した。

「まっ、待てって言ってるだろ！」

――『固有スキル《神速》を発動しました。以後、報告を省略させていただきます』

俺は初見だが《神速》を使い、振り抜《ぬ》かれた斬撃《ざんげき》をかわした。そして生まれた一瞬の隙《すき》をつき、周囲を窺い戦闘《せんとう》を回避《かいひ》できる唯一《ゆいいつ》の手段を取る。

こちらに近づいてくる黒髪の男の横を通り過ぎ、左にいる女の後ろへと回り込んだ。

「動くなっ！」

――俺は女の首元に蛇剣の刃を近づけそう叫《さけ》んだ。

「エリザ！」

卑怯《ひきょう》なのは分かっている。

「動くなと言ったのが聞こえなかったのか？」

だがこれが最善だ。

何とかは爪《つめ》を隠すというが、正直、皆殺《みなごろ》しにしてしまえば隠したも同然だろう。だが俺が殺したいのはこいつらじゃない。ならば殺さずに済む方法を選ぶべきだ。

それに手に入れた力に溺《おぼ》れたくはない。

「貴様……いつの間に……」

黒髪の男は目を見開き、まるで〝何が起こったのか分からない〟といった様子で俺を見つめていた。

「忠告したぞ？　これが最後だ、動くな。そしてその刀を鞘《さや》に納めろ。それからそっちの奴！　その手をどけろ、二度も言わすな」

赤毛の男が腰《こし》に携《たずさ》えた剣に手を伸ばしていた。複数を相手にするというのは疲《つか》れる。

「……ジーク、私たちの負けよ。降参しましょう？」

すると女がそう言った。命を握《にぎ》られているというのに、声はどこか冷静だった。

血の気が多いのは男だけのようだ。どうやら、意外にもあっさりと引き下がるらしい。

このとっさに思いついた作戦がこれほど上手《うま》くいくとは思わなかったが、好都合だ。その冗談《じょうだん》みたいな刀をしまって、さっさと俺の前から消えてほしい。

「私の感知に反応もなしに近づいてきたこともそうだけど、今の動き……私には見えなかったわ。ジーク、あなたには見えた？」

有利な状態にある俺は徐々《じょじょ》に冷静さを取り戻《もど》してきたのか、何となく視界が開けてきた。

そこで目に映ったのはやはり、あの刀だ。

というか何だよあれ？　長すぎだろ？

女の提案に二人はどうするか考えている様子だった。まだこの手が上手くいくと決まった訳ではない。

もしもの時はもう一度《神速》を使って逃げるか？　俺の動きは見えてなかったみたいだし……

いや、そもそもさっさと逃げればいいのか？

だが俺がそんなことを考えていた時、黒髪の男は終戦を告げる。

「次元が違うか……分かった。降参する！　彼女《かのじょ》を解放してくれ！」

「え？」

何だそれ？　黒髪の男は刀を鞘に戻すと、そう告げた。

実際のところ、俺は上手くいくなんて微塵《みじん》も思っていなかった。右手にあるワインボトルにコルクで蓋《ふた》をしたのはそういう理由だ。どうせ争うことになるだろうと思っていた……なのに。

「さてはお前ら、そう言って俺をはめる気だな？」

「そうじゃない、もう手は出さないと言ってるんだ。だから彼女を放してくれないか？」

「ホントか？」

「ああ、本当だ」

黒髪の男は一瞬、面倒臭《めんどうくさ》そうに眉間《みけん》にしわを寄せながら答えた。だが俺はあの刀が気になって仕方がない。

「まさか……お前、居合斬《いあいぎ》りとかしないよな？」

「はぁ……もう手は出さない」

うんざりしたようなため息が聞こえると、俺は既《すで》に安心していた。男は落ち着いた様子で、そう言いながら頭を下げたのだ。

そして、俺は女を解放してやることにした。

「あ……ありがとう」

放してやると、振り返った女は礼を告げる。なんだ、よく見れば美女じゃな……いや、よく見なくても美女だ！　俺はこんな美女に今まで剣を向けていたのか……少し手が震《ふる》えた。

すると女は何かを見抜《みぬ》くように俺を見て、「クスッ」と笑った。

だが少し見惚《みと》れたからといって人をこけにするのは止《や》めていただきたい。それがこの手の女の悪い癖《くせ》だ。良かれと思ってやっているのかは知らないが、不愉快《ふゆかい》だ。

最後の最後で気分が悪くなってしまった。助けてやったのに嗤《わら》いやがって……。

「じゃあ、俺はこれで」

こんな鬱陶《うっとう》しい奴らなんかほっといて、さっさと異世界旅行に出よう。

「ちょっと待ってくれ！」

そこで、とがめずに立ち去ろうとした俺の行為《こうい》を踏《ふ》みにじる声が聞こえた。俺は面倒臭さをこれでもかと言わんばかりに浮《う》かべた表情で振り返る。

「何だよ？　まだ何か用か？」

「俺はジークだ」

「だから？」

そう言って近づいてくるのは刀の男だ。表情は冷静で詫《わ》びる気配もない。

「一つ、頼《たの》みがある」

「は？」

だが男は記憶《きおく》がないのか頭がおかしいのか、同様の表情で近づいてくる。

「何故《なぜ》、見ず知らずの人間に頼まれなければいけない？　しかもお前、さっき俺を殺そうとしてたよな？」

シャオーンもそうだったが、襲いかかっておいてよく平然といられるもんだ。どうやらこの世界の住人は頭に問題があるらしい。

「俺と一つ、手合わせをしてくれないか？」

俺の言葉を無視し、平然と答える男。

「ちょっとジーク！　あなた、まさか……」

だが傍《かたわ》らの女がジークと呼ばれるこの男の言動をとがめた。そして何を驚いているのかは分からないが、言葉をつまらせている。その後、それは軽い問答に発展していた。

まったく、こいつらは何がしたいんだ？　その間、俺は置いてけぼりだ。

面倒な奴らに捕《つか》まってしまったもんだ。どうせ転移させられるなら、もっとマシなところにしてほしかった。

例えば町なんかは良いだろう。情報も物資も一度に集められそうだ。

「なあ、もう行ってもいいか？　大体お前とそんなことして、俺に何のメリットがあるんだよ？」

「それは……」

「急いでるんだ。他を当たってくれ、じゃあな……」

奴らに「さよなら」と手を振り、俺は歩き出す。見逃《みのが》してやったんだからそれで勘弁《かんべん》してほしい。

こんなイカれた奴らとこれ以上一緒《いっしょ》にいたくない。さっさとここを離れて、町を見つけよう。

と、呑気《のんき》にそんなことを考えていた時だった──

「《火炎《ファイア》》！」

──という声と共に、後ろから何かが迫《せま》ってくるような嫌《いや》な気配を感じた。

「ん？」

俺はだらだらと振り返るが、途中《とちゅう》で顔の半分を照らすその光と熱に目を疑った。

「お……おい！　お前！」

――それは無数の火の玉だった。火の玉が空気を燃やしながら、轟音《ごうおん》を鳴らし向かってくる。

「おいおいおい！　何をやってんだよお前は⁉」

あからさまにツッコミを入れた俺は、ギリギリで《神速》を使い回避した。少し横に移動しただけだが、それで十分だった。

だが制服の裾《すそ》が少し焦《こ》げてしまった。あと少し気づくのが遅《おく》れていたら、この程度では済まなかっただろう。

「お前！　どういうつもりだ！」

俺は右手のワインボトルからコルクを抜き、気を静めるためにワインを一口飲む。そして左手の蛇剣をジークとかいう異常者に向けた。

「少し、手合わせをしてほしい。それだけだ」

この世界の奴らはあのアバズレにしろ王様にしろ、人を裏切るのが大好きらしい。

目の前の男は口角を片方だけ上げ、俺を煽《あお》るようにニヤリと笑っていた。

「お前……」

シャオーンの言葉もある、できればしたくはなかった……。

だが外に出て早々、人を殺すことになりそうだ。

※

頭のおかしなイケメンこと――ジークは、鞘からあの大太刀を抜いた。

「少し、手合わせをしてほしい。それだけだ」

「お前……イカれてんのか？」

不敵な笑みを浮かべるジーク。

「いや？　至って冷静だが？」

完全に壊《こわ》れてやがる。おまけに戦闘狂《きょう》ときた。

だが本人が言うように表情や目つきは冷静で、決して血走っている訳ではない。だからこそ性質《たち》が悪い。

俺は蛇剣を構えた。だが剣の使い方など知るはずもなく――

「何だその構えは？　まるで隙だらけじゃないか？」

――と、見抜かれてしまう。

「お気に召《め》さないか？　イケメン」

当然だ。俺は剣術など知らないのだから……。

「ジーク！　あなた、自分が何をやろうとしているのか分かっているの⁉」

傍《かたわ》らの金髪美女が叫んでいる。内容からして、どうやらこいつを止めたいらしい。

そうだそうだ！　もっと言ってやれ！　そしてこの血迷ったリア充《じゅう》を止めてくれ！

だがこいつにその気はないらしい。

「《火炎《ファイア》》！」

考えを変えることなく、右手の拳《こぶし》に火を灯《とも》すジーク。

そして手を振り払《はら》った瞬間、無数の火の玉が現れ、そのまま俺の方へと迫ってきた。

一振りで無数の火球を放つジークは、何度も腕《うで》を振り払い、とてつもない数の火球を出現させた。

初めて目にする火の魔法《ファンタジー》。それを容易《たやす》く使いこなす男。ヒーラーでさえなければ、俺にもあんなことができたんだろうか……。

俺は《神速》でそれらをかわし、火の魔法《ファンタジー》を観賞していた。

だが心には穴がぽっかりと開いており、火が飛び散り消えていくその姿には、虚《むな》しさしか感じなかった。

「これすらも避《よ》けるか？　ならばこれならどうだ？」

そう言うとジークは右手を上空へ掲《かか》げる。

「《火炎の鉄槌《ディボルケード》》！」

その直後、ジークの足元に赤く光る巨大《きょだい》な魔法陣《じん》が現れた。

「ジーク、やりすぎだ！　彼《かれ》を殺す気なのか⁉」

傍らで赤毛の男が叫んでいる。〝やりすぎ〟とは、こいつは加減でもしてるのか？

ところで、さっきからこいつらは何の話をしているんだ？

「……どちらにせよ、俺たちの会話を聞かれた可能性がある」

その時、〝これはヤバい〟と俺の何かがそう告げた。

――ジークの上空に、凄《すさ》まじい勢いで燃える巨大な火の玉が現れていたのだ。

なるほど……これが魔法か。やっぱり俺とは違うな。

「ジークとか言ったか？」

俺は蛇剣を異空間収納にしまった。そしてワインをまた一口飲むと、それも一緒にしまう。

「何だ？　ん？……お前、それは異空間収納か？　ふっ、まあいい。もう驚きはしない。ところで何故、剣を納めた？　命乞《いのちご》いでもするつもりか？」

「俺はそもそも剣を使わないんだ。それより今、命乞いって言ったか？」

「そう、聞こえなかったか？」

火の勢いは強く、熱風で草木が揺れる。

「お前、職業は何だ？」

「ふっ、何を言い出すかと思えば、教えるわけがないだろう？」

「……」

どうやら職業というのは安易に人に教えるものじゃないようだ。〝教えるわけがない〟というのはそういうことだろう。

「……まあ、そうだよな」

俺はスキル《真実の魔眼》を発動し、ジークのステータスを覗《のぞ》いた。

《名前》ジーク・ラテュール・バッハ
《レベル》48《職業》龍騎士《きし》《種族》人間
《生命力》3939《魔力》2640
《攻撃《こうげき》》720《防御《ぼうぎょ》》624《魔攻》720《魔防》432
《体力》528《俊敏《しゅんびん》》864《知力》816
《称号《しょうごう》》龍の子
《装備品》大太刀【一斬《いちざん》】
《固有スキル》残龍の力《ドラグ・フォース》
《魔術》火炎《ファイア》／守護炎陣《ファイア・ウオール》／火炎の刃《ファイア・アギト》／火炎の鉄槌《ディボルケード》／稲妻の一流《ライトニング・バース》／稲妻の刃《ライトニング・アギト》／雷の槍《サンダー・ランス》／稲妻の一速《ライトニング・ソル》／羽織の雷装《クオーツ・レイス》／稲妻《ライトニング》／雷帝の憤怒《ラース・イレ・インドラ》

こいつもあいつらと同じか……。

「羨《うらや》ましいよ……そんな魔法が、簡単に使えちゃうんだもんな？」

「おかしなことを言うな？　自分には使えないとでも言うつもりか？」

「使えないけど？」

「ふっ……まったくふざけた奴だ。あれほどの素早さを見せつけておきながら、剣も、これしきの魔術も使えないだと？　馬鹿にするのも大概《たいがい》にしろ」

「馬鹿にはしてない。俺は事実を言ってるだけだ。それに魔術なら使えるぞ？　《治癒《ヒール》》なら得意だ」

俺がそう答えた瞬間、ジークの目が据《す》わり、奴の真上にあった巨大な火球が動きだす。

そして、轟音を発しながら迫り来るそれは熱風を強め、その奥《おく》ではイケメンが微笑《びしょう》していた。

だが焦る必要はない。何故なら俺にも――

「《術式破壊《ソウル・ブレイク》》！」――魔法はあるからだ。

轟音を響《ひび》かせる巨大な火球に手を翳《かざ》し、俺はそう詠唱《えいしょう》した。

直後、目の前にあったはずの巨大な火球は内側に吸い込まれるように収縮すると、跡形《あとかた》もなく完全に消滅《しょうめつ》した。

そして、ジークの足元で赤く光っていた魔法陣は、まるでガラスが割れるように砕《くだ》け散る。

「なっ！……バカな……」

目の前で起きたことが呑《の》み込めず、困惑《こんわく》した様子のジーク。

ところで何故、俺がこんな魔法が使えるのかということだが、あれはシャオーンの亡骸《なきがら》と別れ、あの暗い階段を上っていた頃《ころ》の話だ。

ワインで酔っ払《ぱら》い気分の良くなった俺は、狭《せま》く暗い階段を破壊《はかい》したくなり、何かいい魔法はないかと習得している魔術に片っ端《ぱし》から《反転の悪戯《いたずら》【極】》をかけていた。

その時、魔術《属性付与《エンチャント》》を反転させることで習得したのが、この《術式破壊《ソウル・ブレイク》》という訳だ。

能力は見ての通り、術式を破壊するというものだ。

この《術式》が何なのかは分からないが、つまりは魔法を消し去ることができるらしい。そして俺はそれを今知った。

説明欄《らん》には《術式を破壊する》ということしか書かれていなかったが、元が属性付与ということもあり大体の想像はできた。が、結論は保留にしていた。

なにより勘違《かんちが》いという可能性もあったし、術式という言葉の意味が分からなかったため、具体的に何を破壊するのかが分からなかった。範囲《はんい》は？　規模は？——分からないことだらけだ。

結局のところ、実戦で使うまで分からないという結論を出したのだが、もちろん腕を噛《か》まれてからでは遅《おそ》いし、腹を刺《さ》されてからでも遅いのは分かっていた。が……天は俺に味方をしたようだ。

——魔法は消滅し、目の前ではイケメンが間抜《まぬ》け面《づら》を晒《さら》している。この有様だ。

俺は心の中で、美女同伴《どうはん》のリア充に「ざまぁ！」と叫び、見下した。俺を見捨てたあのアバズレと、かつてのクラスメートたちに対してもだ。

だが、抑えていられなかった。

「ざまあああああああああああああ！」

収まりがつかず、俺はそのまま叫びたい衝《しょう》動を吐《は》き出した。

何故ここまで嬉しいのか、それはもう分かっている。薄々《うすうす》、気づいていた。それにシャオーンもそう言った。

じゃあこの魔法は普通《ふつう》か？　いや、普通じゃない。それはあそこにいるイケメンの面を見れば分かる。

そしてあいつらは《神速》を目で追えない。あんなデカい火を出せる奴が、俺の動きにはついてこられないんだ。そしてレベル48であることに対し、俺のレベルは697。

――つまり、俺は現時点で最強だ！

百歩譲《ゆず》って最強ではないとしても弱くはないはずだ。

「おいイケメン！」

俺は煽るように声を掛け、少し距離《きょり》を詰める。

「お前さぁ、ここで死んどく？」

「ぐっ……」

ぐうの音《ね》は出るらしい。ジークは俺から逃げるように後退《あとじさ》る。

「元々そっちが仕掛《しか》けてきたことだ。それでも心優《こころやさ》しい俺はお前の話に耳を傾け、その人を解放してやったんだ。にも拘《かかわ》らず、あんたは背後から俺を襲った。分かるよな？」

すると負けを認めたように、剣を鞘に戻すジーク。

「術式破壊か？……」

そう尋ねるジークの表情からは、敗北者に相応《ふさわ》しい弱さが窺えた。

「よく知ってるじゃないか？」

周知された魔法なのだろうか？　どうやらこいつはこの魔法について詳《くわ》しいらしい。

「なるほど……化け物か……」

「化け物だと？　俺は正真正銘《しょうめい》、人間だ。それに意味もなく襲ってきたお前の方が化け物だろ？」

この魔法は、そこまで言われないといけないようなものなのか？

「そんなことより、分かってるよな？」

俺はジークへ手を翳した。こいつは侵蝕《しんしょく》で殺そう。蛇剣でも良かったが、こっちの方が証拠《しょうこ》は残らない。それに他の二人もまとめて消せる。

「お願い！　彼を見逃して！」

その時、突然、金髪の女が俺とジークの間に腕を広げ、割り込んできた。

「私たちにとっては大切な……大切な仲間なの！」

そして涙目《なみだめ》になりながらも、必死に俺へ訴《うった》えかけている。

〝こいつを殺すなら自分も殺せ〟と、そういうことだろうか？　女は俺の目を見つめ、逸らさない。

俺は何故か……自分が虐《いじ》められていた頃の光景を思い出していた。

佐伯《さえき》は毎日、「買って来い！」と俺をパシリに使った。

最初の頃、それを一度だけ断ったことがある。だけど俺は殴《なぐ》られた。何度も何度も……。

何故、今になってそんなことを思い出しているのだろうか？　いや……分かってる。この感覚が何なのか……俺はこいつに、昔の自分を重ねたんだ。

気づくと、俺は自分の手を見つめていた。

「ふっ……まるで、俺が悪いみたいじゃないか……」

女は決して逃げようとはしない。

そうか……こいつには仲間がいるんだな……俺にはいない、仲間が……。

「俺は……佐伯のようにはならない」

俺は言葉をかけることなくただ背を向け、その場を立ち去ることにした。

何かある度に思い出す。異世界にいるのにだ。あの頃の記憶が頭から離れない。

「待って……くれないか」

するとまた背後で声がした。俺は流石《さすが》に腹が立っていたが怒《おこ》る気にもなれず、振り返らない。

「そのセリフはもう聞き飽《あ》きた」

「攻撃したことは謝《あやま》る……すまなかった。ただ、最初の時点でお前が只者《ただもの》でないことは分かっていた。だから、あの程度なら簡単に避けられるだろうと、そう思ったんだ」

「簡単なんて言葉を簡単に使うのはやめてもらいたいな？　あと少し遅かったら、裾を焦がす程度じゃ済まなかったんだぞ？」

「すまない……ただ、悪意はなかった。俺は何も殺すつもりでお前を攻撃した訳じゃないんだ」

不毛な会話だ。俺は人とお喋《しゃべ》りをするために異世界を欲した訳じゃない。

「はぁ……それで？」

「俺たちの……仲間にならないか？」

「……は？」

一瞬、耳を疑った。突拍子《とっぴょうし》もなくぬけぬけと、よくそんなことが言えたもんだ。

「お前さあ？　一回診《み》てもらった方がいいんじゃないか？」

俺は流石に振り返り、正気とは思えないそいつの顔を凝視《ぎょうし》し、そう言ってやった。

まあイケメンの頭は大抵発泡《たいていはっぽう》スチロールのように軽いと聞くし、こいつもその類《たぐい》だろう。

「ジーク？　お前……」

すると赤毛の男もジークへ疑いの目を向けている。

「大丈夫《だいじょうぶ》だ。分かっている」

こいつらは先程から言葉足らずな会話しかしない。おかげでこいつらの真意は見えなかった。

特に面識がある訳でもないのに、馴《な》れ馴れしく話しかけてくるところも理解できない。

だがここまで聞いたんだ。どうせ碌《ろく》なことじゃないだろうが、最後まで聞いてやろう。

それでくだらない話なら、《聖女の怒り》でもお見舞《みま》いしてやればいい。

「俺たちはある組織に属している。だが仲間は四人と少ない。だから旅をしながら仲間を集めているんだ」

呆《あき》れて言葉も出ない。

「誰でも良いという訳ではない。俺たちの仲間になるには、何より強さが求められる。だから、お前なら問題ないはずだ」

「問題大ありだろ？　〝はい分かりました〟とでも言うと思ったか？　〝殺すつもりはなかった〟だと？　馬鹿なのはお前の方だろ？」

戦闘中、こいつは剣と魔法における俺の能力を〝馬鹿〟という単語で足蹴《あしげ》にし、さらに卑下するかのように〝《治癒《ヒール》》なら得意だ〟という俺の返答を無視した。俺は忘れないぞ。根に持って何が悪い？

「ジーク、彼を私たちの旅には巻き込めないわ？　彼は善人よ？　あなたは、それでいいの？」

「……罪悪感はある。だが躊躇《ためら》っている時間はない。少しでも強い者を集めなければならないんだ」

「それで？　俺に何のメリットがある？」

正直、俺にはもう殺す気はなかった。だが別に同情した訳じゃない。言ってみれば脱出《だっしゅつ》と出発を果たした記念すべきこの日を、殺人で汚《けが》したくなかっただけだ。

「なんでも望みのものを与《あた》える。金でも何でもだ」

「そんなものはいらない」

俺は一瞬、ジークの隣にいる女を見た。ブロンドヘアーに白い肌《はだ》。まるで異世界だ。というよりここは異世界なのだが、さっきまで暗いところにいたせいかその実感がまだない。

「なるほど……ではエリザならどうだ？」

するとタイミング良くブロンド女を勧《すす》めてくるジーク。だが――

「ジーク！」

――と、ブロンド女の方は頬《ほお》を膨《ふく》らまし怒っていた。

なるほど、そういう関係か……見せつけやがって……。

それにしてもまた悪い癖が出てしまった。美人を見ると凝視してしまうこの癖を治さなければいけない。でないと異世界でもまた気持ち悪いと言われてしまう。ジークはおそらく俺の挙動を見ていたのだろう。

「別に欲《ほ》しいものなんてない。あったところでお前らに俺の望みは叶《かな》えられないさ。という訳で、その誘《さそ》いは断らせてもらう。じゃあ！」

「今じゃなくてもいいんだ！　次会う時までに決めておいてくれればそれでいい！」

「次があるかどうかなんて分からないだろ？」

「これを渡《わた》しておく……」

そう言ってジークが唐突《とうとつ》に差し出したのは指輪だった。

「俺たちが使っている連絡《れんらく》手段だ。魔力を流し込むと離れた相手と会話ができる」

つまり念話というものか？　正直これにはあまり魅力《みりょく》を感じない。要は電話だろ？　それは前の世界にもあったし、指輪で会話ができたところでファンタジー感はないな。

「連絡手段ねぇ……まあ、じゃあ貰《もら》っとくよ」

俺は適当に指輪を受け取った。貰っておいて損はないだろう。金に困ったら売ればいいし。

「改めて、俺の名はジークだ。こっちはエリザ、それからこいつはアルフォード」

ブロンド女がエリザ。そして赤髪がアルフォードということらしい。

ジークは二人を紹介《しょうかい》した後、先ほどのことをもう一度謝《あやま》ってきた。

そしてジークに続き、二人も「申し訳ない」と謝ってきた訳だが……それなら最初から話し合いで済んだはずだろ？　俺の力が見たいなら、初めにそう言えば良かったんだ。やはりこのイケメンはイカレている。

「組織の名は《龍の心臓》。その目的は汚職《おしょく》と腐敗《ふはい》の殲滅《せんめつ》、そして世界の安寧《あんねい》だ」

これは大きく出たもんだ。

「なるほどな、だから俺を追手と間違えたのか？　なんだ？　政治家でも殺してきたか？」

「公爵《こうしゃく》だ。すぐそこに公爵領がある。まあ、もう誰もいないがな……」

「……」

〝誰もいないとは〟……普通に答える奴だ。つまり皆殺しってことか？　なるほど……こいつの異常な行動の理由が分かったような気がする。そりゃ普通の神経じゃ無理だわな。

しかし俺も似たようなもんか？　あいつらを殺すことが俺の目的な訳だが、その中には姫《ひめ》や王様もいる。俺がやろうとしているのはそういうことだ。こいつを非難する資格はない。

「言いたいことは分かった。とりあえずこれは貰っておく」

そう答えながら、俺は異空間収納に指輪をしまう。すると三人はそれを興味津々《きょうみしんしん》といった表情で見ていた。

「そんなに珍《めずら》しいのか？」

相当見入っていたのか、俺が尋ねるとまるで不意を突《つ》かれたような反応を見せる三人。

「ああ。噂《うわさ》には聞いていたが、本物を見るのは初めてだ」

ジークの言葉に、さほど興味もない俺は「ふ～ん」と曖昧《あいまい》な返事をした。

「それよりお前らはこれからどうするんだ？」

「グレイベルクへ向かう」

そこで聞き覚えのある名前が出てきた。

「一ヶ月前、どうやらその国が勇者召喚《しょうかん》を行ったらしい。俺たちはこれからその調査へ向かうつもりだ。もちろん仲間探しも兼《か》ねてな」

なるほど、俺たちのことか。まあ俺は勇者じゃないけど……は？　一ヶ月前だと⁉

どういうことだ？　俺があの大広間から追放されたのは、つい数日前の話だぞ？

それが一ヶ月前……どうなってる……俺は今、一ヶ月後の異世界にいるのか？

「お前はどうするんだ？」

「え？」

すると逆に尋ねられ、今度は俺が間抜け面をしてしまった。

「そ、そうだなぁ……とりあえず町へ行こうかと思ってる」

俺は頭をポリポリとかきながら、辺りを見渡《みわた》した。だが一帯は草原だ。町などどこにも見えない。

「じゃあラズハウセンに行く途中だったのね？」

ラズハウセン？　なんだそれ？……そう答えたのはエリザだった。

「三日も歩けば着くでしょうけど……ところでラズハウセンに何をしに行くの？」

三日だと⁉……どう考えても歩きすぎだろ？　じゃあ走ったらどれくらいで着くんだよ？

だが車も飛行機もない世界だ。これが普通なのだろう。

「ん？　ああ、まあ色々だ。観光とかかな？」

なるほど……ここはラズハウセンとかいう国の傍なのか。どうやらグレイベルクからは離れてしまったらしい。

まあいい。今の状態でグレイベルクに行ったところで、復讐《ふくしゅう》が成功する保証はない。とりあえずラズハウセンに行こう。先のことはそれから考えればいい。

「ラズハウセンか……行ってみるよ。ありがとう」

俺がそう言うと、エリザは意外そうな表情の後、また「クスッ」と笑い、それから「どういたしまして」と優しく微笑《ほほえ》んでいた。

「ところで、まだ名前を聞いてなかったな？」

そこでジークが興味のある様子でそんなことを言ってきた。そう言えばそうだった。こいつらの名前は聞いたが、俺はまだ名乗ってなかった。

「そうだったな。俺は……」

どう名乗ろうか？……これからグレイベルクに行くと言っている連中に、政宗《まさむね》と名乗るべきではないだろう。

だがいずれにしてもこの名前しか思い浮かばない。

皮肉交じりのダサい名だが……仕方ない。今日からこれで行こう。

シャオーンの聞き間違いから生まれた名前だが、丁度いい。

「……ニトだ」

ふっ、ニトか……もう少しマシな名前にすれば良かったか？　だがこれは自分への戒《いまし》めのためでもある。そんなものは必要ないかもしれないが、意味は多い方が良いと、俺はこの時そう思った。

別れ際《ぎわ》、ジークは「考えておいてくれ」と言って、去って行った。

あいつが俺に背を向けた時、「次は俺の番だ」と一瞬そう思ったが……止めておいた。

また三度目があるんじゃないかと何度か振り返ったが、一向に攻撃してくる気配はなかったし、もう忘れようと思う。

俺は異世界にいるんだ。最初くらい気持ちよくスタートしたい。

結局、あいつは本気で俺を仲間にしたいが為《ため》に、様子を見ていたということなのだろうか？

これが異世界人のやり方か？　だとすれば俺は慣れなければいけない。

異世界は無法地帯だと、今はそう考えておこう。詳しいことは徐々に知っていけばいい。

「よし、行くか！」

俺は釈然《しやくぜん》としない心境のまま旅を始め、王都ラズハウセンへと向かった。

第四章　必然の二人

俺《おれ》は一人、大自然に囲まれた舗装《ほそう》も何もされていない道を歩いていた。

「暇《ひま》だなぁ……」

あいつらと別れてから、一体どのくらいの時間が過ぎただろうか？　異世界を旅しているというのにモンスター一匹《ぴき》見当たらない。

俺はまたワインで喉《のど》を潤《うるお》し酔《よ》っ払《ぱら》っていた。これではあの迷宮《めいきゆう》にいた頃《ころ》とあまり変わらない。

「肉が食いたいな……」

そういえば異世界に来てからワインとチーズしか口にしていない。

ワインもチーズも腐《くさ》るほどあるため、食料には困らないし別に構わないが。いや、チーズは元々腐っているようなものか？

とにかく肉が食べたい。王都に着いたら、真っ先に肉を食べよう。俺はそう心に誓《ちか》った。

だが見知らぬ地に一人というのは、何とも喩《たと》えがたい感覚だ。頼《たよ》れる者はいない。

普通《ふつう》そんな状況《じようきよう》に陥《おちい》ったら気が動転してもおかしくない。だがそれでも平静を保っていられるのは、ワインの力だけではなく、そもそも俺は一人だったということが大きいだろう。

そう……俺は日本にいた頃から一人だった。

虐《いじ》められても誰《だれ》も助けてはくれず、ただ耐《た》えるしかない。だがそのおかげで今は生きられている面もある。認めたくはないがな……。

不幸中の幸いとはこのことを言うのだろうか？　だがあいつらを許すつもりは毛頭ない。

「……暇だなぁ」

それにしても暇だ。異世界に行けば草原を眺《なが》めるだけでも楽しめるはずだと、あの頃はそう安易に考えていた。だが草原なんか見て面白《おもしろ》い訳はない。分かり切ったことだ。

そんなことを考えながら空を見上げていると、何故《なぜ》かあくびが出た。

するとその時だった――

「ん？」

――少し離《はな》れた場所にある草むらから、何か音が聞こえた。

俺はビクッと反応し、音のする方へ目を向ける。

「なんだ？」

草むらが微《かす》かに揺《ゆ》れ、どこからか音が聞こえた。俺はワインボトルを収納し、警戒《けいかい》しながら草陰《くさかげ》を凝視《ぎようし》する。

音の正体はすぐに姿を現した。

「お！」

現れた複数の影《かげ》――狼《おおかみ》のようなモンスターが、草むらから飛び出してきたのだ。

そして俺はいつの間にかそれらの狼に囲まれてしまっていた。

「来た来た来た来た来たあああ！　これでこそ異世界だろうおお！」

久しぶりの戦闘《せんとう》！　興奮！　魔法を試《ため》せるという喜び！　俺は、異世界にいる！

――そう実感していた。

「この鬱憤《うっぷん》を晴らすには丁度いいな、侵蝕《しんしょく》でも一発かましてみるか？　いや、他の魔法を試そう。

その前に……」

俺はスキルで狼のステータスを確認した。

《名前》ハンティングウルフ《レベル》8
《生態》非常に狩《か》りに優《すぐ》れたモンスター。牙《きば》や爪《つめ》による攻撃《こうげき》を得意とする。野生の勘《かん》というものに優れたモンスター。

「レベル8だと!?」

驚愕《きょうがく》の事実だ。ここにきてまさかのレベル8！　低過ぎる……低いにも程《ほど》がある。

「いや……あいつらに会った時から何かおかしいとは思っていたんだ。ジークでさえレベル48だったからなぁ」

やはり、シャオーンがいたあのダンジョンは少し常識はずれな場所だったらしい。

「それにしてもよく生きて出られたよな？」

そう考えると、俺は自分を褒《ほ》めてやりたくなった。

俺の苦労を理解してやれるのは俺しかいない。この逸話《いつわ》を話したところで理解する奴《やつ》はいない。他人は他人の心を理解できないんだ。だから俺だけでも自分を称《たた》えてやりたかった。

そんなことを考えていられる時間があるほど、何故かハンティングウルフには俺を襲《おそ》う気配がなく、囲んだ傍《そば》から唸《うな》るだけで、じっとしていた。

「なんだ？　何をそんなに怒《おこ》ってるんだ？　いや……違《ちが》うか？」

これは威嚇《いかく》だろうか？　つまり警戒してるのか？

疑問しかない。何故かハンティングウルフはやたらと俺を警戒し、そして何もしてこない。

「〝そっちから来ないなら、こっちから〟っていう、ありきたりなセリフを言ってみたい気もするが……」

そんなことより、さっさとこいつらを片づけて戦利品を回収しよう。こいつらには俺の養分となってもらうことにする。

「伏《ふ》せてください！」

だがその時、俺の異世界デビューを飾《かざ》る初戦を邪魔《じゃま》する声と共に、どこからともなく綺麗《きれい》な銀色の髪《かみ》をなびかせながら、一人の女が現れた。

女は断りもなしに、刀身の細いその剣《けん》で次々と目の前のハンティングウルフを斬《き》り伏せていく。

「あれは、レイピアか？」

俺が呑気《のんき》にそんなことを言っていると、目の前で唸っていたはずのモンスターたちは既《すで》に血を流し、すべて絶命していた。

「危ないところでしたね？　お怪我《けが》はありませんか？」

ケガなんてない、そして危なくもない。マジでこの女は何をやってんだ？　俺の獲物《えもの》が……俺の戦利品が……。

俺は引き攣《つ》る表情を奥《おく》に封《ふう》じ込《こ》め、偽善《ぎぜん》丸出しの笑《え》みを浮《う》かべた。

顔の輪郭《りんかく》が隠《かく》れるほどの銀髪《ぎんぱつ》には艶《つや》があった。晴天を浴びた銀の糸は輝《かがや》きを放ち、この広大な草原に舞《ま》い降りた女神《めがみ》だと錯覚《さっかく》させた。

だが女神はあろうことか、俺の獲物を容赦《ようしゃ》なく横取りしやがったのだ。

クソっ、楽しみを奪《うば》いやがって。

俺の戦利品たちが無残に横たわっている。

「いやぁ、助かりましたよ！」

敬語で話しかけられたから敬語で返す、これは当たり前のことだ。盗人《ぬすっと》であれ関係ない。

「ん？　危ないところを助けられたというのに、あまり嬉《うれ》しそうではありませんね？　むしろ、何故か恨《うら》みのようなものさえ感じます」

勘の鋭《するど》い女だ。

「恨み？　そんな訳ないじゃないですかぁ！」

それに馴《な》れ馴れしいというか、距離《きより》感が近い。

「いや〜ホント助かりましたよ〜。あと少し遅《おそ》かったらどうなっていたことか……間違《まちが》いなく奴らの腹の中でしたよ〜」

俺はわざと語尾《ごび》を伸《の》ばしフレンドリーな雰囲気《ふんいき》を表現するが、女は何故か目を細め、俺の表情を疑いの眼差《まなざ》しで窺《うかが》っていた。

俺はそんな彼女《かのじょ》に気づかれないよう、スキル《真実の魔眼》でステータスを覗《のぞ》いた。

《名前》シエラ・エカルラート
《レベル》32《職業》上級騎士《きし》《種族》人間
《生命力》２０８０《魔力》１７６０
《攻撃》５７６《防御《ぼうぎょ》》６０８《魔攻》６０８《魔防》５７６
《体力》５４４《俊敏《しゅんびん》》５１２《知力》４８０
《装備品》レイピア
《魔術》氷の風激《アイス・ウイアード》／氷の一速《アイスド・ソル》／氷の大刃《アイス・プロアギト》
《固有魔術》氷冷の風剣《フリーズ・フェザー》

人間か……シエラ？……。

「シエラ殿《どの》！」

するとどこからか声が聞こえ、そこへ一台の馬車が現れる。

偶然《ぐうぜん》にもその馬車は王都ラズハウセンへ向かうらしく、俺は流れから同乗させてもらうことになった。

※

「私はウィリアム・ベクターと申します」

見た目三〇代後半という若々しさの中にも、貫録《かんろく》があるウィリアムさん。どうやら商人をしているらしい。

そのふわりと広がるウェーブがかったキャラメル色の髪は、気品と色気を醸《かも》し出していた。

「たづなを握《にぎ》っているのは護衛のケイズです」

「……よろしくお願いします」

刈《か》り上げた灰色の短髪はさっぱりとした印象を与《あた》えるはずが、ケイズさんの場合は人相が悪く、何故か雰囲気が暗い。

偶然通りかかったのは、王都ラズハウセンへ商品を送り届ける道中だったかららしい。

そして俺は無償《むしょう》で護衛を頼《たの》まれることと引き換《か》えに、この馬車に乗せてもらったという訳だ。

「私はシエラです……シエラ・エカルラート」

何となくだが、シエラさんに怪《あや》しまれているような気がする。もう少し何か、弁解が必要だろうか？　だがボロが出そうなので、あまり触《ふ》れないでおこう。

一応、俺もニトと名乗ると、シエラさんは「変わったお名前ですね？」と、やはり俺を怪しむように目つきを変えた……ような気がする。

そしてどうやらシエラさんも俺と同じく、王都へ向かう途中《とちゅう》にウィリアムさんと出会い、護衛と引き換えに乗せてもらっているとのことだった。

自己紹介《しょうかい》が終わった後、話はあの場に居合わせた経緯《けいい》に移った。

「それにしても馬車を飛び出していかれた時は何事かと思いましたよ」

そう話すのはウィリアムさんだ。

「飛び出していったんですか？」

「ええ。何か気配がするとだけ言い残されて、飛び出して行かれましてね？　いやはや、いったい何が起きているのかと思いましたよ。ですが流石《さすが》、噂《うわさ》に名高い《白王騎士》ということでしょうか？」

シエラさんは「とんでもありません」と、何故か頬《ほお》を赤らめていた。

「あの……白王騎士って何ですか？」

「御存《ごぞん》じありませんか？」

ウィリアムさんは少し驚《おどろ》いた表情をしていた。どうやら知っていて当然のことらしい。

「王都ラズハウセン。そこには何代にも亘《わた》りその地を治める王がいます。そして現国王である、アーノルド・ラズハウセン——その王の直轄《ちょっかつ》部隊こそ、《白王騎士団》なのです」

王様の直轄？　それはどのくらい凄《すご》いことなのだろうか？　この世界の常識を知らない俺には分からない。

「しかしその実体は不明。よほどのことでない限り、公《おおやけ》の場には姿を現すことがないとまで言われています。そんな白王騎士の方に、まさかこのような場所でお会いできる日が来ようとは、夢にも思いませんでしたよ」

シエラさんは「いえいえ」と言いながら、相変わらず頬を赤らめていた。

それにしても銀髪……ウィリアムさんの言葉を借りるわけではないが、俺も銀髪の美少女に出会えるなんて夢にも思わなかった。これが異世界産の銀髪美女か……。

「ですがその若さで白王騎士団に所属されているとは、シエラ殿は流石ですな！」

ウィリアムさんはそう言った後、女性に年齢《ねんれい》の話をするのは失礼でしたと、頭を下げながら謝《あやま》っていた。

「私もあなたのことは知っていますよ、ウィリアム・ベクター殿」

「これはこれは、シエラ殿にそうおっしゃっていただけるとは、光栄の極《きわみ》ですな！」

「ウィリアムさんも有名な方なんですか？」

「いえいえ、シエラ殿の足元にも及《およ》びません」

「ご謙遜《けんそん》を。商人の世界でウィリアム・ベクターの名を知らぬ者はいないでしょう」

どうやらウィリアムさんはその筋では名の知れた大商人で、様々な国に数多くの商品を卸《おろ》しているらしい。中には市場に出回らないような希少な物もあるということだった。

「ところでニト殿は何故あんなところにおられたのですか？」

するとウィリアムさんが俺に話を振《ふ》る。

「俺は……そうですね。気まぐれと言いますか、少し冒険《ぼうけん》に出てみたくなりまして……」

まったく要領を得ない発言に、俺自身が呆《あき》れる。

「と言うことは、ギルドに行かれるのですね？」

シエラさんは、まるで要領を得たような表情でそう言った。

「ギルドですか？」

ギルド――それは異世界に来たならば、一度は必ず訪《おとず》れなければいけない場所だ。夢の出発地点と言っても良い。

「違うのですか？」

「ああ、そうなんです！　ギルドに用がありまして……」

「なるほど、そうでしたか。でしたら王都に到着《とうちゃく》後、私がご案内しましょう」

シエラさんがそう言った後、ウィリアムさんは「羨《うらや》ましい限りですな！」と、高らかに笑っていた。

この人はさっきからやたらとシエラさんを褒めまくっているが、何が凄いのかそれを先に教えてほしいものだ。俺にはさっぱり分からない。ただの美人なだけの騎士じゃないか。

「ところでニト殿？　ご職業はどういったものをお持ちなのですか？」

やはり聞いてくるか……。

確かジークは職業に関して〝答えるわけがないだろう〟と俺の言葉を一蹴《いっしゅう》していた。でもシエラさんは普通に聞いてきたが、どっちが常識なんだ？

だがどちらにしろ、嘘《うそ》は言えないような気がする。何故ならこの場を切り抜《ぬ》けられる嘘が思いつかないからだ。

剣士《けんし》と言ったらどうなるだろうか？　剣ならある。だがすぐにバレてしまうだろう。何しろ俺の前にいるのは白王騎士とかいう凄腕《すごうで》の騎士らしいからだ。

ソーサラーもダメだろう。俺は治癒系の魔法しか使えない。いや《聖女の怒り》があったか？

いや、止《や》めておこう。

《聖なる光《セイント・シャイン》》を連射するのもいいが、それではまた無能呼ばわりされそうだ。

「ヒーラーです」

それを聞いて初めに口を開いたのは、ウィリアムさんだった。

「なんと！　これはこれは……そうでしたか。ということはパーティーを組まれるのですかな？」

「見つかればいいんですけどね……」

俺は軽く苦笑いを返した。すると、それを聞いたシエラさんはこう切り出す。

「ならば私がギルドに話を通しましょう！　ここでお会いしたのも何かのご縁《えん》です。ヒーラーはただでさえ冒険者としては難しい職業です。おそらくですが、そう上手《うま》くはいかないでしょう」

やはりそうだったのか……。

隣《となり》でウィリアムさんが「プリーストならまだどうにかできましたでしょうに」と、傷口に塩を塗《ぬ》るようなことをさらっと言った。

「大丈夫《だいじょうぶ》ですよ、ニト殿。ヒーラーでも共に冒険してくれる仲間は見つかりますから」

ならばお前は見たことがあるのか？——と聞きそうになったが、喉の辺りで止めておいた。

「世の中には自分の職業に自信を持てず、その一歩を踏《ふ》み出したくても踏み出せない方々がたくさんいます。ニト殿、あなたが最初の一人になりましょう！　皆《みんな》のお手本となるのです！」

いや、だから踏み出すも何もこっちは冒険者になるって最初から言ってんだけどなぁ。

それに〝自信を持てず〟って……まったく大きなお世話というか、鬱陶《うっとう》しいほど前向きな人だ。

シエラさんは拳《こぶし》を掲《かか》げ、「最初の一歩を踏み出すのです！」と同じようなセリフを付け加えた。

「……とりあえず、頑張《がんば》ります」

俺は適当に笑いながらそう返した。

「その意気です！」

この人は少し天然なのだろうか？　とりあえず案内だけはしてもらおうと思う。後は期待しない。

それよりも、さっきから馬車が揺れて尻《しり》が痛い。俺のいた世界よりも文明の低さを感じる。

※

「そういえばニト殿。攻撃魔法が使えないのでしたら、剣術を学ばれてはいかがですか？」

「剣術ですか？」

「はい、剣術ならヒーラーでも使えますし」

何？　ヒーラーでも剣が使えるだと？　剣は、騎士やその類《たぐい》の職業に限られるものなんじゃないのか？

しかし、シエラさんから返ってきた答えは意外なものだった。

「それはどういう意味ですか？　剣や弓、斧《おの》にしろ、誰にでも使えるに決まっているではないですか？」

職業は絶対なのだと思っていた。《ステータス》というものが存在している時点で、そう考える方が普通ではないかと思っていた。

だがそう思うのは仕方がない部分もある。

グレイベルクのあの姫《ひめ》さん――通称《つうしょう》《アバズレ》ことアリエスは、俺を最弱で無能だと言った。

そこまで言われればヒーラーは傷を治す以外、何もできないのかと思ってしまう。

だが俺がこの世界をゲームか何かだと勘違《かんちが》いしているというのも、原因の一つだろう。

「じゃあ例えば、火の玉を出したりとか電撃を出したりだとか、そういうこともできるんですか？」

「それはヒーラーである以上は難しいかと思います。個人差は当然ありますが、そもそもヒーラーのような支援《しえん》職を有する方と、ソーサラーなどの攻撃職を有する方とでは、魔力の性質が異なりますから」

やはりダメみたいだ。しかしそこで俺はあることに気づいた。

ならば《属性付与《エンチャント》》は何故使えるのだろうかと、疑問が浮かんだのだ。

そしてシエラさんに尋《たず》ねたところ、《属性付与《エンチャント》》は属性を武器に付与《ふよ》するだけの魔法であり、いわゆる、《属性魔法》とはまた違うらしい。

「そもそも《属性付与《エンチャント》》は術式を必要としないので、火や水といった属性自体に魔力もありません。そこが根本的に属性魔法とは異なるのですよ」

俺はシエラさんが何を言っているのか、さっぱり分からなかった。王都で調べなければいけないことがまた一つ増えてしまった。

「ですがヒーラーで《属性付与《エンチャント》》が使えるというのも珍《めずら》しい例です。ヒーラーは基本的に治癒魔法しか使えませんから。ですが《属性付与《エンチャント》》が使えるのなら、やはり剣術はおすすめですね」

〝ヒーラーは基本的に治癒魔法しか使えない〟。まあ、シエラさんは悪気があって言っている訳ではないだろう。だがその事実は精神的にきついものがある。

「剣術ですか……それも、いいかもしれませんね」

シエラさんは「私で良ければお教えしましょうか？」と、自信に満ち溢《あふ》れた表情で、むしろ教えたそうにしていた。ホントに変わった人だ。

俺たちは、ターニャ村に到着していた。一先《ひとま》ずこの村で休ませてもらってから王都へ向かうことになったのだ。

しかし到着して早々、何やらただ事ではない雰囲気を感じた。

村民たちが一つの家の前に集まり、何やら騒《さわ》いでいる。

「どうやら、何かあったようですね？　ここは私が話しましょう」

おそらくこういったことには慣れているのだろう。シエラさんは「私一人の方が良いでしょう」と、その群衆の中へ入っていった。

しばらくして、手招きするシエラさんの姿が見えると、俺たちは村の集会場へと案内された。

※

「この騒ぎの真相を伺《うかが》ってもよろしいですかな？」

それぞれの簡単な自己紹介を終えると、ウィリアムさんはそう切りだした。

俺たちの正面にいるこの老人は村長だ。話を聞くと、どうやらこの村を盗賊《とうぞく》が襲撃《しゅうげき》したらしい。

周囲の村人たちの雰囲気も騒々《そうぞう》しく、人を招けるような状態ではないことが窺えた。

「娘《むすめ》たちは皆つれていかれました。それどころか子供たちまで……」

村長は悲痛の面持《おもも》ちでそう語った。

どうやら先程の村人たちは、これから盗賊を襲撃しようと集まっていた者たちだったらしい。

「娘たちは俺たちが狩りに行っている間に攫《さら》われたと、そうジャックが言っていた」

一人の村人がそう答える。すると俺たちの疑問を察したのか村長が説明した。

「ジャックは六歳の少年です。小さい頃に父親がハンティングウルフに襲われ、それから母親と二人、この村で暮らしています」

しかし母親も連れていかれてしまったという。そのジャックにしてみれば、唯一《ゆいいつ》の肉親だ。

シエラさんは一連の話を聞くと、黙《だま》ったまま何かを考えていたが、しばらくすると口を開いた。

「盗賊は山賊《さんぞく》とは違います。独自のルートを持ち、奴隷《どれい》商人と裏でつながっているというケースが少なくありません。つまり、引き取り人が来るまでに少し時間があるということです。今すぐ助けに行くべきでしょう。どなたか盗賊の行方《ゆくえ》について、御存じありませんか？」

シエラさんは村人たちの顔色を窺っていた。しかし皆、首を横に振るばかりで知らないという。

「俺……知ってるよ」

その時、集会場の中に一人の少年が現れる。

「ジャック、寝《ね》てなくて良いのか？」

「うん、もう平気だよ」

心配する村長に、ジャックは幼くも逞《たくま》しい声でそう答えた。

「ジャックよ、盗賊の居場所を知っておるというのは本当か？」

「うん、俺……あいつらの後をつけたんだ。そしたらあいつら、母さんやリリ達《たち》を牢屋《ろうや》に入れて……」

ジャックは必死に自分が見た光景を説明していた。

リリとはジャックと同じくらいの歳《とし》の少女のことらしい。見た目五～六歳くらいの子供のくせに、もうその歳で彼女がいるとは……好き者め。

そしてジャックの説明もあり、事の真相の一部が少しだけ分かった。

場所はこのジャックが知っている。どうやら傍の森の奥《おく》に、盗賊の野営地があるようだ。

「なるほど、それならば今すぐに向かいましょう。ジャック殿、案内をお願いできますか？」

そして村長の口から発せられる「ジャックはまだ子供です」というお決まりのセリフ。

だが俺たちはその後ジャックに案内され、盗賊の野営地へと向かうことになった。

※

「あれが野営地ですね？」

「うん」

ジャックは不安な面持ちで、力強く答えた。

政宗《まさむね》一行は、ターニャ村付近の森林を抜け、森が一度途切《とぎ》れたその場所に構える、盗賊の野営地のすぐ傍まで来ていた。

そしてそれぞれが木や草の陰に隠れながら、野営地の様子を窺っている。見えるのは複数の檻《おり》、そして放置された篝火《かがりび》だ。

ウィリアムは、「私は戦闘向きではありません」という理由から、一人、ターニャ村へ残った。その代わりに戦力としてケイズを同行させた。

ここにいるのは政宗、シエラ、ケイズ、そして少年ジャックだ。

「ではジャック殿は村に戻《もど》っていてください。一人で帰れますね？」

シエラは野営地の盗賊に警戒しつつ、小声でジャックに尋ねる。ジャックは「うん」とだけ答え、一人、森林へと引き返していった。

「私とケイズ殿で周辺の見張りを片付けてきます。ニト殿はここでお待ちください。確認《かくにん》が済み次第《しだい》、合図を送りますので、申し訳ありませんがそれまでここで待機していてください。いいですか？　くれぐれも無茶はなさらないようにお願いします」

そう言い残すと、シエラはケイズと共に野営地へ向かった。

シエラは政宗に対し違和《いわ》感を覚えていた。ヒーラーがハンティングウルフの群れを前に、まったく怯《おび》えることなく悠々《ゆうゆう》としていたことから、終始、勘ぐるような目つきで政宗を見ていた。

だが時折、その考えは『結局のところ彼《かれ》はヒーラーです』という理由からほぼ白紙に戻る。

ここへ来るまでの道中、シエラは政宗にヒーラーの素晴《すば》らしさを再確認させるような言葉を、悪びれもせずに説いた――「ヒーラーは戦いには向いていません。支援に徹《てっ》してください」。

だがそれがシエラの結論であった――ニト殿は、弱い。

「あの人にはもう少し、人の感情というものを理解してもらいたい」

草の陰に隠れながら大きなため息をつき、何のためについて来たのかと自身へ問いかける政宗。

そうこうしている間にシエラからの合図があった。

こちらに向かって眩《まぶ》しい光が点滅《てんめつ》している。おそらくレイピアの刀身で光を反射させているのだろう。

※

「流石ですね？」

政宗が到着すると、二人はそれぞれ木の陰に隠れていた。傍には見張りの者らしき死体が三つほど転がっており、政宗はその手際《てぎわ》の良さに少し感動していた。

だが同時に、人間の死体を三つも目にしたというのに大して驚いていない自分の神経を疑ってもいた。だがあの迷宮での経験が、知らず知らずのうちに自分を変えてしまったのだと納得《なっとく》する。

「それほどでもありませんよ。それよりもニト殿、あれを見てください」

野営地は森の一画にあるとはいえ、開放的な場所だった。

シエラの指差した先に見えたのは四つの牢屋だ。それは鉄格子《てつごうし》で組まれた正方形の牢であり、中には攫われた村の娘たちだと思われる者の姿が確認できた。

「賊《ぞく》はいないようですね？　今のうちに村人を解放しましょう」

シエラの判断により三人は野営地へ入ると、手前の牢屋から鍵《かぎ》を開け、静かに村人たちを解放していった。


そしてすべての牢屋を開け終え、すべての村人は一先ず自由となる。

「皆さん、これから村へ戻ります。私が先導しますので、騒がず静かについてきてください」

小さな声でも全体に聞こえるよう、丁寧《ていねい》に説明するシエラ。村長の依頼《いらい》で助けに来たなどという説明は、牢屋を開けた時点で不要だった。

意外にあっさりと終わるその救出作戦に、政宗は一人、手ごたえの無さを感じていた。無防備すぎる賊の野営地に「こんなもんか」と小さく呟《つぶや》き、物足りなさに退屈《たいくつ》しつつ辺りを見渡《みわた》していた。

「思ったよりも簡単でしたね？」

「そうですね、盗賊が留守で助かりました。お疲《つか》れ様です」

俺は何もしていないが？——と心の中で呆れる政宗。

「ケイズ殿も助かりました。ありがとうございます」

シエラの感謝にケイズは「いえ」と、悪気のない愛想《あいそ》を返す。見た目通り無口な性格らしい。

「では行きましょう。ニト殿、村に辿《たど》り着くまでが任務です。辺りの警戒を怠《おこた》らないでください」

「分かりました」

そしてシエラは村人の人数を軽く確認し、最後尾《さいこうび》にケイズをつけると、「ではついてきてください」と静かに指示を出す。だがその時だった――

「どこへ行くつもりだ？　騎士殿？」

――声がした方向へ振り向くと、そこには一人の男が立っていた。政宗は声に気づくと振り向き、いかにも悪そうなその男の顔を窺った。

サイドを刈り上げたツーブロック、そしてしっかりと固められたオールバック。黒い革のジャケットとパンツという世紀末の輩《やから》を彷彿《ほうふつ》とさせる服装で、男はニヤリと笑みを浮かべ、こちらの様子を窺っていた。

そしてシエラとケイズも順に振り返り男の姿を捉《とら》えるが、同時に複数の賊の姿も確認した。

つまり、政宗一行は周囲を囲まれ逃《に》げ道を塞《ふさ》がれてしまったのだ。

「そういうことですか……」

シエラは納得したように呟く。

「はっ！　今更《いまさら》、気づいてもおせ～よ！」

おかしいとは思っていた。何故、盗賊が一人もいないのか？　攫ってくるのも楽ではないはずだ。それを、あんな無防備な状態でほったらかしにするだろうか？――と、政宗はこれが罠《わな》であったことに気づく。

政宗たちは、まんまと嵌《は》められてしまったという訳だ。だが男が言うように気づくのが遅すぎた。

するとその時、何故かシエラの表情が警戒から驚愕へと一変する。

「あなたは……オリバー・ジョー」

「何だ？　俺を知ってんのか？」

どうやらシエラは、その男の顔に心当たりがあるようだった。

「あなたの名はオリバー・ジョー、ラズハウセンの元王国騎士です。そして討伐《とうばつ》部隊の一つである《灰の団》に所属し、隊長を務めていた……ですが二年前、突然《とつぜん》部下を皆殺《みなごろ》しにし、王都に火を放ち姿を消した……」

「ご紹介痛み入る！　そして俺はここで盗賊稼業《かぎょう》さ！　ハッハッハッハッハッ！」

オリバー・ジョーは両手を広げ、片腕《かたうで》をひらひらと下ろしながら、自身をアピールするように豪《ごう》快《かい》に笑ってみせた。

「そんなあなたが……何故？」

「強《し》いて言うなら見るに堪《た》えなかったからだろうな？　虫唾《むしず》が走る、あの馴れ合いが……」

「現国王は寛大《かんだい》なお方です！　国民部下、身分を問わず！　人々への愛情が深いお方です！」

「それが馴れ合いだっていうんだよ？　ふっ……国に忠誠を誓った者の目だな？　気色が悪いぜ……俺が殺した連中もお前と同じ目をしてやがった。だが中身はペラペラだ！　自分の行動の意味も理解しちゃいねえ！　ただ周りに流されていただけだ、だから教えてやった……善は必要ない、寄り添《そ》うなら悪、そして金だとな？」

シエラは理解できないといった様子だった。

ラズハウセンは小国だが、《灰の団》は当時、他国に知れ渡るほどにその力は凄《すさ》まじく、そして恐《おそ》れられていた。

その理由がこの男――オリバー・ジョーである。

「やるしかないようですね？……」

「女は殺すな！　こりゃ上玉だぁ、高く売れる！」

オリバーの言葉に盗賊たちは殺気を放ち、忌《い》まわしいニヤケ面《づら》を晒《さら》した。

その姿に村人たちは怯え、中には恐怖《きょうふ》から泣き叫《さけ》ぶ者もいた。

「男は殺せ……全員だ」

オリバーが低い声でそう告げた瞬間《しゅんかん》、一斉《いっせい》に周囲の賊が動き出した。

「ニト殿！　皆さんを頼みます！」

政宗に皆を任せ、シエラはレイピアを抜いた。だが〝頼みます〟と言われたものの、政宗は何をすればいいのか分からない。

つまり、要は戦いに加わるなということだろう――政宗はそう解釈《かいしゃく》した。

では何をすればいいのか？

結果、政宗はその場に立ち尽《つ》くし、シエラのチャンバラを観賞することになる。

「《氷の風激《アイス・ウイアード》》！」

自身を中心に周囲へ水色の魔法陣《じん》を展開するシエラ。銀色の髪をなびかせ、敵のいないその場でレイピアを一振《ひとふ》りした。

魔法陣から鋭い氷を含《ふく》んだ突風《とっぷう》が吹《ふ》き始める。それらは周囲にいた賊をそれぞれ小さな竜巻の中に封じ込め、鋭く尖《とが》る氷の刃《やいば》で無差別に斬り裂《さ》き、結果、その一撃で多数の賊は地に伏せた。

「流石は白王騎士と言ったところか？」

だがオリバーはこうなることが分かっていたかのように、余裕《よゆう》の表情を浮かべていた。

「知っていたのですか？」

「白王にしては若いな？　その白い防具を見れば誰だって分かる」

ハッタリに引っ掛《か》かったシエラは『しまった』と心の中で後悔《こうかい》する。

そしてオリバーの言うように、ローブの隙間《すきま》からは白王騎士を意味する白い防具が見えていた。

「よそ見してんじゃねえ！」

その時、図太い怒号《どごう》が響《ひび》いた。シエラはすぐに声のする方へと振り返る。

するとそこに、突進《とっしん》し迫《せま》る巨体《きょたい》の賊の姿が見えた。

「私が行きましょう！」

そこでシエラを庇《かば》うように賊の前に立ちはだかるケイズ。何やら右手に込められた魔力のオーラが見えた。

「《爆裂拳《ブランシュ》》！」

拳《こぶし》に赤い魔法陣が宿ると、ケイズは地を蹴《け》り駆《か》けた。

向かう先は巨体の盗賊。そして突進する巨体目掛けて、右手の拳を素早《すばや》く突《つ》き出した。

「なっ！」

そしてケイズの拳が賊の巨体に触れた瞬間、小規模ながら凄まじい爆発《ばくはつ》が起きた。

その一撃により、肉片《にくへん》と血が辺り一面に飛び散り、確認するまでもなく賊は絶命した。

《爆裂拳《ブランシュ》》——それは賊の体を吹き飛ばし、肉塊《にっかい》と血に変えたのだ。

政宗はその姿に、『攻撃職だとあんなことができるのか』と、憧《あこが》れの眼差《まなざ》しを向けていた。


そしていつの間にか周囲の賊は全滅《ぜんめつ》し、村人たちの表情にも元気が戻っていく。

結局、政宗は何もすることなく、ただそこに突っ立っていただけであった。

そして残るはオリバー・ジョー。

「まったく……俺の部下は弱っちいな～何年盗賊やってんだって話だ。弱《よえ》ぇ部下を持つと苦労するぜぇ」

部下の死を嘆《なげ》くこともなければ、労《いた》わる感情もないオリバー。彼はそれらの死体を見ては、呆れてものが言えないという様子であった。

「これで終わりです！」

だがもはやオリバーがどんな言葉を呟こうとも、シエラに咎《とが》める気はない。ただ殺すのみだ。

そして国へ謀反《むほん》を起こした大罪人であるオリバーは、いずれにしろ死刑《しけい》。そして白王騎士である
シエラにはそれが許されている。

「そうでもねぇさ？」

「なっ⁉」

その時、余裕の表情を見せるオリバーの腕《うで》の中に、何故か村の少年ジャックの姿があった。

「ジャック！」

するとと村人の中から一人の女性が前に出てきた。その表情を見るなり、シエラは彼女がジャックの母親であることに気づく。

「母さん！」

「うるせぇ！　黙ってろクソガキが！」

母親の姿を見つけたジャックは、オリバーの腕の中で涙《なみだ》を流していた。

「何故……ジャックがここに？」

「〝何故ぇジャックがぁここにぃ？〟　ハッハッハッハッ！　お前がちゃんと面倒《めんどう》見てやらねぇからだろうが！」

オリバーはふざけたような口調でシエラの言葉を真似《まね》しながら嘲笑《あざわら》っていた。

「せめて家まで送ってやれよ？　それでも白王騎士か？　はぁ……これだから騎士って奴はくだらねぇ。心の奥じゃ誰に対しても思いやりなんてねぇのさ。お前らの掲げてる国への忠誠心なんてのは、言ってみりゃただの職業病だ。愛国心なんてのはどこにも存在しねぇ」

「母さん！」

「うるせぇなクソガキが！　黙ってろって言ってるだろ！」

泣き喚《わめ》くジャックに容赦ない怒号をぶつけるオリバー。

「はぁ……子供の声ってのはどうも苦手だ。耳に突き刺《さ》さって血管がブチ切れそうになる」

「彼を放しなさい！」

そんなオリバーに、シエラは怒《いか》りでレイピアを震《ふる》わせていた。

政宗も同感な様子だ。オリバーを鬱陶しそうに睨《にら》みつけている。どうやらその口調が癪《しゃく》に障《さわ》ったらしい。

そしてオリバーはニヤリと笑みを浮かべると、静かにこう告げた。

「……思わず殺したくなっちまうじゃねぇかぁ？」

「ジャック！」

オリバーがジャックの首筋に向かって、逆手に持ったナイフを振り下ろした。その様にジャックの母親は目に涙を浮かべ、悲痛の声を上げた。

「……」

シエラには見えていた。だが反応が追いつかず、もう間に合わないことを悟《さと》ると、言葉を失い体は動かない。

ジャックが殺される。誰もがそう思った、その時だった――

「ガハッ！……はあ？」

突然、オリバーの口から大量の血が噴《ふ》き出したのだ。

「だん……だ？……ぼまえ、は？……」

それは一瞬よりも、刹那《せつな》よりも速い出来事だった。

オリバーが持っていたはずのナイフが、ジャックではなく、オリバーの首筋に刺さっているのだ。

オリバーはその場に倒《たお》れると、その時点でもう既に死んでいた。

「ジャック、お母さんのところまで行ってやれ」

オリバーの背後に、ジャックへそう語り掛ける者の姿があった。ジャック自身も驚き、何故こんなところにこの人がいるのかと、不思議でならない様子だった。

「うん……ありがとう。お兄ちゃん」

疑問はそのままに、涙を拭《ぬぐ》うとジャックは母親のもとへと走って行く。

「ジャック！」

「母さん！」

そして母と子は涙を流しながら再会を果たした。


シエラは今、目の前で起きたこと、そのすべてに疑問を抱《いだ》いていた。

何故、彼があんなところにいるのか？　何故オリバーは死んでいるのか？――と理解が追いつかなくなっていた。

何しろオリバーにナイフを突き刺しジャックを救出したのは、世間的には戦力にならないとされ、またシエラ自身もそう認識している《最弱》の烙印《らくいん》を押《お》された治癒職、ヒーラー。

――政宗だったからだ。

※

「じゃっ、じゃあ……戻りましょうか？　村のみんなも心配してるでしょうし」

マズイ……シャオーンの忠告を早速《さっそく》、破ってしまった。この後どう説明すればいいのか……全く考えていない。

「ふっ……そうですね」

俺が言い訳を模索《もさく》している一方で、ケイズさんは何かを見透《みす》かし悟ったように、何とも心地《ここち》の悪い視線を俺へ向けながら、意味深な笑みを浮かべていた。

「待てぇぇぇぇぇぇい！」

そこで突然、間抜《まぬ》けな声が聞こえた。周囲を見渡すと、そこにいたのは怒りにも似た表情で俺を睨む、シエラさんだった。

「な、何でしょうか？」

「〝何でしょうか？〟ではありません！　何ですかあれは⁉　どういうことですかニト殿⁉　あなたはヒーラーではなかったのですか⁉」

「ヒーラーですよ？……紛《まが》うことなき」

「変な言い方で誤魔化《ごまか》さないでください！　ではオリバーの首に刺さっているナイフは、一体何なのですか⁉　どうやってオリバーの手から奪ったのですか⁉　いえ！　そもそもあの一瞬でどうやってあそこまで移動できたんですか⁉　おかしくありませんか⁉　何を隠しているのですか⁉」

面倒臭《くせ》え……そもそも答える義務はないし、むしろ手を貸したんだから感謝してくれてもいいはずなのに、何故この人は怒っているんだ？

その後も、シエラさんの畳《たた》み掛けるような質問は続いた。

挙句の果てには「ステータスを見せてください」とまで言いだす始末。俺は、「ただでさえヒーラーなんですから、勘弁《かんべん》してくださいよ」と誤魔化し、無理やり話を終わらせたが、おそらくまた後で問い質《ただ》されるんだろう……そう思うと、そもそも馬車に乗るべきではなかったような気がしてきた。

「とにかく！　戻ったら説明してくださいね！」

そう言うと、シエラさんは再び村人を集め、村へと出発する。

質問攻めに遭《あ》っている間、終始、苦笑いをしていたせいか顎《あご》が痛い。

俺はとりあえずシエラさんから離れることにした。

「いやぁ！　それにしても何ですかあの魔法は？　流石ですねケイズさん」

ケイズさんの傍なら安心だ。この人は無口だし、余計なことは言ってこないだろう。

「……いえ、あなたほどではありませんよ。ニト殿」

だがケイズさんは俺を凝視した後、静かにそう答えた。

話しかけるんじゃなかった……なるほど、この人も敵か。俺に味方はいないということか……やはり《神速》は使うべきじゃなかったのかもしれない。

だがあの時、俺が助けなければジャックは死んでいただろう。ならば俺のしたことは正しかったはずだ。

シャオーンの忠告は無視できない。だがこの力が異常であり強大なものなら、いつかは誰かに知られてしまうだろう。

だが俺としては佐伯《さえき》たちにさえ知られなければいい訳で、他は関係ない。

何故なら俺は政宗ではなく、ニトだからだ。ニトが有名になろうと俺には関係ない。

ニトなど、そもそも存在しないのだから。

※

村へ到着するなり、捕《つか》まっていた村人たちは自分たちの帰りを待っていた夫や家族と抱《だ》き合い、喜びを分かち合っていた。

中には村長の娘もいたらしく、村長は泣いて喜んでいた。

そんな中、一人、誰のもとへ行くわけでもなく、その場に立ち尽くす者がいた。

その者はフードで顔が見えないが、俺は何となく女性であるような気がした。そして近くで見ると、俺と背丈《せたけ》はあまり変わらないくらいだった。

「君は行かないのか？」

そう問いかけても彼女は何も答えない。

この子の家族はどうしたのだろうか？

俺は彼女について何か知らないかと村人へ聞いて回ったが、誰も知らないという。だがそんな中、一人の女性が話しかけてきた。

「その子は違うよ？　その子は私たちがあいつらに捕まる前から牢屋に入れられてたんだ」

どうやら彼女はこの村の人間ではないらしい。その女性は捕まっていた時、彼女に何度か話しかけたらしいが、何も話さないのでどこから連れてこられたのかも分からないと言っていた。

「どこから連れてこられたんだ？」

しかし彼女は俯《うつむ》いたまま何も答えない。するとそこへシエラさんが現れた。

シエラさんは村を走り回っている俺の様子が気になり心配してくれていたらしいが、その真偽《しんぎ》は定《さだ》かではない。とりあえず面倒臭いので、俺は事情を説明した。

「なるほど……つらい思いをしましたね。ですがもう大丈夫です。あなたのことは私が責任を持って保護しましょう。私たちは明日、王都へ向かいます。王都にある役所で申請《しんせい》すれば、いずれは故郷にお送りすることもできるでしょうし、もう何も心配する必要はありません」

シエラさんは俯く彼女にそういった主旨《しゅし》の話をしていたが、俺に言わせれば何も話そうとしないこの状態の者に、何を言っても話など伝わるはずがない。話さないということは、その必要性を感じていないか、もしくは単純に話したくないんだと思う。

つまり、シエラさんでは無理だ。

「もしここにいるのが嫌《いや》なら、どこへでも好きな所に行くと良い。だけどもし帰り方が分からないのなら、俺が故郷まで送り届けてやってもいいが……どうしたい？」

こういう場合、普通は寄り添うように親切に話しかける方がいいんだとは思う。だが友好的でないのはこの人も同じだ。

だが別にやることもないし、旅の寄り道程度でなら故郷へ行ってやってもいいだろう。仲間は必要だと思っていたところだしな。

そこで、何故かシエラさんに軽く睨まれていることに気づいた。

シエラさんは俺の耳元に近寄ると、「あなたはもう少し優《やさ》しく話せないのですか」と呆れたような態度を示した。だが説教される義理はないし、不満な表情を向けられる理由もない。

だがその時、さらにシエラさんの表情が不満へと変わる出来事が起こる。

――フードの彼女が、何故か急に俺の制服の裾《すそ》をそっと掴《つか》んできたのだ。

「そ……そうですか。で……ではニト殿、後は頼みましたよ？」

その様子を見たシエラさんは頬《ほお》を引き攣らせながら、満面の笑みで村の方へと歩いて行ってしまった。

その不満を垂れ流したような背中に、俺の表情は自然と微《び》妙《みょう》なものへ変わった。それはそうとして、とりあえずこの人をどうにかしないといけない。まずはこの裾を掴む手を離してほしい。

「あのなぁ、これじゃあ俺が悪いみたいだろ？　シエラさんも怒ってたし……」

「だって……嫌なんだもん……あの人」

「嫌？　何が嫌なんだ？……って！　お前！」

シエラさんが話しかけても全く話そうとしなかった彼女が、何故かあまりにもあっさりと話し始めるもので、俺は思わず反応が遅《おく》れてしまった。その様子に何故かため息が零《こぼ》れる。

「お前、さっきは何で黙ってたんだ？」

「……前……じゃない……トア……」

「ん？」

「トアトリカ！」

――その瞬間、俺はまるで時が止まっているかのような感覚を覚えた。

突然、足の隙間を通り抜けるようなそよ風に晒されると、フードが煽《あお》られ彼女の素顔《すがお》が明かされた。

「……」

そこに、薄《うす》いピンク色の髪をした少女が現れた。

透《す》き通った白い肌《はだ》。肩《かた》にかかる程の長い髪は風に流され、俺には彼女が神秘的に映っていた。

――ここは異世界だ。今に始まったことでもないというのに、気づくと俺はそんなことを感じていた。

「ねぇ、聞いてる？」

その声で我に返った俺の目の前には、やはり美少女が立っていた。

「ああ、聞いてるよ？　トアトリカだろ？」

「トアでいいわ……」

「え？」

「トアでいい！」

トア……そう名乗る彼女は、何故か俺に怒っている様子だった。

最近やたらと女に怒られるが、何か呪《のろ》いでもかかっているのだろうか？　もしかするとシャオーンの呪いかもしれない。

「ああ、なるほどな？　トアトリカだからトアか……良い名前だな？」

何故こんなに気を遣《つか》わされているのだろうかと、そんなことを考えていた時、俺は自分の名前を名乗っていなかったことに気づいた。

「ああ、そう言えばまだ名乗ってなかったよな？　俺は……」

名前を教えようとした時、何故か俺の目を真っすぐ見つめるトアの視線に気づいた。綺麗な瞳《ひとみ》だ……この空のように透き通った、青い瞳。

俺は目を逸《そ》らすことができなかった。まるで吸い込まれるようにトアの目を見つめ——

「……政宗だ」

——気づくとそう答えていた。

何故その時、本当の名前を言ったのかは分からない。でも何故か嘘はつけないと、つきたくないとそう思ってしまった。

「ニト殿！」

するとそこへ、ウィリアムさんが現れる。

「いやはや、大変でしたな～ご無事で何よりです」

紳士《しんし》でハンサム、そして笑顔は爽《さわ》やか。だが俺はどこかウィリアムさんを爽やかな人だとは思えないでいた。

「ケイズさんとシエラさんのおかげですよ」

「何を言いますか？　ケガを治せる者がいるからこそ、恐れずに戦えるというものです！」

そういうものだろうか？　おそらくこの人なりに気を遣ってくれているのだろう。

そしてウィリアムさんはただ俺に挨拶《あいさつ》をしに来た訳ではなかった。というのも、村長からの伝言があるらしく、それを伝えにきたのだ。どうやら村の人たちを救ってくれたお礼に、今夜の宴《うたげ》に俺たちを招きたいということらしい。

「宴ですか……」

はっきりと言おう。断る理由などない！　ワインには飽《あ》きないが、正直チーズには飽きてきた。

「ということなのですが……おや？　そちらの可憐《かれん》なお方はどなたですかな？」

そこで、ウィリアムさんは俺の後ろにいたトアに気づいた。

「彼女はトアです。皆さんと同じように捕まっていたらしいんですけど、どうやら別の場所から連れてこられたみたいなんですよ」

「なるほど……それはそれは」

ウィリアムさんは労《ねぎら》いの言葉を掛けるが、トアはウィリアムさんにも素っ気なかった。

一応、トアは少し恥《は》ずかしがり屋な面があると説明しておいた。

ウィリアムさんは「そうとは知らず、申し訳ありません」とこれまた紳士の対応の後、一礼し村へと戻って行った。

「はぁ……ウィリアムさんもダメなのか？」

「……」

どうやらダメみたいだ。いったい何が嫌なのだろうか？　正直、俺には分からない。

「とりあえず皆の所に行こう。ここにいても何だし、お腹《なか》も空《す》いてるだろ？」

日はすでに暮れていた。若干《じゃっかん》、まだ夕日は見えるものの、あと数分もすれば完全に夜だろう。

「マサムネに、ついて行く……」

「……」

そう言われても俺は何と返せばいいのか分からず、ただただ言葉が詰《つ》まった。

ウィリアムさんやシエラさんよりは信用してくれていると、そう受け取って良いのだろうか？

とりあえず「そうか」と優しく答えておいたが、だとすれば何故そこまで信用してくれているのかが分からない。こいつが何を考えているのかも分からない。

「ああ、そういえば言い忘れてたけど、皆の前では政宗じゃなくニトと呼ぶようにしてくれ。訳は必要ならまた話すから、今はそれで頼む」

「知ってる……分かった」

そういえばシエラさんやウィリアムさんにはニトとしか名乗ってないし、二人はそう呼んでいる。トアもそれを傍で聞いていたから知ってるか？

※

俺たちは宴に招かれていた。何かのＲＰＧで聴《き》いたことのあるような音楽と、正面に置かれた大きな篝火を囲み、楽しそうに踊《おど》る村人たち。まあ、ただのキャンプファイヤーだ。中にはジャックの姿も見え、同じくらいの背丈の少女と手を繋《つな》ぎ踊っていた。おそらくあれがリリだろう。

あの時、俺が《神速》を使わなければジャックはどうなっていただろうか……俺はふと、そんなことを考えていた。

「マサムネ、あれは何かしら？」

トアは村の御馳走《ごちそう》に興味津々《きようみしんしん》だった。それより……。

「なあ？　俺、呼び名はニトで頼むって言わなかったっけ？」

「別にいいでしょ？　今なら誰にも聞こえないわよ」

俺たちの会話はこの音楽がかき消してくれた。だから聞こえないのは確かなんだが……。

「あっそ……それより、できれば俺以外の人ともそうやって喋《しゃべ》ってほしいんだけどなぁ……」

「……」

だんまりかよ……トアは都合が悪くなるとすぐに黙る。

そして、少し離れた場所から俺たちの様子をチラチラと窺っている人物がいた。勿論《もちろん》それはシエラさんだ。

先程、合流した時の話だ。シエラさんは真っ先に俺に引っ付いて歩くトアを指差し、「その女性はどなたですか？」と、戸惑《とまど》った表情で頬を歪《ゆが》めていた。

それが、あのフードで顔を隠していた女性だと知ると、気に入らないといった様子でまたどこかへと消え去った。

そしてこの現状が生まれた訳だ。それからというもの、シエラさんは俺たちを偶《たま》にチラッと横目で見ては、何かを確認している。そんなに気になるならこっちに来ればいいものを……と言っても、おそらく来ないだろうが。

「ところでトアは何で捕まったんだ？」

トアは《ワルスタイン》というモンスターの肉にかぶりついていた。その味は牛肉のようで、脂《あぶら》身《み》の少ない赤身だ。

「……知らないわ？　気づいたら森の中にいて、あいつらに連れていかれたの」

要領の得ない話だが、トア自身も何故自分が森にいたのか分からないらしい。おかしな話だ。

だが魔法が常識とされたこの世界では仕方がないのかもしれないと適当に捉え、深くは考えないようにした。分からないことは考えても仕方がない。

「それで？　家の場所は分かるのか？」

「……分からないわ」

長い旅になりそうだ。と言っても俺は特に心配してない。旅の仲間は冒険には必須《ひっす》だし、一人増えたところで今は二人。むしろ少ないくらいだ。

「そうか……まあ、気長に探そう」

トアは肉を食べながら、「うん」と頷《うなず》いた。

まあ今はこんな感じだが、そのうち慣れるだろ。俺はそんなことを考えながら、異空間収納からワインボトルを取り出した。

ワインボトル程度の大きさなら、服の内側から取り出したように誤魔化せる。

このスキルは収納する際、異空間が現れる訳だが、その入り口の規模は自由自在だった。それが分かる程度にはこのスキルも使い慣れてきた。

「ねえ、そのワイン、私も飲んで良い？」

「え？　これか？　別にいいけど？　じゃあコップを貰《もら》ってくるよ」

「いい、そのまま飲むから」

「え？」

持っていたボトルをトアに取られた。まあワインはまだまだ沢山《たくさん》あるし気にすることじゃない。

するとどうやら、トアもこのワインが気に入ったようだった。だがラッパ飲みは流石にダメだと思い、後でコップは貰ってきてやった。だが結局、そのコップは誰も使うことはなかった。

良い飲みっぷりではあるが、嫌なことでもあったのかと心配になってしまうくらいには豪快だった。だがトアはさっきまで盗賊に捕まっていた訳だし、このくらいの息抜《いきぬ》きも必要だと思う。

「ねえ？　マサムネは飲まないの？」

「え？……ああ、飲むけど？」

「じゃあ、ほら？」

「え？」

自分が飲んでいたボトルをそのまま差し出すトア。俺は普通に受け取り、そしてボトルを眺める。

「飲まないの？」

「あ、ああ……飲むよ」

俺はただ勧《すす》められるがままボトルに口をつけ、ワインを流し込む。そしてあっさりと人生初の間接キスを終えた。

その後もトアは普通に口をつけて飲んでいたが、俺の方はと言えば、何だかシエラさんの視線が気になり、それが恐怖でならなかった。

※

宴が終わり、皆が寝静《ねしず》まった深夜。ウィリアムはケイズと共に、馬車にある商品を整理していた。

「ケイズ、今日はどうでしたか？　やはり、白王騎士ともなると、凄まじい剣技だったでしょう？」

「はい、シエラ殿の剣は華麗《かれい》で、殺意の込められた見事なものでした。剣だけなら私でも敵《かな》わないでしょう」

「なるほど、〝剣だけなら〟ですか……」

その会話の内容から、ケイズの実力の程が窺えた。大商人の護衛を務めているくらいだ。ケイズもまた、只者《ただもの》ではないのだろう。

「問題はヒーラーの……」

「ニト殿ですか？　彼はこの先、大変でしょうね。ヒーラーという恵《めぐ》まれぬ能力を持ちながら冒険者とは、おそらく険しい茨《いばら》の道を歩くことになるでしょう。そういえばトア殿を故郷まで送り届けるそうですが、それも可能かどうか……」

「おそらく問題ないでしょう」

ケイズはウィリアムの呟いた言葉をはっきりと否定する。その言葉にウィリアムの手が止まった。

二人は長い付き合いだ。ウィリアムは護衛としてケイズを信用しており、ケイズ自身もウィリアムに忠義を誓っている。だからこそ、ウィリアムは目を見ただけでケイズが何を言わんとしているのかが理解できた。

「そうですか……なるほど。して……お前から見て彼はどう映りましたか？」

「あれは、一種の化け物ですね」

「お前にそこまで言わせるとは……なるほど、それは面白《おもしろ》い」

どこか納得した様子で、ウィリアムはパイプをくわえゆっくりと煙《けむり》を吐《は》き出した。

宙に舞う煙の中に、彼は一体、何を見ているのだろうか？

「これもまた、何か意味のある出会いなのでしょう」

吐き出した煙は宙を舞うと、月明かりに照らされ闇《やみ》へと消える。

「あの頃が懐《なつ》かしいですね？　ケイズ」

「……はい」

そこにはいつもと雰囲気の違うウィリアムの姿があった。彼は優しく微笑《ほほえ》み、そして、いつかの自分を夜空に見ていた。

第五章　王都ラズハウセン

早朝、村の玄関口《げんかん》で、俺《おれ》たちは村人に送り出されていた。

「この度《たび》は何とお礼を言えばいいのか……ありがとうございました」

そう言って頭を下げる村長の隣《となり》には、無事に帰ってきた娘《むすめ》の姿があった。

シエラさんは「頭をお上げください」と、昨晩の宴《うたげ》の礼を伝える。

ジャックは俺に「ありがとう」と別れ際《ぎわ》に声をかけてきた。その隣ではジャックの母親が頭を下げている。

「リリを守れるだけの男になれよ？」――俺は最後にそう告げた。

ジャックは照れながら、笑顔《えがお》で「うん！」とだけ答え、その隣には頬《ほお》を赤らめるリリの姿があった。

そんな些細《ささい》な会話の後、俺は以前とは明らかに違《ちが》う平和で穏《おだ》やかな日常の中にいるような、そんな感覚を抱《いだ》いた。

その後ターニャ村を後にした俺たちは、王都へと向かう馬車の中、良い寄り道だったとそんなことを語らいながら振《ふ》り返っていた。

「良い村でしたね？」

「そうですね、ニト殿《どの》にガールフレンドもできましたし？」

揺《ゆ》れ動く馬車の中、シエラさんは皮肉交じりにそう言った。

俺は苦笑いで誤魔化《ごまか》すが……隣ではトアが俺に寄りかかりながら眠《ねむ》っていた。ガールフレンドではない。そうではないが、否定するだけ無駄《むだ》だろう。どうせ揚《あ》げ足を取られて終わりだ。

「ところでニト殿、そう言えばまだお話を伺《うかが》っていませんでしたね？」

やはりその話題がきたか。シエラさんは終始、聞きたそうにしていたから、おそらく馬車の中で聞かれるだろうとは思っていた。昨晩、何か良い方法はないかと言い訳を考えていたが、何一つ浮《う》かばなかった。

「《神速》……それがあのスキルの名前です」

俺はまずスキルについて答え、それからオリバーの首筋にナイフを突《つ》き刺《さ》した時の一連の流れについて、軽く話した。

シエラさんは「そのようなスキルをお持ちとは……」と驚《おどろ》きながらも、理由が分かり納得《なっとく》した様子だった。

だが納得したと思いきや、どうもまだ信用できないらしく、その後ヒーラーかどうかをまた疑われたが、仕方がないのでステータスの職業欄《しょくぎょうらん》だけ見せることにした。名前とレベルはスキルで偽装《ぎそう》し、他は物理的に手で隠《かく》した。

表示しか隠すことのできない、スキル《ミミックの人生》だが、思った通り役に立った。

「本当にすみませんでした」

シエラさんは終始、謝《あやま》っていた。だが俺としては疑いが晴れたようで良かったと、ほっとした。

「ニト殿！　見えましたぞ！」

と、そんなどうでも良い会話の中、そんなこんなで俺たちはようやく王都ラズハウセンへ到着《とうちゃく》したのであった。

王都は俺が想像していたよりも巨大《きょだい》で、国を囲むように防壁《ぼうへき》がそびえ立ち、それはどこまでも果てしなく続いているように見えた。

王都の中をすべて観光するには、一体どれくらいの時間がかかるのだろうか？　そんな疑問と共に、俺はこの世界に来て初めてワクワクしていた。

王都の門を潜《くぐ》る際、検問を受けたが、シエラさんの顔パスで何事もなく入ることができた。

「流石《さすが》、シエラさん！　有名なんですね？」

そう言うと、シエラさんは「いえいえ」と相変わらず頬を赤らめていた。どうやらこの人は褒《ほ》められるのが苦手らしい。

ほとんど公《おおやけ》の場所には姿を見せない白王騎士《きし》団だが、中にはシエラさんのことを知っている人もいるらしい。今回は偶々《たまたま》知っている人で良かったと、シエラさんはそう言っていた。実際はもっと時間がかかるらしい。

「では皆《みな》さん、私はこの荷物を王城へ届けなくてはいけません。おそらくその後、すぐにここを発つことになります。そうなればよほどの御縁《ごえん》がない限り、もうお会いすることもないでしょう。ここでお別れです」

大商人とはどうやら忙《いそが》しく休みがないらしい。着いて早々に出発とは……おそらく終わりのない仕事なのだろう。

「ここまで乗せていただいて、ありがとうございました。またどこかでお会いしましょう」

「そう願うばかりですな！」

最後だしトアにも礼をするようにと伝えた。すると意外にもトアは素直《すなお》に「ありがとうございました」と頭を下げていた。だがまだぎこちない。

俺以外と話そうとしなかったのは、どうも初対面で緊張《きんちょう》していただけっぽい。ならば何故《なぜ》、俺とは話せたのだろうか？　緊張する価値もないということだろうか？

「ニト殿の武勇伝も色々とお聞きできましたし、まったく、久々に退屈《たいくつ》しない楽しい旅でした」

盗賊《とうぞく》との一戦を軽く話しただけだが、知らぬ間に武勇伝認定《にんてい》されてしまった。

ウィリアムさんは最後に、「またお会いしましょう」と頭を下げ、馬車と共に王城の方面へと去って行った。

「さて、では私たちも行きましょう」

そして俺たちはシエラさんに案内され、冒険者《ぼうけんしゃ》ギルドへと向かった。

※

冒険者ギルド――それは異世界に訪《おとず》れたならば一度は行ってみたい場所であり、RPGにおいては出発点ともいえる。言わば冒険者の聖地だ。

そしてそこは綺麗《きれい》なレンガ造りの大きな建物だった。壁面《へきめん》はそれらの赤レンガで埋《う》め尽《つ》くされており、イメージしていたギルドの外装とは少し違ったが……まあ、良しとしよう。

そしてシエラさんに先導され、俺たちはギルドの中へ入った。

「なるほど、これがギルドですか」

そこはギルドのエントランスルーム兼《けん》酒場だった。広々とした空間があり、入ってすぐ左側には受付が見え、右には集《つど》いの場が設けられていた。

集いの場とは、シエラさんが解説してくれた際にそう呼んでいただけだ。俺からしてみれば酔《よ》っ払《ぱら》いの溜《た》まり場。なんとも治安の良さそうな場所である。

そこでは様々な冒険者たちが仲間と語らい、中にはギルド名物――《怖《こわ》そうな冒険者》もちらほら見えた。

「ではこちらに名前と職業をお願いします」

そしてまず受付に向かい、冒険者になるための申請《しんせい》手続きを行った。

ステータスを登録するからと、目の前にボウリング玉くらいの真っ黒な水晶《すいしょう》が出てきた時は少し焦《あせ》ったが、偽装は問題なくクリアした。どうやら表面的な表示のみを読み取るらしく、俺の考えていた高度な読み取りではなかったようだ。

レベルはギルド内を見渡《みわた》して平均的な数値にしておいた。職業はヒーラーと、そのままだ。

そして勿論《もちろん》、名前はニトと偽名で登録しておいた。

何かの拍子《ひょうし》にグレイベルクの連中に生きていることを知られる可能性があった。そういうものは元から排除《はいじょ》しておいた方が良いだろう。

そして受付嬢《うけつけじょう》に言われるがまま、ボウリング玉に手を置くと、ステータスは一瞬《いっしゅん》で読み込《こ》まれ、手続きはすぐに終わった。

「ご職業は……ヒーラーですね？　ではニト様、あなたにアラン様のご加護があらんことを」

ヒーラーと呼ばれた時、受付嬢の口調に少し違和《いわ》感を覚えたが、余計なことは言わなかった。ヒーラーは冒険者には向いていないらしく、やはり差別されているようだ。

アランとは冒険神の名前だそうだ。神と言うだけに神話の存在かと思いきや、実在する人物な上に、このギルドの《ギルドマスター》らしい。つまりは自称《じしょう》ということだ。どうやらギルドマスターとはかなり痛い人物らしい。

そんなご加護はいらないが、受付嬢はそう言って俺たちを送り出した。

トアにもギルド登録をするかどうか聞いたが、「必要ない」と断られた。どうやら冒険者には興味がないらしい。

「それよりトア、これからどうしようか？　とりあえず役所にでも行くか？　トアの故郷についての手掛《てが》かりが何か掴《つか》めるかもしれないぞ？」

「いいわよ、それは後で」

じゃあどこに行くんだよという話だが、トアは何となく前向きではない気がした。

そんな会話の中、この後の予定を考えていた時だ。そこへ何とも悪そうな男が俺たちに話しかけてきた。

「両手に花とは羨《うらや》ましいじゃねぇか？　坊主《ぼうず》、ちょっと俺たちにも分けてくれよ？　その幸せをよ？」

それはギルド名物、《怖そうな冒険者》であった。すぐ傍《そば》の席でこいつの仲間と思《おぼ》しき奴《やつ》らが、ニヤニヤと気色悪い笑みを浮かべ、トアとシエラさんを舐《な》めまわすように見ている。

「そういや、さっきヒーラーとか言ってたか？」

どうやら受付でのやり取りを盗《ぬす》み聞きしていたらしい。趣味《しゅみ》の悪い奴だ。

「お前、冒険者なめてんのか？　あ？　ヒーラーが冒険者なんかできるわけねぇだろ！　ここは子供の来る場所じゃねぇんだよ！　とっととママの所へ帰んな！　だが後ろの二人は俺たちが世話してやるから置いてけ」

男は目を見開き、怖がらせようと睨《にら》んできた。だが見た目の問題で言えば、シャオーンの方が怖い。

こいつの容姿は確かに汚《きたな》い。怠慢《たいまん》が祟《たた》ったのか体型は小太りで口の周りには不潔な青髭《あおひげ》がびっしりと生えている。至近距離《きょり》で話し掛けられた時には息を止めたくなるほど口臭《こうしゅう》がきつい。まるで便所だ。

奥《おく》の連中は何が楽しいのか相変わらず笑い続けている。おそらく、これまではこのやり方でやってこられたのだろう。

「あんたらもそんなガキ相手にしてねえで、俺たちとこっち来て話さねえか？」

するとテーブルを囲んでいた仲間の一人が話しかけてきた。転生する前の俺なら間違いなく怯《おび》えて何も言えなかっただろう。だが何度も言うように、シャオーンの方が一〇〇倍怖い。

それに比べればこいつらはどうってことない。それにステータスを見る限りこいつらは弱い。

だが無用な争いは避《さ》けるべきだ。それに何より面倒臭《めんどうくさ》い。

「すみません、二人は僕《ぼく》の友人なので、申し訳ありませんがご遠慮《えんりょ》ください」

ヒーラーについて馬鹿《ばか》にされたことは無視しておこう。こいつ自身、もう忘れているだろう。

「だからその〝友人〟を置いていけって言ってんのが分からねぇか？」

穏便《おんびん》に済ませるつもりだったが、こいつの理解の無さに腹が立ってきた。

こいつはまったく周囲を気にせず俺たちに絡《から》んできたが、ここは無法地帯なのだろうか？　もしかして、喧嘩《けんか》は自己責任か？

するると俺が手を出しかけたその時だった――

「ん？」

――入り口の方で音がしたかと思うと、ギルドの扉《とびら》が勢いよく開き、甲冑《かっちゅう》を纏《まと》った数名による集団がギルドへと入ってきた。

その先頭に見えたのは女性だ。そいつはギルドに入って来るなり辺りを見渡すと、こちらを見て何かに気づいたような反応を見せると、真っすぐに近づいてきた。

「シエラ様！　こちらにおられましたか！」

やはりシエラさんの知り合いだったか。ということはこの人たちはこの国の騎士か？

「よくぞご無事で戻《もど》られました」

女性の騎士はそう言いながら、その場で片膝《かたひざ》を地面につけ頭を下げた。

シエラさんが偉《えら》いということはウィリアムさんの話から推測していたが、目の前でいざその姿を見せられると、何だか違和感しかない。性格に一癖《ひとくせ》も二癖《ふたくせ》もあるシエラさんが、偉いというのは微《び》妙《みょう》だ。

「ところでシエラ様、こちらのお方はどなたですか？」

「こちらはニト殿、そしてこちらはトア殿です。お二人には王都へ戻る道中、何かとお世話になりました」

俺は紹介《しょうかい》されながら、軽く会釈《えしゃく》した。

「そうでしたか。私はアネットと申します。この度はシエラ様が大変お世話になりました。ところでシエラ様、今回は何用でこちらにいらしたのですか？」

「ニト殿には王都へ到着次第《しだい》、ギルドへご案内すると約束していたのです。ですがもう用事は終わりました」

「そうですか。ではそろそろシエラ様には王城へ戻っていただかなくてはならないのですが……」

そこで、アネットさんは、俺たちの背後でイライラしながら睨みつけている冒険者に気づいた。

「話は終わったか？　まったく、なめた真似《まね》しやがるぜ。Ｃ級冒険者であるこのヨーギ様を待たせるとは、いい度胸じゃねぇか？」

弱い悪人とは何故こうも皆、同じことを言うのだろうか？　聞いてもいないのに必ず名前と素性《すじょう》を明かす。

「なるほど……そういった状況《じょうきょう》でしたか。シエラ様、ここは私が片付けましょう」

そう言いながら、まったく動じない様子でアネットさんは俺たちの前へ出た。

「場を弁《わきま》えぬ冒険者よ。その減らず口が利《き》けなくなるまで叩《たた》きのめしてほしいか？」

どう片付けるのだろうか？　だが腰《こし》の剣《けん》を抜《ぬ》く気配はない。

「なんだ？　俺たちの相手はお前がしてくれんのか？　ギャッハッハッハッハッ！　大丈夫《だいじょうぶ》かお前一人で？」

ゲスイ男だ。ヨーギと名乗る冒険者は先程《さきほど》と同じで、ニヤニヤしながら舐めまわすような目つきでアネットさんまでもを見ていた。

「じゃあこっちから行かせて貰《もら》うぜ？　言っとくが、女だからって手加減はしねぇからな？」

ヨーギはそう言いながら、武器も何も構えず、無防備な状態でただこちらへ歩いて来る。どうやら完全に見下しているらしい。相手は国家に属する騎士だというのに……。

その時、アネットさんの翳《かざ》した右手に緑色の小さな魔法陣《じん》が現れると、乱回転する風の塊《かたまり》が放たれ、それはヨーギの腹を直撃《ちょくげき》した。

「《風　玉《フェザー・ボール》》！」

「ぐわぁああああああ！」

球体は腹に当たると、まるでヨーギのへその辺りから風が噴射《ふんしゃ》するように肥えた体を後方へ持って行った。

そしてヨーギは壁《かべ》に激突《げきとつ》し、「ガハッ！」と胃液を吐《は》き出すと、壁にもたれながら座《すわ》り込み、徐々《じょじょ》にゆっくりと目を閉じた。

動かないところを見ると、どうやら気絶しているらしい。死んではいないだろう。

それにしてもこれでC級とは……一体、冒険者の基準はどうなっているんだ？　弱いにも程があるだろう。

そして状況が片付くと、次に待っていたのはシエラさんとの別れだ。

「ではお二人とも、ここでお別れです。ニト殿には色々と驚かされっぱなしでしたが、あの時は助かりました。私では助けられなかったでしょうから……」

〝助けられなかった〟とは、おそらくジャックのことだろう。

そんな別れ話の中、奥では仲間に介抱《かいほう》されるヨーギの姿が見えた。

「トア殿はこれから大変でしょうが、本当に手続きは良かったのですか？」

「その……ありがとう。私は……大丈夫です」

「……そうですか。分かりました。ですが何かあった時は、すぐにエカルラート邸《てい》へお越しください。ではニト殿、トア殿をよろしくお願いします」

「はい、任せてください」

その後、俺たちはシエラさんと別れた。

どうやらヨーギが目を覚まさないらしく、ちょっとした騒《さわ》ぎになっていたが、これ以上巻き込まれないようにと、俺たちもすぐにギルドから出た。

※

「これからどうしよっか？」

そう尋ねてもトアからの返事はない。ギルド前で行き交《か》う人の群れを眺《なが》めながら、俺はこの後のスケジュールを考えていた。

「冒険者登録もしたし、まずは服だな？」

俺は異世界に来てから着替《きが》えていない。ターニャ村で水浴びをしたから臭《にお》いは大丈夫だろうが、あいった貧しい村では服は貴重なものであるらしく手に入らなかった。

正直、この学生服は異世界への冒涜《ぼうとく》だ。直ちに処分すべきだと思う。多少は洗濯《せんたく》もしたが、長旅でかなり磨《す》り減っている上に汚《よご》れている。

「じゃあ行くか」

ついでにトアの服も揃《そろ》えよう。俺はトアと共に、とりあえず服を買いに行くことにした。

だがそこで、俺はあることに気づく。

「あ……そういや俺、金持ってないんだった……」

間抜《まぬ》けな話だが、今気づいた。俺は金を所持していない上に、この世界に来てから貨幣《かへい》というものを一度も手にしたことがない。何故今まで気づかなかったのだろうか？

これでは服はおろか、ご飯も食べられないし宿にも泊《と》まれない。

「あんた、変わった服装してるねえ？」

するとそんな時に話しかけてきたのは、ギルドの向かいに構えた店の店主だった。

店の看板に描《えが》かれた剣と鎧《よろい》の絵と、ガラス越《ご》しに見えるそれらの道具からして、おそらくここは冒険者向けのお店だろう。

女性がそういったお店を経営しているというのは普通《ふつう》なのだろうか？　冒険者にはヨーギのような野蛮《やばん》な奴が多いだろうし、金払いもあまり良くなさそうだが。

店主はどうやら俺が着ているこの制服が気になったらしい。

警戒《けいかい》されないようにダンジョンの食料庫に落ちていた布で隠していたつもりだったが、どうやら隙間《すきま》から見えていたらしい。

汚れてはいるが、洗えば売れるらしく、そしてこの服に使われている生地《きじ》というのが、どうやらこの世界では貴重な物で高価らしい。

目利《めき》きができるとは、流石は道具屋の店主だ。だが本当にこんな服が高価なのだろうか？

そこで俺は、今まさに自分が置かれているこの状況について説明した。

「なるほどね。あんた間抜けだねぇ？　それより所持金もなしによくここまで辿《たど》り着いたもんだ？　普通なら野垂れ死んでるところさね」

ワインとチーズがあるし、どちらにしろ空腹で死ぬことはなかっただろうが、つまりそれがこの世界の常識という訳だ。金がなければ生きていけない。どこの世界でも同じか……。

「だったら、あんたが今着てるその服と交換《こうかん》ってのはどうだい？　ついでにそっちのお嬢《じょう》ちゃんの分も付けとくからさ？」

——女神《めがみ》が現れた。文無しの俺たちの目の前に女神が現れたのだ。こんなボロ服と交換してくれるとは、どうやら俺はついているらしい。

「感謝します！　女神様！」

「女神様？　はっはっは！　可笑《おか》しな子だねぇ？　私はシャロンだよ。とりあえず何か見繕《みつくろ》ってあげるから、店の中に入んな」

俺たちは言われるがまま、その店へと入った。

中に入るとそこには剣や槍《やり》や盾《たて》、小瓶《こびん》に入った液体など、色々な武器や防具、それから回復薬などのアイテムが陳列《ちんれつ》されていた。

「ところであんた、職業は何だい？　戦士かい？　それとも狩人《かりゅうど》かい？」

「ヒーラーです」

「ヒーラーだって⁉　そりゃまた……難儀《なんぎ》な話だねぇ？　そうかい、ヒーラーかい？　だったらあんたにはこのローブと、それから薬草を入れられるようにこれも付けとくよ」

シャロンさんが差し出したのは、腰のベルトにつけて使うタイプのポーチだった。

「薬草ですか？　ヒーラーってもしかして薬草とかも使うんですか？」

「何だい、知らないのかい？　ヒーラーっていうのは治癒魔法しか使えないのさ。それも弱い治癒魔法さね。だから治療に役立つもんは何でも持っとくもんさ。薬草もその一つだよ。もしかしてあんた、薬草学も知らないんじゃないだろうね？」

知る訳がない。俺はこの世界に来てからというもの、大半の時間をあのダンジョンで過ごしていたのだから。

「その様子じゃ知らないんだね？　まったく、大したもんだよ？　ただ薬草学は知っておいた方が良いだろうから、あとで王立図書館にでも行ってみな？　ギルドで申請を済ましてるなら利用できるから」

「ありがとうございます。そうさせてもらいます」

俺は苦笑いをしながら頭を下げ、シャロンさんから装備一式を受け取った。

「それで？　あんたの職業は何だい？」

次はトアの服を揃えてくれるらしい。

トアは今、灰色のローブを着ている訳だが、これはこれで何の問題もないだろう。

だがこんな状況だ。貰えるものは有《あ》り難《がた》く貰い、甘《あま》えておこう。一応、制服の対価な訳だし。

「私はパラディンです」

すると珍《めずら》しくトアが自分から話した。この人は信用できるということなのだろうか？

「パラディンって、本当かい!?　ちょっとステータス見せてみな！」

そう言えば、トアのステータスを俺は見たことがなかった。一体、何をそんなに驚いているんだろうか？

《名前》トアトリカ・ロゼフ・ウルズォーラ
《レベル》39《職業》パラディン《種族》魔族
《生命力》３５１０《魔力》２９２５
《攻撃《こうげき》》８９７《防御《ぼうぎょ》》７８０《魔攻》９７５《魔防》８５８
《体力》７８０《俊敏《しゅんびん》》８９７《知力》８１９
《装備品》潜伏《せんぷく》のローブ
《スキル》真実の魔眼
《固有スキル》支配
《魔術》稲妻の一速《ライトニング・ソル》／稲妻《ライトニング》／稲妻の咆哮《ライトニング・ブレス》／雷の槍《サンダー・ランス》／竜巻《トルネイド》／風の乱舞《フェザード・サルト》／風の槍《フェザー・ランス》

《固有魔術》稲妻の嵐《ライトニング・ストーム》／稲妻の嵐剣《ライトニング・フェイズ》
「ホント……だったんだね」

トアのステータスを見たシャロンさんの目は点になっていた。

「パラディンって何ですか？」

「ん？……ああ、《魔導剣士》のことさ。魔法と剣、その二つの職に沿った魔術を扱《あつか》えるのが特徴《とくちょう》さね」

《Lv：39》――確かにそこらの冒険者よりもレベルが高い。

ちなみにギルドにいた連中の大半は一桁《けた》だった。二桁の奴らもいたが、それでも大体レベル10～レベル17くらいまでだった。いや、レベル23の奴が一人いたか？

ヨーギのレベルは8だ。

「それより、お嬢ちゃんは魔族だったんだね？」

《魔族》――そういえばグレイベルクの王様がそんなことを言ってたな。魔族と戦わせるために召《しょう》喚《かん》したって。

「魔族って何ですか？」

「あんたは本当に何にも知らないんだね？　魔族っていうのは大森林の向こうに住む……まあ、私もあんまり知らないけど、とにかく、生まれながらに高い魔力を持つ種族さ」

トアは魔族だった。つまり、俺は知らない間に、生まれて初めて人間以外の女の子に会っていた訳だ。

なるほど……トアのこの人間離《ばな》れした美貌《びぼう》はそういうことだったのか。

「あんたら、一体どんな関係なんだい？」

ステータスが全体的に高いのは魔族だからだろうか？　パラディンというだけあって、魔術も豊富だ。というかこれで何故、盗賊に捕《つか》まったのか？　自分で何とかできただろうに。

正直、俺もトアが謎《なぞ》すぎてシャロンさんにどう説明すればいいのか分からなかった。まだ会ったばかりで名前しか知らないし、関係を聞かれたところで「勝手についてきた」としか言えない。まあ、そんなデリカシーのないことを言えるはずもないが。

とりあえず、俺は笑って誤魔化しておいた。


それからシャロンさんはトアの服を選ぶと、ついでに剣もつけてくれた。雑多な物で、いわゆる《ブロードソード》というやつらしい。

「何から何まで、ありがとうございました」

「これでも安い方さ。あんたが着てた服と比べればね？」

そもそも安物という訳でもないが、高級かと聞かれれば微妙だ。だがどうやらこの世界では高校の制服は高級の部類に入るらしい。

「あんたらみたいな冒険者は初めてさ。ヒーラーかと思いきや、お嬢ちゃんは高レベルのパラディンなんだからね？　まったく、最近の冒険者はどうなってんだか……」

やはりトアは高レベルと認識されるらしい。となると、俺が出会ったあの三人組のうちの一人、ジークも強者だったのだろうか？

シャロンさんは少しだが、俺たち二人にお金を持たせてくれた。それでもまだ俺の服の方が高いらしい。もしかすると、俺は詐欺《さぎ》られ……いや、追及《ついきゅう》するのは止《や》めておこう。

すぐに人を疑うのが俺の悪い癖《くせ》だ。それとも信じない心がダメなのか？　だが用心は必要だ。何より、ここは俺の知らない世界なのだから尚更《なおさら》だ。

「それと無知なあんたに一つ忠告しとくがね？　この国はまだ大丈夫だけど、世の中には魔族をよく思わない連中もいる。一方で魔力が高いことから、特にお嬢ちゃんくらいの子は人攫《ひとさら》いに目をつけられ易《やす》いんだよ。まあヒーラーのあんたに言うことじゃないがね？　でも男なら守ってやるんだよ？」

どの世界にも差別はあるものだ。優秀《ゆうしゅう》すぎる魔族は恐《おそ》れられ、そして嫌悪《けんお》されるらしい。

そんなことよりシャロンさん？　俺、こう見えても強いんですよ？

その後、俺たちはシャロンさんにお礼を言い、買い物を終えると店を後にした。

※

中央広場には冒険者のみならずこの国の住民や旅行客など、様々な理由により王都を訪れた者たちで溢《あふ》れ返っていた。

俺とトアは傍にあった移動式の屋台でジュースを買い、椅子《いす》に座りながら休憩《きゅうけい》していた。

今思い出したが、そういえばトアは固有スキルを持っていた。ステータスを覗《のぞ》いた時その表示が見えたが、一体どんな能力なのだろうか？

もう一つ、スキル欄《らん》に俺と同じ《真実の魔眼》もあった……なるほど。この世界での優秀が示すその言葉の程度が、何となくだが分かったような気がする。優秀とはあのくらいのステータス内容を表す訳だ。ん？……待てよ？　そんなことより……真実の魔眼だと？　ということは、トアも俺と同じように相手のステータスを覗けるのか？　と言うことは……。

「なあ、トア？」

「ん？」

「もしかして……俺のステータス、見た？」

「見たけど、それがどうかしたの？」

やはり見たか……見てしまったのか。だが、見てしまったものは仕方がない。

「その……どう思う？」

「どうって？」

「内容だよ？　何か思うことはあっただろ？」

「思うこと……そうね？　異常だという以外には何も思わなかったわ？」

「……なるほどな」

それが聞けて安心しました。やっぱり異常ですよね？　あなたから見ても……。

「ところでトアは魔族だったたんだよな？」

「うん……」

トアは答えにくそうにしていた。もしかして知られたくないことだったのだろうか？

「そんなに強いのに、なんで盗賊なんかに捕まってたんだ？　自分で何とかできただろ？」

一つ一つの魔術には目を通していない。だがあれだけの魔法が使えるんだ。優秀なトアが一方的に捕まったとはどうも考えにくい。俺たちが駆《か》け付ける以前、一体、何があったのだろうか？

「だって……怖かったんだもん……」

「え……」

トアはそう答えると頬《ほお》を赤くし、顔を隠すように俯《うつむ》いた。

「こ、怖かった？……」

だが俺はそこで質問するのを止めた。

理由が理由なだけに思わず聞き返してしまったが、まあ女の子だし別におかしくもないってことなのか？

だがそれだとあの逞《たくま》しいステータスと矛盾《むじゅん》している。

「気づいたら森にいたって言ってたけど、その前はどこにいたんだ」

「お城にいたわ」

城だと？……ん？　どういうことだ？　城ということは、トアはどこかの金持ち？　貴族？　もしかすると、お姫様《ひめさま》ということもあり得る。そもそも魔族には身分はあるのだろうか？

「その……城では何をしてたんだ？」

俺は何となく気が引けたが、もう少し探《さぐ》りを入れてみた。

「別に何もしてないわ。朝は魔術と剣の訓練をして、それから……」

「それから？」

「夜になるまで、父様と母様、それから姉様の帰りを待つの」

つまり箱入り娘か？——トアの話を聞き、俺はこの答えを導き出した。

それからトアは帰りを待っている間は宝物庫で遊んでいたということや、庭でピクシーとお話をしていたということも教えてくれた。

そしてどうやら物心つく頃《ころ》には外出を禁じられていたらしく、塀《へい》の外には出たことがないらしい。

その話を聞き、トアが何故こんなにも何かに怯えているのか、その答えが分かったような気がした。

トアは俺と似ている。今、初めてこの世界を見ているんだ。

異世界に来たばかりの、この俺のように。

※

「《稲妻《ライトニング》》！」

俺はトアと共に、王都の近くにある森を訪れていた。

とりあえず飯を食うにも宿に泊まるにも金が掛かることから、あの後ギルドに戻り、《Fランク冒険者》でも受けられる、高報酬《こうほうしゅう》の依頼《いらい》を探した。

先程は必要ないと言っていたトアだったが、俺が冒険者登録を勧《すす》めるとあっさり登録を済ませていた。

念のためトアのステータスは偽装で誤魔化しておいた。トアの場合、異常ではないにしてもパラディンや魔族、それからあのステータスは人目に晒《さら》せば何かと問題に巻き込まれやすいだろうと、保険として隠しておいた。

「これが最後の一匹《ぴき》だな！　おらっ！」

その後、俺たちはゴブリン退治へと向かい、今、丁度その真っ最中だ。

《森に果物を取りに行くとゴブリンがいるせいで作業が進まないから追い払ってくれ》――という依頼だった。どうやらゴブリンは果物好きらしい。

侵蝕《しんしょく》を使うべきかどうか迷ったが、ゴブリン程度なら拳《こぶし》で十分だった。

シャオーンの忠告もある。できるだけ魔法は温存しておこう。だが使いたくて仕方がない。隙《すき》を見て試《ため》してみようか？

ところでゴブリンだが、〝十分〟とは言ったものの、俺は軽く殴《なぐ》った程度だ。つまりそれで〝十分〟だったという訳だが、もしかしたら意外と俺は拳でもいけるのだろうか？

俺の攻撃力の数値は《６９７０》であり、それは他とは比べものにならないほど高い訳だが、これが恩恵《おんけい》ということか？……だがそう思った時、少しため息が出た。

アリエスは〝勇者召喚には人の命がかかっている〟と言っていたが、そうまでして俺たちを召喚した意味が分かったような気がした。世の中、異世界であれそんなに甘くないよな……。

あいつらは今頃、どれほど強くなっているんだろうか……だが落ち込んでも仕方がない。今は無理でもいつかは手に入れてみせる。まずはそのための準備が必要だ。

近距離戦が可能なら、シエラさんが言ったように剣術でも習ってみようか？　丁度、《蛇剣《じゃけん》キルギルス》もある。もしくはケイズさんのように拳で戦うスタイルも良いかもしれないが、もう少し考えてみる必要がありそうだ。

「じゃあそろそろギルドに戻ろうか？」

ところで〝怖かった〟と言っていたトアだが、ゴブリンと向かい合っている時のトアは、怯えるどころか恐ろしいほど躊躇《ためら》いがなかった。

魔術の扱いも慣れたもので、上級冒険者といっても過言ではない程だった。いや、既《すで》にレベルは上級か？

「そういえば、こいつら消えないな？　なんでだ？」

シエラさんにハンティングウルフを横取りされた時もそうだったが、絶命しているはずが粒子《りゅうし》にならない。モンスターは殺すと消えるんじゃなかったのか？

「それはダンジョンでの話でしょ？　前に本で読んだことがあるわ。ダンジョンのモンスターは倒《たお》すと消えるって。でも普通、消えたりしないわ」

だそうだ。

ついでに言うと《モンスター》と《魔物》とでは意味が違うらしい。さっき俺が〝魔物〟という単語を会話の中で出した時、トアがそう言っていた。

《魔物》は人の言語を解す上に、ある一定以上の知力と強さを兼《か》ね備えているらしく、ゴブリンのような《モンスター》とは全く違うらしい。ではシャオーンの隣にいたズーリは魔物だったということだろうか？　ミミックはどうなのだろうか？

「ねえ、行かないの？」

すると目の前に、不思議そうな顔で俺を待つトアの姿があった。どうやら俺は少しばかり考えに耽《ふけ》っていたらしい。悪い癖だ。すぐに周りが見えなくなってしまう。

その後、俺たちは討伐《とうばつ》証明となる《ゴブリンの前歯》を片手に、ギルドへと向かった。

ところでゴブリンからの戦利品だが、弱すぎるこいつらはスキルや魔術を持たず、なけなしの《回復薬》以外、何も持っていなかった。

※

「では確かにお預かりいたしました。こちらが今回の報酬になります」

ゴブリンの前歯十本と引き換《か》えに、俺たちは報酬を受け取った。

「これで足りるだろう。とりあえず今日は疲《つか》れたし、さっさと宿を見つけて休もう」

隣でトアがあくびをしていた。到着して早々、いきなりの依頼だ。流石にトアも疲れただろう。今日は休んで、本格的な活動は明日から始めよう。

「失礼ですがお嬢さん、お名前を伺《うかが》ってもよろしいでしょうか？」

すると俺が目を離《はな》した隙に、トアへ近づく男がいた。

「すみません、こいつ俺の連れなんですよ？」

冒険者のくせにまるで映画に出てくる貴族のような振る舞《ま》いをするそいつは、かなり胡散臭《うさんくさ》く、その下心満載《まんさい》の目を見た時、これは関わるべきではないなと判断した。

「トア、行くぞ」

俺はそいつへ軽く会釈し、苦笑いで誤魔化しながらその場を後にしようとする。

「待ちたまえ！」

だが大声で呼び止められ、俺は足が止まってしまう。これは虐《いじ》めの後遺症《こういしょう》だろうか？　無視すれば良かった。

「何でしょう？」

無視できたならそれがベストだったと思う。だが俺は振り返り、気づくとまた苦笑いを返していた。

「見かけない顔だが、君は冒険者かね？」

「はい、今日から冒険者を始めました」

「なるほど、新入りか。ならば私を知らないというのも頷《うなず》ける。それで？　手始めにゴブリン退治かね？」

どうやらこいつは受付での様子を見ていたらしい。人の話を盗み聞きするというのは、冒険者の習性だろうか？　まったく、趣味の悪い連中だ。

「そうなんですよ。いや〜冒険者ってたいへんですよね？　それじゃあ俺たちはこれで……」

と、社交辞令的な言葉を返し、俺は再びその場を後にしようとするが、背後でまた声がした。

「ふ……態度の悪い奴だ。それよりゴブリン退治などという低ランクの任務では、大した金にもならないでしょう？　違いますか？」

鬱陶《うっとう》しい奴だ。馴《な》れ馴れしく他人である俺たちに絡んでくる。

「いえ、気にしないでください」

「私はそちらのお嬢さんに話し掛けているのだ。君は黙《だま》っていたまえ」

「……」

「お嬢さん？　あなたそれで満足なのですか？」

やはり目的はトアか。

「私ならばゴブリンなどと言わず、ハンティングウルフやジャイアントスネーク、あのグリズリードの討伐すら可能ですよ？　どうせ今夜も安い宿に泊まるのでしょう？　どうですか？　私のところへ来ませんか？」

シャオーンの言う通りだ。今までもそうだったが、俺は巻き込まれやすいタイプなのかもしれない。おそらく体に染《し》みついているんだろう。だが流石にこう何度も絡まれては面倒臭い。

「そう言えば、先程ヨーギと揉《も》めていましたね？　見ていましたよ。この男はヒーラーなのでしょう？　それではあんまりだ。冒険へ出かける前から冒険が終わっているようなものです。そんな男よりも、私の方がよほどあなたを満足させられると思いますが？」

話にならない。身の振り方がどうとか、そういう問題じゃないな。こいつに問題があるんだ。

「行こう、トア……」

俺はトアにそう囁《ささや》き、さっさとここを出ようと男に背を向けたが――

「……トア？」

――トアが動かない。

もう一度、後ろから呼びかけるが、何故か床《ゆか》を見つめるように下を向き、無防備に下ろされた手は、腰の横で力強く握《にぎ》られているようだった。

すると男が追い打ちをかけるように、またくだらない口を開いた。

「その男では無理でしょう？　さあ！　私と行きましょう！　さあ！」

その時だ――

「《稲妻《ライトニング》》！」

――突然《とつぜん》、男の足元に黄色い魔法陣が現れると、凄《すさ》まじい轟音《こうおん》と共に頭上から電撃が飛来した。

「カッ……ガハッ……」

一瞬で男は黒焦《くろこ》げになり、口から泡《あわ》を吹《ふ》くとその場へ仰向《あおむ》けに倒れる。

「え……」

俺はその光景に茫然《ぼうぜん》とするばかりで、言葉が見つからない。

どうやら男は気絶してしまったようで、体から湯気を発し倒れたまま動かない。

先程から盗み見るように俺たちの様子を窺っていた周囲の連中も、その光景に目を奪《うば》われている。

受付のお姉さんも窓口から顔を覗かせ、驚いていた。

「え～と……トアさん？」

俺はそっとトアに語りかけた。だがトアは肩《かた》を震《ふる》わせ息を荒《あら》くしながら、一向に目を覚まそうとしないそいつを睨みつけている。

するとどうしたのか、トアはその目を周囲に対しても向けたのだ。

「トア？……」

そこで勢いよく振り返ったトアに俺は腕《うで》を掴まれる。

「行こ」

「え？　ちょ、ちょっと……」

俺はそのまま手を取られ、訳も分からぬまま、静まり帰る冒険者たちを背にギルドを後にした。

気のせいだろうか？　一瞬、トアの表情が悲しげに見えた……ような気がした。

※

「なあ、トア？　ちょっと止まれって？」

夕暮れ時、俺はトアの背を追いかけ、市街地を抜ける。

ギルドを飛び出してからというもの、どこへ向かう訳でもなく、ただ歩き続けるトア。その足取りは重く、そして速い。

いくら名を呼んでもこちらへ振り向かず、まるで俺から目を背《そむ》けるようにトアは応《こた》えず歩き続けた。

「トア！」

そして俺が思わずそう叫《さけ》んだ時、トアの足が止まった。

だが立ち止まったままで振り向こうとはしない。その間、叫んだのは良くなかったと反省するが、そもそも俺は大声を出せる程、喋《しゃべ》り慣れてはいない。

「何で？……何でなにも言い返さないの？」

トアは俺に背を向けたままそう言った。

何故トアが俺に怒《おこ》っているのか、それは何となくだが分かっている。そう……トアは俺に怒っているんだ。俺がはっきりしないから……だが上手《うま》く答えられない。

「言い返せばいいじゃない！　そんなに強いんだから！」

「……だから怒らないんだ。余裕《よゆう》があるからこそ最善の方法を考えられる。どうすれば騒ぎを起こさずにあの場を切り抜けられるか……俺にはそれを考えるだけの余裕がある。必要以上に騒ぐべきじゃない」

「そんなこと考えなくていい！」

訴《うった》えかけるような言葉と同時に、トアは勢いよくこちらへ振り返った。

「……」

その瞳《ひとみ》は、涙《なみだ》で潤《うる》んでいる。トアは怒《いか》りと悲しみが入り混じったような、そんな表情をしていた。

俺はトアのその瞳を見た瞬間、頭が真っ白になってしまった。

「悔《くや》しくないの？……馬鹿にされたのよ？」

トアは俺の目を真っすぐに見つめ、そう訴えてきた。俺は目を逸《そ》らせず、ただ動揺《どうよう》するばかりで何も言い返せない。

「私は……悔しいよ……」

俯き、そう嘆《なげ》くトア。だが俺には分からない。

ふ……悔しいか。そんなこと、一度も思わなかった。これも虐めの弊害《へいがい》だろうか？

俺はどうやら慣れ過ぎたのかもしれないな。長く虐められ続けてきたことで、もう悔しさなんか感じなくなっているんだと思う。

だが怒りは感じている。それは悔しさ以上の感情だ。だが誰《だれ》かれ構わず矛先《ほこさき》を向けるべきじゃない。

俺はそう思いながらも、トアに何と答えるか考えていた。

トアなりに俺のことを考えてくれているのだろうか？　でも、ついこの間あったばかりだというのに、何故そこまで悲しむことができる？　多少、話をするようにはなったが、それでもまだ俺たちはお互《たが》いのことをほとんど知らないはずだ。

だがトアの涙やその悲しそうな表情は嘘《うそ》ではない――俺は、そう思わされていた。

何故かは分からないが、トアは本気で悲しんでくれているように思えたのだ。

「トア……」

俺は益々《ますます》どう答えればいいのか分からなくなった。

だが少し、別の景色も見えるようになった。

復讐《ふくしゅう》だけがすべてじゃないと、一瞬そう思った。それは何も、佐伯《さえき》やアリエスを殺さないってことじゃない。

シエラさんやウィリアムさん、そしてケイズさんという繋《つな》がりができたように、そして何よりトアがいるように、復讐が終われば、その後、俺にはこの世界での人生が待っている。

だがそれは俺の行動次第で壊《こわ》れてしまう。

ここは異世界で、俺は以前の俺じゃない。殻《から》に籠《こも》らず、考えを改める必要があるのかもしれない。

自分のために……そして……そうだなぁ、トアのために。

「ごめん……ありがとう。俺のために、怒ってくれて……」

俺は正直に謝った。

「……うん」

するとトアは頬を赤らめ、何故か今になって恥《は》ずかしそうに涙を拭《ぬぐ》っていた。

これは普通のことなんだと思う。おそらく、このくらい怒って当然のことなんだろう。だが俺は怒りすら感じなかった。つまり俺は……。

「壊れてる……」

「マサムネ？」

そう、思わず心の声を漏《も》らした時、トアが不思議そうに顔を覗き込む。

「あ、ああ！　ごめんごめん……何でもないよ」

いきなり至近距離に現れた、その人間離れした美貌に動揺し、俺は恥ずかしさを誤魔化しながらたじろぐ。

「次はなるべく怒るようにするよ。でもヒーラーが強いと違和感があるみたいだからさ？　俺も穏便に事を運びたいんだ。できれば争いは起こしたくない」

今はこれだけで良い。これから少しずつ話していけばいいんだ。

トアは「分かったわ」と小さく返事をした……分かってくれて、よかった。

「だったら私が怒るわ！　マサムネのために！」

「え？」

本当に……分かってくれたのだろうか？　穏便に事を運びたいと、そう伝えたはずだが……。

でも、これも俺のためなのだろう。トアの明るいその表情を見た時、俺は自然とまたそう思えた。

「じゃあ、そろそろ行こうか？」

互いに少しばかりの恥ずかしさを残しつつ、俺たちは再び歩き始める。

夕日が嫌《きら》いだった。あれは憂鬱《ゆううつ》なだけだ。

だが俺は今初めて、このオレンジ色の光に対して別の感情を抱《いだ》いている。何か、心が温かくなるような、そんな感覚だ。

そよ風になびく後ろ髪《がみ》に夕日が反射し、トアの姿が違って見えた。

幻想《げんそう》……ファンタジーだ。俺はその姿に目を奪われていた。

光に照らされながら微笑《ほほえ》むトア。憂鬱なはずの空を前に、俺の表情には自然と笑みが零《こぼ》れていた。

俺はこの時、初めて救われる感覚を知ったんだ。

トア……君が、教えてくれた。

※

「やっぱりこの肉は何度食べてもおいしいな？」

「そうね！」

俺たちは安宿を見つけ食事にありついていた。テーブルに置かれているのはワルスタインの肉だ。

そして二人で肉にかぶりつき、王都に来て最初の御馳走《ごちそう》を堪能《たんのう》していた。

「でも、これまでにもワルスタインは食べたことがあるんだろ？」

「ないわよ？　ターニャ村で食べたのが初めてだもの」

ん？　初めて？　ワルスタインはこの辺りでしか食べられないのか？

そういえばシャロンさんが、魔族は大森林の向こう側に住んでいるとか言ってなぁ。それと何か関係があるのだろうか？

「じゃあ城では何を食べてたんだ？」

「分からないわ。出されたものを食べていただけだから。でも一度だけ母様に聞いたことがあるの。そしたら魔力を高める食べ物だって、そう言っていたわ」

どうやら具体的には教えてもらえなかったらしい。

それにしても聞けば聞くほどトアの話は不思議だ。特に魔力を高める食べ物とは何だろうか？　そんなものがあるなら俺も是非《ぜひ》食べてみたい。

「魔族の土地には一度行ってみないとダメだな？　トアの家もそこにあるかもしれないし」

俺がそう呟《つぶや》くと、トアは「食べないなら食べてもいい？」と、またワルスタインの肉を食べていた。

「絶対このお肉を食べてる方が強くなれるわ！　だって、このお肉の為《ため》にまた頑張《がんば》れるもの！」

故郷に帰りたいんじゃなかったのか？　だがトアは嬉《うれ》しそうに肉を食べていた。

「そうか……俺はお前が幸せならそれでいいよ」

魔族とは皆、こんなに食べるのだろうか？　それなら当分は飽《あ》きるまでワルスタインだな。

だがそうなると、明日はもう少し任務をこなす必要がある。今日はシャロンさんが握らせてくれたお金もあったから何とかなったが、明日はそうもいかない。

「明日はゴブリン以外の依頼をしてみたいな？　ゴブリンは飽きた」

「そう？　私は何でもいいわ」

掲示板《けいじばん》の字が読めず、一番手軽で初心者向けの依頼をとお願いし、用意してもらったのが《ゴブリンの討伐》だった。

討伐だけなら良かったんだが、《ゴブリンの前歯》の回収は中々に手が汚れ、そして面倒臭い。

もう少し報酬の多い、面倒臭くない依頼――この辺りで考えよう。まあ、そんなうまい話はないだろうがな。

※

この宿はギルドの受付で教えてもらった。

部屋には簡易的な風呂《ふろ》が完備されており、異世界にも風呂があることに驚いたが、シャワーはなかった。

だが浴槽《よくそう》があっただけマシだろう。低価格で風呂付きの宿は少ないらしく、この手の宿はすぐ冒険者で満室になるそうだ。どうやら俺たちは運が良いらしい。

「俺は床で寝《ね》るからベッドはトアが使ってくれ」

ベッドは一つしかないので仕方がない。レディーファーストという考え方がこの世界にあるかは分からないが……まあ、単純にその方が気を遣《つか》わなくて済むというだけの話で、別に良心によるものじゃない。

「反対側で寝ればいいじゃない？　これだけの大きさがあるんだから。私はこっち側で寝るわ」

何？　そんな考え方があったのか？

「ほら早く、風邪《かぜ》を引くわよ？」

「トア……俺は、あまり寝相《ねぞう》が良くない……」

「別に構わないわ。私はマサムネを信用してるから」

信用してる？　待てよ……トアはどっちの意味で信用しているのだろうか？

前にクラスの女子がこう話しているのを聞いた。

――〝あいつ何もしてこないで朝まで寝てやがったの、マジ意味わかんないんだけど〟と。

いや、トアは箱入り娘で、あいつらは貞操《ていそう》観念の崩壊《ほうかい》した雑巾のようなものだ。比べるなど言語道断と言える。

だがこういったことは男性から行かなければいけないと聞いたことがある。

分からん……深過ぎて分からん。〝信用〟とはなんて深い言葉なのだろうか？

そんな理屈《りくつ》とは別に、俺は堪《た》えられるのだろうか？　あの、甘い香《かお》りに――

「ねえ？　何やってるの？　寝ないの？」

「寝ます！　寝ます！」

俺はトアに言われるがままベッドに入り込んだ。大丈夫、寝るだけだ。

目を瞑《つむ》れば誰だって寝られる。これは常識だ。

俺はそう自分に暗示をかけながら毛布をかぶり、ぎゅっと目をつむる……。

「……」

寝られん！　まったく寝られる気がしない！

「ねえ、もう寝た？」

「いっ、いえ！　まだ起きてますよ？」

声が引き攣《つ》っている。客観的に見なくとも今の俺は相当格好悪いということが分かる。

女性と戯《たわむ》れることすら諦《あきら》め、それは俺の人生ではないと意識から切り離してきた。その付けが回ってきたということなのだろうか？

「私……お城ではいつも一人だったの」

背を向けたまま、唐突《とうとつ》に話し出すトア。どうしたのだろうか？

「父様と母様は夜まで帰らないし、姉様はずっと帰ってこないし、話し相手と言えばピクシーくらいしかいなかったから……毎日、寂《さび》しかった……」

城なんていう裕福《ゆうふく》な環境《かんきょう》で育ったのに、そんな思いをしていたのか……だがトアは外の世界を知らないみたいだし、外出禁止という決まりと相まってか、籠る以外の考えが思いつかなかったのかもしれないな。

「でも、今は寂しくないわ。マサムネと一緒《いっしょ》だから……」

すると背中にトアの手がそっと触《ふ》れ……何故か、トアの言っていた〝信用〟の意味みたいなものが、俺の中に流れてきたような気がした。

自分の浅はかさと不純な心に罪悪感を覚えたが、それも気づくと穏やかになり、俺は安心していた。

「おやすみ……マサムネ」

「ああ、おやすみ……トア」

最後まで〝ニト〟とは呼ぼうとしないトア。だがもう……別に良いかな？

政宗《まさむね》なんて名前はどこにでもあるだろ？　何かあった時は、またその時考えればいい。

きっとトアは、俺を〝政宗〟と呼びたいんだろう……。

そう思いながら、また目を閉じる……気づくと俺は、眠っていた。

※

「すみません！　ニト殿はおられますか！」

翌日、部屋を誰かがノックする音と共に目が覚めた。

「んんん……どうしたの？」

どうやらトアも目が覚めたみたいだ。

まったく、朝っぱらからやかましい。異世界人は常識がないのか？

「さあ？　誰かがドアを叩いてるみたいだ」

トアは寝起きでだるそうだった。だが、変わらず美人であることは間違いない。

俺はベッドから降り、面倒臭いな～と思いながらもドアを開ける。

「おはようございます！　ニト殿」

部屋の前に立っていたのは、昨日までと服装の違うシエラさんだった。

今日は雑多な濃《こ》い緑色のローブに身を包み、その下に見えていた白い防具も今日は身に着けていないみたいだった。

「なんだ、シエラさんですか。おはようございます。どうしたんですか？　こんな朝早くから？」

「朝早く？　もう昼前ですよ？　そんなことより、本日はニト殿に剣術をお教えしようかと思いまして」

そういえばそんなこと言っていたっけ？　まったく……まめな人だ。

俺たちのことはギルドで聞いたらしい。こんなことなら宿は自力で探すべきだったと、少し後悔《こうかい》した。個人情報が筒抜け《つつぬ》とは……これも異世界か。

「そういえば、トア殿の姿が見えませんが……」

「どうしたの？　マサムネ……」

そこへ、ベッドから起き上がり目を擦《こす》りながら、トアが歩いてきた。

「トア、シエラさんだったよ。今日は剣術を教えてくれるらしい……って！　おいトア！　なんて格好してるんだよ⁉」

トアはレースのようなパジャマを着ていた。こんな物、持ってたか？

「ニト殿……」

その時、背後で低く唸《うな》るような声が聞こえたかと思うと、名前を呼ばれ、俺は振り返る。

そこにいたのは、先程までの爽《さわ》やかな美女ではなく、肩を震わせ、俺を全否定するかのような悪意に満ち溢《あふ》れた視線を向ける、シエラさんだった。

「あなたと、いう人は……」

「え？」

その直後、右頬に小さな衝撃《しょうげき》が走ると、ダメージに反比例し、何故かダンジョンで巨人騎士に蹴《け》り飛ばされたあの瞬間の記憶《きおく》が蘇《よみがえ》ってきた。

だが意識が現実に戻ると、目の前には左手を俺の右頬へ振り抜いた直後のシエラさんが、変わらぬ軽蔑《けいべつ》の表情で立っていた。

ちなみに俺の防御力《ぼうぎょりょく》は《６９７０》であり、この平手打ちでは俺を殺すことは当然できない。

そんなことより、何故こんな朝っぱらから美女に頬を叩かれなければいけないのだろうか？

「あなた！　マサムネに何するのよ！」

そこで背後から激昂《げっこう》するトアの声が聞こえた。

「稲《ライト》……妻《ニング》の……」

拳を握りしめ、肩を振るわせながら、シエラさんを真っすぐ睨みつけるトア。そして何か物騒《ぶっそう》な言葉を呟いている。

「おいおい！　落ち着けって？　シエラさんも誤解ですよ？」

トア……お前、今なにをしようとしてたんだ？　何か足元が光ってたけど……。

何かをぶちかまそうとしていたトアだったが、直前で俺が制止した。

《龍《りゅう》の心臓》とかいうテロ組織に俺を引き込もうとした頭のおかしな男が、馬鹿デカい火を出した時にも、これと似たような光を見た。まさか、あんなレベルの魔法をここで使おうとしてた訳じゃないよな？

光はその後、収束し消えたが、俺は背筋に何かぞっとするものを感じたのだった。

※

俺たちは宿の一階で朝食をとっていた。どうやらシエラさんはもう食べてきたらしい。

「先ほどは申し訳ありませんでした。私の早とちりで……」

もう少しでトアが宿を破壊《はかい》するところだった。そんなトアはまだ少し怒っている。

「いえ、もう気にしてませんから」

「す、すみません……」

シエラさんは申し訳なさそうに、もう一度謝っていた。

「いきなり暴力だなんて、まったくこの国の騎士はどうなってるのよ？」

「す、すみません……」

「もういいよトア。どうせいくらしばかれたところで、頬が赤くなることすらないんだから」

「……マサムネがそれでいいなら、いいけど……」

「赤くならない？　ニト殿、それはどういうことですか？」

しまった……。

「あ、いえ。こっちの話ですよ、気にしないでください。それより本当に食べなくていいんですか？　ここの肉は美味《うま》いですよ？」

「いえ、私は大丈夫です。ありがとうございます。ところで先ほどからトア殿が、ニト殿のことを〝マサムネ〟とそう呼んでおられるようなのですが……」

「えっ、え～と……それは、何といいますか……」

ミスった……やっぱりトアにきつく言っておくべきだったか？　トアがあまりにも普通に〝政宗〟と呼ぶから、俺も慣れて分からなくなっていた。

そもそもニトの方は使い慣れてないんだから、もっと徹底《てってい》して馴染《なじ》ませるべきだっただろうか？

だがもう手遅《ておく》れな上に、この場を切り抜ける言い訳が見つからない。シエラさんは《白王騎士》とかいう面倒臭い人みたいだし、もしかすると一番バレたらいけないタイプだったか？

「え～とですね……」

だが、もう無理だな。誤魔化す余地がない。

「実は、ニトというのは偽名なんですよ」

「……なるほど」

俺はシエラさんに正直に話した。その間、トアは少し申し訳なさそうにしていた。

だがバレてしまっては仕方がないし、何よりこれは俺のミスだ。

それにトアに本名を明かしたのは俺だ。結局のところ、トアはスキルでステータスを覗けたことから、俺の名前を知っていた訳だが、それでも名乗ったのは俺であり、この状況はあの時点で覚悟《かくご》すべきだった訳で……つまり、俺の失態だ。

「なので公の場ではこれからもニトでお願いします」

「なるほど……分かりました。ところで《マサムネ》とはあまり聞き慣れない名前ですが、ニト殿は戯国《ぎこく》の方なのですか？」

「〝ぎこく〟……ってなんですか？」

「違うのですか？　バノーム大陸の外、海の向こうにあると言われている、とある国のことです。その国にはそういった名前の方もいると聞きます」

色々と知らない単語が出てきたが、〝戯国〟か……また調べてみるとしよう。

「ところで本日はどのようなご予定でしょうか？　よろしければニト殿に剣術をお教えしたいのですが……」

「実はギルドで依頼を受けようかと思ってたんですよ。お金もないですし」

「なるほど……では、私も同行させていただけないでしょうか？　実はこう見えて私も冒険者なんです。国に仕える前はよくギルドで依頼を受けていました」

国に仕える前？　シエラさんは俺とあまり歳《とし》が違わないようだが、〝冒険者をやっていた〟とは、一体いつのことなんだろうか？

一方で、この国の騎士には冒険者登録が義務付けられているそうだ。いずれにしろ、騎士になる時点で冒険者にもなってしまうらしい。

だがアネットさんだったか？　シエラさんの部下とかいうあの人は、少し冒険者というものを毛《け》嫌《ぎら》いしているように思えたのだが……まあいいか。

ところでシエラさんはAランクの冒険者らしい。冒険者にも実績に応じたランクがあるらしく、下は《Fランク》から、上は《SSSランク《トリプル・エス》》まであるのだそうだ。

「私がいた方がより高報酬の依頼を受けられるでしょうし、色々と助けられることもあるかと思います」

Fランクの冒険者が受けられる依頼の上限はEランクだ。だがDランク以上の場合でも、そのランク以上に該当《がいとう》するランクの冒険者がいれば、同行することは認められているらしい。そういった一応のルールはあるらしく、完全なる無法地帯ではないということが分かった。

「その方がレベルも上がりやすいですし」

トアはシエラさんが同行することに対し、少し不満そうだった。だが今はお金が必要だし、仕方がない。

その後、俺たちは朝食を終えると、宿を後にした。

※

ギルドで依頼を受ける場合、まずこの掲示板から探すのが主流だそうだ。昨日は掲示板の文字が読めず、受付の人に用意してもらったが、一日経《た》ったからといって読める訳もなく、やはり掲示板の内容が理解できない。

だが、〝読めない〟とは言えない。

ジークの言葉からして、勇者召喚とは取り締《し》まられるべき対象なのだろう。だとすれば、それにより呼び出された俺は大罪人か？　いずれにしろ素性は隠すべきだ。文字が読めないという些細なことをきっかけに正体がバレる可能性もある。

「何が良いでしょうか？　ニト殿ならどれも大丈夫そうですが……」

今思ったのだが、公に姿を見せない白王騎士がギルドに昨日と今日で二回も顔を出していいのだろうか？

――俺はそう尋ねてみた。

「それは問題ありません。白王騎士の顔は知る者しか知りませんし、今、私は騎士として来ている訳ではありませんから」

どうやら白王騎士団の騎士は、一般人《いっぱんじん》に紛《まぎ》れ普通に生活しているらしい。そして顔を知られていないので、隠れる必要もないということだった。

それにしても何故、そもそも姿を見せないのかが気になる。

「シエラさん、これは何ですか？」

やはり字が読めず、挿絵《さしえ》はあるが参考にならない。登録申請の時は筆を取る必要がなく問題なかったが、流石に掲示板となると、読めないことには何が書いてあるのか分からない。

俺は適当に依頼書《いらいしょ》に描かれているモンスターの絵を参考に、シエラさんに尋ねた。

「それは《ケレーン》ですね」

「ケレーン？……って何ですか？」

「ケレーンとは、森に住む巨大な獣《けもの》のことです。二本の大きな角が主な特徴と言えます」

それなら報酬もデカそうだ。

そこで俺はトアにどうするか相談してみたが、トアもどうやら初めて聞く名前らしく、〝分からないから政宗が決めていい〟とのことだった。

「じゃあ、とりあえずこれにします」

シエラさんは特に否定もしなかった。ということは許容範囲《はんい》内ということだろう。

それに俺が思うに、大抵《たいてい》、高ランクの依頼というのはこういった誰の目にも止まるところには掲示されていないものだ。

じゃあ結局のところ、どれを選んだところで問題ないってことだ。


受付で依頼を受理した後、シエラさんが〝用がある〟というので、向かいにあるシャロンさんのお店を尋ねた。

「こんにちは……」

「あらシエラ！　今日はお仕事の方は休みなのかい？」

どうやらシャロンさんとシエラさんは知り合いらしい。その意味深な〝お仕事の方は〟という言葉のニュアンスに、馴染み深さを感じた。

「はい。今日はこれからケレーンの討伐に出かけるのですが、念のため《カトリーヌ薬》を用意しておこうかと思いまして」

「カトリーヌ薬？」

初めて聞く名だ。俺は思わずそう尋ねた。

「はい。ケレーンは声で相手の行動を封《ふう》じてきます。カトリーヌ薬には聴覚《ちようかく》を保護する効果があるので、ケレーンの依頼を受ける際には必須《ひつす》なんですよ」

なるほど。モンスターを狩《か》るにも色々と知識が必要なのか。これから覚えることが山ほどありそうだ――思わずため息が漏れた。

「おや？　あんたらよく見りゃ、昨日のヒーラーの坊《ぼう》やとパラディンのお嬢ちゃんじゃないか？」

「え？　トア殿がパラディンですか⁉」

「あ……」

見ると、シャロンさんは〝しまった〟という表情で苦笑いをしていた。

「いや～悪いね～、口が滑《すべ》っちまったよ。申し訳ないね～」

二度と滑らないようにしてやろうか？――とは思わない。シャロンさんには色々とお世話になった。

それにしても相手がシエラさんで良かった、と思うべきだろうか？　これが例えばギルドにいたような悪い冒険者だったなら、面倒臭いことになっていたに違いない。

「まさか、トア殿がパラディンだったとは……驚きました」

「私も驚いたさ。それにしてもあんたらがシエラの知り合いだとはねぇ～、そっちの方が驚きだよ」

「いえいえ！　パラディンの方が驚きですよ！」

シエラさんの話によると、《パラディン》を職業に持つ者はこの国にも一人しかいないらしく、その一人というのは白王騎士団の中にいるらしい。

そんなこと軽々《かるがる》しく言っていいのかと尋ねると、シエラさんは「あっ」という表情をした後、「これくらいなら大丈夫でしょう」と苦笑いで誤魔化していた。

まったく……この人たちの口の軽さは何なのだろうか？　軽はずみが過ぎるような気がする。シエラさんに名前を明かしたのは、やはりまずかっただろうか？

その後、カトリーヌ薬を片手に、俺たちは店を出た。

「じゃあ三人とも、気をつけて行ってくるんだよ？」

そしてシャロンさんに見送られながら、俺たちはAランク任務へと出かけた。

第六章　精霊の悪戯

俺《おれ》たち三人は、とある森の前まで来ていた。ここはラズハウセンの防壁《ぼうへき》の外だ。

場所としてはそれほど離《はな》れている訳ではなく、正門を潜《くぐ》れば遠目に見えるくらいには近い。

そしてある程度の距離《きょり》まで歩いた時点で見えていた訳だが、数人の冒険者《ぼうけんしゃ》が何やら森の前で座《すわ》り込《こ》み、倒《たお》れていた。

「どうされたのですか？　何かあったのですか？」

職業病だろうか？　俺なら無視するが、シエラさんはその冒険者たちに違和《いわ》感を覚えると声をかけた。

冒険者の中には腕《うで》から血を流している者や、顔に包帯を巻いている者がいた。どうやら何かに襲《おそ》われたらしい。

「俺たちは……オークを探しに森の中へ入ったんだ」

何だろうか？　声が震《ふる》えている。

「初めは何ともなかったんだ。いつも通り、代わり映《ば》えのしねぇ森だった。ところが急に……雰囲《ふんい》気《き》が変わった。ゴブリンどころか、オークやハンティングウルフまでどこかに逃《に》げていきやがる」

冒険者たちは何かに怯《おび》えている様子だった。常に森の方を警戒《けいかい》しているようで、明らかに平常心を保てていない。

「あの時点で引き返すべきだったんだ……あれはケレーンだった。ただでさえ俺たちには手に負えねえ。そんなことは分かり切っていたはずだ」

ケレーンとは、そんなに凶暴《きょうぼう》なモンスターなのだろうか？　あの迷宮《めいきゅう》で見たミミックやシャオーンとどっちが凶暴なのだろうか？

「だが、その判断が間違《まちが》いだったんだ。あのケレーンはどこか様子がおかしかった。前に何度か見たことがあるんだ。だがあんな感じじゃなかった。全身が発光して……光の粒《つぶ》が奴《やつ》の周囲を覆《おお》っていた」

その時、シエラさんが「光の粒ですか？」と冒険者たちに尋《たず》ねた。冒険者の一人が軽く頷《うなず》くと、シエラさんは血相を変え、俺はそこからただならぬ雰囲気を感じた。

何か心当たりがあるのだろうか？　俺はシエラさんの様子を窺《うかが》い、話が終わるまで待った。

「やっ、奴だ！」

だが急に森の方から耳障《みみざわ》りな凄《すさ》まじい音が聞こえると、話は遮《さえぎ》られる。耳に針が突《つ》き刺《さ》さるような嫌《いや》な音だ。

「あいつ……まさか俺たちを追ってきてるんじゃないだろうな？」

冒険者たちは口々に例のモンスターのことを話し、そして怯えきっていた。

森の方から木々の騒《ざわ》めく音と共に、鳥たちが飛び去って行く姿が見える。そしてまた同じ鳴き声が聞こえると、それは震動《しんどう》と共に近づいてきてるように思えた。

「まっ、間違いねぇ！……俺たちの血の臭《にお》いを追ってるんだ！　みんな立て！　王都まで逃げるぞ！」

冒険者たちは傷ついた体を無理に起こし、その場を離れようとする。

「ん？」

一方で、俺は森の奥《おく》に何かの影《かげ》を見たような気がした。疑問に思いながらその奥を凝視《ぎょうし》していると、よく見えないが、何か木々が薙《な》ぎ倒されているような気がする。

そして呑気《のんき》に首を傾《かし》げていた時だった。そいつは、けたたましい奇声《きせい》と共に姿を現した。

「あ……ああ……ああああああああ！　奴だぁあ！　奴が追ってきやがった！」

冒険者たちは一斉《いっせい》に怯え、尻餅《しりもち》をつきながらその場で固まり動けなくなっていた。

「皆《みな》さん！　逃げてください！　私たちがここで抑《おさ》えます！」

「わ、悪い！　申し訳ねぇ！　いっ、行くぞ皆《みんな》！」

シエラさんは傷ついた冒険者たちを庇《かば》うように、ケレーンの前に立ちはだかった。その間に冒険者たちは颯爽《さっそう》と逃げていく。

まったく……それだけ走れるならもう少しくらいやれただろ？

「彼《かれ》らの話を聞いた時点で予想はついていましたが、これはケレーンではありません。《ヌートケレーン》です！」

ヌートケレーン？　何だそれ？

だが凄《すご》い迫力《はくりょく》だ！　これぞファンタジーだろう。その姿に俺はこれまで感じたことのない興奮を味わっていた。

毛のない爬虫類《はちゅうるい》のような体に、山羊《やぎ》のような顔。だが体は前に動物園で見た熊《くま》の何倍ものデカさだ。角が生えているが、トナカイに似ている。

そして何より、そんな巨体《きょたい》の周囲で光る粒子《りゅうし》が浮遊《ふゆう》していた。あの光は何だろうか？　綺麗《きれい》だ。

「マサムネ殿《どの》！」

俺をそう呼んだのはシエラさんだった。美女に本名で呼んでもらうというのは、何と心地《ここち》好いのだろうか？……いや、そうじゃない！　何故《なぜ》だ！　何故、みんな俺を政宗《まさむね》と呼ぶんだ‼　ニトだって言ってるだろ！

「はい！」

だがそんなことを言っている場合でもなく、俺は普通《ふつう》に返事をし、ヌートケレーンから距離を取った。

「マサムネ殿、トア殿、体は大丈夫《だいじょうぶ》ですか？」

どうかしたのだろうか？　シエラさんが急にそんなことを尋ねてきた。

「体ですか？　別に何ともありませんけど？」

だがシエラさんは何故か苦しい表情を浮《う》かべている。額から汗《あせ》を流し、明らかに体調が悪そうだ。腹でも痛いのだろうか？

そして一方、体は動かせるようだがトアも同じような顔をしていた。

「流石《さすが》ですね？　ケレーンの声は、聞くだけで相手の動きを封《ふう》じます。体が硬直《こうちょく》し、麻痺《まひ》したような感覚に襲われるんです。そしてヌートケレーンも同様です。ですがそれは、ケレーンとは比べものになりません」

シエラさんは硬直が徐々《じょじょ》に解けてきたのか、口だけは動くようだった。

俺はその話を聞いてすぐトアが心配になったが、本人は大丈夫そうだった。それほど影響《えいきょう》は受けていないようで、さっきよりも表情が健康的だった。流石は魔族《まぞく》、ということなのだろうか？

《ケレーンの討伐《とうばつ》》はAランクの依頼《いらい》だが、こいつ自体はBランクのモンスターらしい。というのも、俺は面倒臭《めんどうくさ》くてあまり話を聞いていなかったが、モンスターにもその危険度に応じたランクが存在するらしい。

だがヌートケレーンは違う。こいつは正真正銘《しょうめい》の《Aランク》だ。

中でもこいつの場合、奇声の範囲《はんい》が広いらしく、狂暴《きょうぼう》なことから依頼があった場合は《危険依頼》として、通常の掲示板《けいじばん》とは別の場所に張り出されるようだ――と、先ほど余談としてシエラさんが言っていた。

つまり、それが説明できるくらいには、シエラさんにもまだ余裕《よゆう》があるということだろう。だが表情は常に険しい。

「マサムネ殿の力は一度、それも一瞬《いっしゅん》しか拝見していませんが、もしもの時はお任せしても大丈夫でしょうか？　どうやら……私は甘《あま》く見ていたようです。体の調子が悪く、魔力が上手《うま》く言うことを聞いてくれません」

「はい、別に構いませんよ？　任せてください」

スキルで確認《かくにん》すると、ヌートケレーンのレベルは32。余裕だろう。

「トアは大丈夫か？」

「うん、私はもう平気」

どうやら硬直が解けたらしい。やはり人間と魔族では基礎《きそ》的な部分に差があるらしい。

「では行きますよ？　ニト殿」

おかしな人だ。ニトと言ったり政宗と言ったり。どちらで呼ぶか迷っているらしい。

「政宗で構いませんよ？」

俺は興奮していたのだろう。だからそんな安易なことを……。

いつの間にかシエラさんは走り出していた。体が動かないと言っていた割にはよく走るもんだ。

「トア！　シエラさんの援護《えんご》を頼《たの》む！　俺のことは気にしなくていい！」

「分かったわ！」

いつになく楽しそうな様子のトア。心配そうにしているのはシエラさんだけか。でもまずは、お手並み拝見《はいけん》といこう。噂《うわさ》に名高い白王騎士《きし》の力を見てみたい。

まず、シエラさんはヌートケレーンの左側から攻《せ》めていった。レイピアを構えたまま、真っすぐ前進しつつも、徐々に軌道《きどう》を左にずらしながら駆《か》けて行った。

「《氷の一速《アイスド・ソル》》！　《氷の大刃《アイス・ブロアギト》》！」

そこでシエラさんの両足とレイピアの刃先《はさき》に魔法陣《じん》が現れると、それぞれをスカイブルーのオーラが包んだ。

そしてそれは冷気を放っているように見えた。いや、あれは冷気だろう。気づくとレイピアの刃先に氷の突起《とっき》が現れていた。

そしてシエラさんはヌートケレーンの目の前まで加速すると、氷に包まれたレイピアを、奴の右足に向かって振《ふ》り下ろした。

様子を見ているのだろうか？　刺突《しとつ》武器として、あの使い方は微《び》妙《みょう》な気がする。

だがその理由はすぐに分かった。

「くっ！」

魔法を帯びた剣《けん》の刃《やいば》が、ヌートケレーンの右足に弾《はじ》かれてしまったのだ。もし突き刺していたらどうなっていただろうか？

「やはり、ダメですか」

そしてシエラさんはその剣の様子を確認すると、一旦《いったん》、後ろに下がり距離を取った。

一方、そこでトアがヌートケレーンに手を翳《かざ》している様子が見えた。どうやらやる気らしい。

「《稲妻《ライトニング》》！」

その一声の後、ヌートケレーンの足元に黄色い魔法陣が現れ、直後、頭上より雷鳴《らいめい》が轟《とどろ》いた。

だが電撃《でんげき》はヌートケレーンに直撃するも、呆気《あっけ》なく掻《か》き消されてしまった。どういうことだ？

「マサムネ！　こいつ魔術が通らないわ！」

「通らない？」

なるほど、そういうことか。

「ヌートケレーンは角で魔力を操《あやつ》ると聞いたことがあります。周囲に浮遊しているのは魔力の粒子です。まずは角を破壊《はかい》しましょう」

最初に言っておいてほしかったが、シエラさんはそのタイミングで教えてくれた。

その時、周囲で浮遊していた光る粒子が動きを見せると、ヌートケレーンの角に引き寄せられるように、それらの光が集束していった。

俺はそれが何となくだが理解でき、この後、何が起こるのかも予想できた。これはおそらく……。

「シエラさん！　トア！　ブレスが来るかもしれません！」

「ブレス？　それは咆哮《ほうこう》のことですか？」

だが俺がそう知らせ、シエラさんがそう尋ねた直後、思った通り、ヌートケレーンの口内から咆哮が放たれた。その先にいるのはシエラさんだ。

「なっ！」

その衝撃《しょうげき》と放たれた光線の速度は凄まじく、シエラさんが一瞬、光に呑《の》まれたように見えた。

だがどうやらギリギリで回避《かいひ》できたらしい。息を荒《あら》らげながらも無傷でいるシエラさんを確認した。

そして一度、咆哮は途切《とぎ》れる。

するとどういうことなのか、固まったようにヌートケレーンの動きが止まった。

「マサムネ！　私が行くわ！」

その隙《すき》を狙《ねら》おうとしているのか、既《すで》にトアの足元には魔法陣が現れていた。

トアは両手をヌートケレーンに向けて翳し、魔法を詠唱《えいしょう》する。

「《稲妻の咆哮《ライトニング・ブレス》》！」

トアの正面に立て掛《か》けたように連なる二つの魔方陣が現れ、直後、そこから轟音《ごうおん》と共に強烈《きょうれつ》な電撃が放たれた。

そして電撃は一直線に放たれると、地響《じひび》きのような音と共に地面を抉《えぐ》り、草や土を吹《ふ》き飛ばしながらヌートケレーンの角へ直撃した。

「流石、パラディンだ……」

俺がそう言うとトアは照れくさそうに笑いながら頬《ほお》を赤くしていた。

一方で、シエラさんは「二重魔法陣⁉」と、トアの魔術に驚《おどろ》き感心している様子だった。どうやら今の魔法はそれなりに高度なもののようだ。

だが電撃は角に直撃するも一瞬でかき消され、それはまるで俺の《術式破壊《ソウル・ブレイク》》にも似た現象だった。

「これでもダメか……」

何となくだが、威力《いりょく》の問題ではないような気がする。だが俺の侵蝕《しんしょく》なら問題なく殺せるだろう。

「おそらく私の魔術も弾かれてしまうのでしょう」

シエラさんはいつになく弱気だった。

「奴がブレスを放った瞬間、体を覆っていた光が、一瞬、消えているのが見えました。おそらくその隙を狙えば……」

「ダメージを与《あた》えられますか？」――とシエラさん。

「……おそらく」

その一瞬を狙うのは可能だが、シエラさんは大丈夫だろうか？　奴の奇声の影響だろう。表情はかなりつらそうだった。

だがまだ余裕はある。もしもの時は侵蝕で殺せばいい。その前に少し魔術を試《ため》そう。だが安全な方法でだ。

「シエラさん、次は俺が行きます」

まずはあの角を折ろう。それで何とかなるはずだ。

「分かりました。ではせめて援護を……」

「いえ、その必要はありません。すぐに終わりますから」

俺はトアにアイコンタクトで「シエラさんを頼む」と合図を送る。そして頭の中で、スキル《神速》を発動した。

「まずは、その便利な角を破壊させてもらう」

そして――俺はまずヌートケレーンの頭上に移動した。その時点で、シエラさんの驚く表情が遠目に見えた。だが問題は角だ。

俺は奴の頭の上に跨《また》がり、とりあえず粒子を除去しようと思い魔法を放った。

「《術式破壊《ソウル・ブレイク》》！」

俺の思った通りだ——ヌートケレーンを包んでいた光が、急にスイッチをオフにされたように消《しょう》滅《めつ》した。

※

「なっ！　今の魔法はいったい⁉」

シエラは、政宗の魔法に驚くも、それが何なのかは分かっていない。同じように、トアもよく分からないという表情をしていた。

頭に跨がる政宗は、左手でヌートケレーンの左の角を鷲掴《わしづか》みにし、そのまま容赦《ようしゃ》なく圧《へ》し折った。

その瞬間、またしても周囲に麻痺効果を与える奇声が鳴り響《ひび》く——これは《威圧《いあつ》》だ。

さらに右手で右の角も同様に圧し折る政宗。その作業的な戦いに、政宗はため息を吐《つ》き、〝一段落だ〟といった様子でヌートケレーンから降りる。

「よし！　これでＯＫだ！」

そして政宗は、一度《神速》で二人のもとへ戻《もど》った。

「これで大丈夫です。おそらく魔法も通ると思います」

角が破壊されたことにより、何故か周囲の粒子が綺麗さっぱり無くなっていた。つまり、ヌートケレーンはあの角で粒子を操っていたということだ。政宗の勘《かん》は当たった。

だが役目を終えたように思えた政宗だったが、心は違い、彼にはもう一つ試したいことがあった。

それはターニャ村での一件——政宗が、オリバー・ジョーの首筋にナイフを突き刺した時の話だ。

※

……間に合った。ギリギリでもなかったが……流石はスキル《神速》といったところか？　シャオーンに感謝しないとな。

俺の目の前では盗賊《とうぞく》の頭《かしら》オリバー・ジョーが、首から血を流し、そして間もなく息絶えた。

それよりシエラさんたちになんて説明しようか？　まずいことになった……できれば何もできない無能なヒーラーのままでいようと思っていた。

その方が気を遣《つか》ってか、あの人は色々と教えてくれるし、何より疑われなくて済む。だが、もうそうもいかないな……。

それにしても躊躇《ためら》いもなく一突きとは……いや、自分のことなんだが、我ながら神経が太くなったもんだ。

やっぱり、あの液体を飲んだからだろうな。俺の中にあった何かが変わったんだろう。常識って言えばいいのか？　いや、何か違うな？　もっと感覚的な問題であるような気がする。

――『《オリバー・ジョー【Lv：37】》討伐により、スキル《女神の加護》が発動しました。戦利品を選んでください』

討伐って……こいつ人間なんだけどなぁ。俺は促《うなが》されるがまま戦利品を選んだ。

《スキル》火炎の鎧《ファイア・アーマー》……炎《ほのお》により生成された鎧《よろい》を纏《まと》う。
《スキル》火属性強化……火属性におけるすべてのステータスを強化する。
《スキル》烈火《れっか》の槍《やり》……刀身に火を帯びた槍を出現させ、使用することができる。
《魔術》火炎の一速《ファイア・ソル》……炎を足に宿すことで俊敏《しゅんびん》性を上昇《じょうしょう》させる。
《魔術》火炎の鉄槌《ディボルケード》……頭上に巨大《きょだい》な炎の玉を召喚《しょうかん》する上級魔術。
《アイテム》火炎《ファイア》のハルバード……刀身に炎の力が込められたハルバード。
《アイテム》オリバーの手紙……オリバーに関《かか》わる極秘《ごくひ》書類。

なるほど、こいつは炎使いだったのか。できれば一目見てみたかったが、それももう手遅《おく》れだ。
《火炎のハルバード》は魅力《みりょく》的だ。だが武器という意味では微妙だ。それにハルバードと言えば、あの槍のような長い武器のことだろ？　確かにカッコいいかもしれないが、今の俺には合わないような気がする。

ならば魔術はどうかと思い確認してみる……《反転の悪戯【極】》を使えば、どれも使えるようにはなるだろう。

だが火は反転したらどうなるんだ？　その逆ってことは、水か？　もしくはそれ以外の何かになってしまう。じゃあこれを選んでも、火としては使えない訳か……。

そんなことを考えていた時、俺は自然とアイテム《オリバーの手紙》に目がいった。

ゲームではよくあることだが、こういう人名付きのアイテムは、見送ったことを後悔《こうかい》することが多い。

俺はよく分からないまま、《オリバーの手紙》を選び、その晩、皆が寝静《ねしず》まった後、一人その手紙を開いてみた。

人知れずリストの中にあった《オリバーの手紙》……俺には何かのフラグとしか思えなかった。

そして手紙を開き、目を通してみる……なるほど、読めん。

この世界の文字を知らない俺に手紙など読めるはずもなかった。

だがその時、手紙は微《かす》かに光を放つとその内容に変化を与えた。

ん？　何だ？――不思議なことが起こった。先程《さきほど》まで理解できなかったはずの文面が理解できたのだ。

おそらくステータスと同じ理屈《りくつ》だろう。ステータスに表示されている文字はこの世界のものであり、当然俺は知らないはずだ。だが理解できる。

魔法とは実に万能《ばんのう》で夢があると、改めてそう思わされた。

俺はそこで、その好機に甘えもう一度手紙に目を通してみた。

手紙には、〝自分は望んで騎士になったわけではない〟ということ。そして、アンナという故郷に残してきたオリバーの妻らしき女性の名が出てきた。

オリバーはアンナのことを心配していたようだ。彼女《かのじょ》のために鍛錬《たんれん》を積み、隊長の座まで手に入れたらしい。だがそれも望んだことではなかったようだった。

《ウラノス草原の戦い》――手紙にその文字があったが、それが何を意味するのかは分からない。

オリバーは《灰の団》の隊長としてこの戦《いくさ》で《遺灰》と呼ばれた火を振るったらしい。そして戦から帰還《きかん》したオリバーは、アンナが野盗《やとう》に攫《さら》われ殺されたことを知った。

その後、遺体は見るも無残な姿で見つかったそうだ。

アンナの父親に、「お前は見ない方がいいと言われた」と書いてあった。

オリバーは絶望し生きる気力を失った。そんなオリバーを部下たちは嘲笑《あざわら》ったそうだ。

そして後半の部分には、オリバーの怒《いか》りが記されていた。それは王を殺すということ、そしてただ殺すだけではすまないということだった。

手紙は断片《だんぺん》的で衝動《しょうどう》的な、殴《なぐ》り書きのような部分もあり、全体を理解するには言葉が足りていないような気がした。

何故、オリバーは王を恨《うら》んでいたのか？——手紙を異空間収納にしまった後も、俺はそれが気になって仕方がなかった。
するとと突然《とつぜん》、何の前触《まえぶ》れもなしに頭の中でアナウンスが聞こえた。

——『魔術《業火※※》を習得しました』

俺は「え？」と思いながらもすぐにステータスを確認した。そこには新たに魔術が追加されていたのだ。

魔術：《業火※※》……オリバー・ジョーの怨念《おんねん》により生まれた火。この火は時間を掛けて、徐々に対象を焼き尽《つ》くす。

正直、ハルバードにしておけば良かったと後悔した。何故こんな怨念の塊《かたまり》のような魔法を習得しなければいけないのか？
それに属性魔法が使えないからアイテムを選んだのに、結局、手に入れたのはオリバー・ジョーの情報と、火属性魔法だったからだ。
だがまさか手紙を読むことで習得できる魔法があるとは思わなかった。知らないことを知れたという意味では良かったのかもしれない。

だが俺は使えない魔法を手にしてしまったのだ。ないよりはマシと言うが、使えないのだからマシもクソもない。

それでは悲し過ぎたため、一応どうにかして使えないか考えた。呪文《じゅもん》を詠唱し、一瞬でも火が出せないか試してみたのだ——

——勿論《もちろん》、何も起こらなかった。というかこの魔術は表記のみで、魔術名が記載《きさい》されていなかったのだ。何度かステータスを確認してみたが、概要欄《がいようらん》にも記載はなかった。

俺はヒーラーである自分が嫌になった。何故、治癒魔法しか使えないのかと……一人、夜空を見上げながら落ち込んだ。

だが俺はあることに気づいた——固有スキル《反転の悪戯【極】》だ。

正直、何故今まで気が付かなかったのだろうかと呆《あき》れたりもした。以前にも色々試したが、《侵蝕の波動《ディスパレイズ・オーラ》》が十分過ぎて他の魔法があることを忘れていた。

そして俺はその晩、試しに魔術《業火※※》に《反転の悪戯【極】》を使ってみたのだった。


——『固有スキル《反転の悪戯【極】》により、魔術《業火※※》を魔術……』

※

「おそらく、これで大丈夫だと思います。角も折りましたし、さっきの魔法ももう使えないでしょう」

ヌートケレーンは頭を地面に擦《こす》りつけながら暴れている。どうやら痛覚があるらしい。あの角にも神経が繋《つな》がっているということだろうか？

「あれは魔法だったのですか？　ですが、ヌートケレーンはモンスターですよ？」

「違うんですか？」

《術式破壊《ソウル・ブレイク》》で消すことができたということは魔術の類《たぐい》だろう。俺はモンスターでも魔術が使えるという事実に驚いていた。どうやらシエラさんも初めて知ったらしい。

だがトアは何故か知っている口ぶりだった。

「あの、もし良ければヌートケレーンなんですけど、俺に譲《ゆず》ってもらえませんか？」

「譲る？……それは勿論、構いませんが……どうされるおつもりですか？」

「少し試したいことがあるんです」

この機会を俺は割と待ち望んでいた。

《反転の悪戯【極】》は《治癒《ヒール》》に使ってあの威力が出る。ならば攻撃《こうげき》系の魔法ならばどうなるのか？　その答えが今、やっと分かる。

「マサムネ、何かするの？」

「魔法を試すんだ。だからトアもちょっと下がっていてくれないか？」

すると不思議そうに「うん」と返事をし、トアは俺の後ろに下がる。

ヌートケレーンは相当痛かったのか、まだ頭を擦りつけている。今なら隙だらけだ。絶対に当たるだろう。

そして、シエラさんとトアという二人の美女に見つめられながら、俺は正面に手を翳そうとしたが、そこで躊躇う。

これは別にやらなくても良いのだと思うが、雰囲気的なもので自然としてしまう。恥《は》ずかしいからそのうちやめたい。

ということで仕切り直し、もう一度、前に手を翳す――ノリで。

「《女神の血涙《ディエス・ブラッドリー》》！」

そう、これが魔術《業火》※※を反転させた結果、授《さず》かった魔術だ。使うのは今回が初めてになる。どんなもんか見てみよう……そう思った時だ。

――声に出した瞬間、俺の体から、這《は》い出すような赤黒い影が現れた。

「なっ、なんですか……これは？」

「あ……言い忘れてましたけど、これも内緒《ないしょ》でお願いしますね？」

俺は念のため、シエラさんにそう伝え魔術観賞に戻る。

その赤黒い影は、影というより霧《きり》に近い、そして触《ふ》れた訳ではないし、触れたところで感触《かんしょく》もないのだが、砂鉄のようなきめ細かさがあり、ゆらゆらと蠢《うごめ》きながら俺の腕に絡《から》み付いてくる。だが触れられている感覚はない。

「この魔法の効果か何かか？」

そんなことを呟《つぶや》いた時だった――奴の足元に、その巨体を覆うほどの赤黒い光を放つ巨大な魔法陣が現れた。

「魔法陣？　なるほど、そっちが本命か」

どうやら影で包み込むだけの魔法ではなかったらしい。これには続きがあった。

奇声を発しながら、折れた角の付け根が痛むのか悶《もだ》えるヌートケレーン。だがどうやら、あの魔法陣に拘束《こうそく》されて身動きが取れないらしい。

俺はそこで、いつもと何か雰囲気が違うような感覚に襲われた。

《侵蝕の波動》を使った時も淀《よど》んだ空気感があった。だが今回はそれとはまた違い……何か心に訴《うった》えかけてくるような重みがある。

魔術を使うだけだというのに、術者に感覚まで与えるとは……ん？

俺はまた、あることに気づいた。

ヌートケレーンの真上――上空に、微かな亀裂《きれつ》が現れ始めたのだ。

その亀裂は現れた瞬間から徐々に広がっていくようで、まるで空が割れていくように見えた。

「え？……」

その時、その亀裂の隙間から亀裂をさらに広げるように、八本の指が現れた。およそ人のものとは思えない大きさの指――適度に伸《の》びた鋭利《えいり》そうな紅《あか》い爪《つめ》。それは亀裂を無理やり引き裂《さ》こうとしていた。

そして亀裂は八本の指により広がっていく。だがもう一つおかしなことが起こっていた。

それは先ほども感じたような、あの感覚だ。まるで自分の感覚とは別の、また違った感覚。それが徐々に自分のものになっていく感覚だ。

俺は何故か、自然とそれがあの上空に見える亀裂――その奥に潜《ひそ》む何かのものであることが分かった。

まるでそこにいる何者かと感覚がつながり、同期していくように感じた。

「マサムネ……あれ……」

すると隣《となり》にいたトアが上空のそれを指差した――

亀裂の中に赤黒い眼《め》が見える。そしてその眼の正体はすぐに姿を現した。

――異常なほどに透《す》き通った白い肌《はだ》の女。おそらく、あれが女神《めがみ》なのだろう。髪《かみ》も白く、頭から白いレースを被《かぶ》っている。

そして女神の瞳《ひとみ》は赤黒い――人間で言うところの角膜《かくまく》は赤く、瞳孔《どうこう》に向かって黒くなり、そして結膜である白目の部分は黒い。

そんな人のものではない瞳からは、赤黒い血の涙《なみだ》が流れ、頬を伝っていた。

両目から流れる《血涙《けつるい》》は、女神の表情に赤い筋を作り、それが女神をより不気味に見せていた。

白い肌に赤黒い瞳――女神はその瞳でヌートケレーンを覗《のぞ》き込む。

「あ……」

その時、女神の瞳から一筋の涙が落ち、それは真下にいるヌートケレーンへと近づいていく。

俺は奇妙《きみよう》なその一滴《いってき》に目を凝《こ》らした――何かが始まる。俺の繫がった感覚がそう告げていた。

その瞬間、ヌートケレーンは身動きの取れない体を必死に動かそうとしながら奇声を上げた。

その理由はすぐに理解できた——女神の瞳から流れた血涙の一滴が、ヌートケレーンの体を一瞬で溶《と》かすように貫通《かんつう》したのだ。落ちた部分には、ぽっかりと風穴が開き、血が滲《にじ》み出ていた。

「いや……これで終わりじゃない」

何となくだが俺にはそれが分かり、その途端《とたん》、無数の血涙が女神の瞳からヌートケレーンへと流れ落ちた。

降水確率で言うと何パーセントくらいなんだろうか？　いや、普通に一〇〇パーセントか？

ヌートケレーンの真上にだけ、土砂《どしゃ》降りの雨が降り注いでいる——赤い雨だ。

女神はヌートケレーンが穴だらけになり、原形を失おうとも気にせず、さらに追い打ちをかけるように涙を流した。一体、何があったらそんなに泣けるんだと問いたくなるが、話の通じるような相手でないことは確かだ。そもそも人間じゃないだろう。

そして、もう一つ不思議なことが起きていた——血涙はヌートケレーンを囲む魔法陣の外には零《こぼ》れなかったのだ。

魔法陣の縁《ふち》に合わせ見えない壁《かべ》のようなものが築かれており、光の膜——円柱が出現していた。

その様はまるでビーカーに血の涙が溜《た》まっていくようであり、気づくとヌートケレーンは血涙に埋《う》もれ見えなくなっていた。

女神はヌートケレーンが絶命したことを見届けると、亀裂の中にゆっくりと戻って行く。

その時、一瞬、女神と目があったような気がしたが、まさかあの女神には意識があるのだろうか？

意外と言葉が通じるのだろうか？　ならば俺は何を呼び寄せてしまったのだろうか？　だがその答えは分からない。

亀裂は完全に塞《ふさ》がった。それと同時に俺から漂《ただよ》っていた赤黒い影も消え、ヌートケレーンの足元にあった魔法陣も消える。

そして、それまでビーカーに溜まっていた血涙が、魔法陣が消えたことにより一気に零れ出した。

あっという間の出来事だった。そこには辺り一面に、血の海が広がっていた。

シエラさんもトアも、目の前の光景を見つめたまま全く動こうとせず、茫然《ぼうぜん》と立ち尽くしていた。

確かに、その惨状《さんじょう》は酷《ひど》いものだ。草原がドロドロと淀む血で染まり、その血海の発生源である場所の付近には、ヌートケレーンのものと思われる骨や肉塊《にっかい》などの残骸《ざんがい》が無残に散らばっている。だがそれも判別は不可能だ。

結局のところそこは赤一色であり、そしてヌートケレーンもミンチ状態な訳で、正確に判別できるものなどない。

「終わったな？」

「え？」

するとトアがびっくりした様子で俺の声に反応した。どうやらこの光景に見入っていたらしい。

「ん？」

その時、微かに馬の鳴き声が聞こえた。見ると遠くの方に、馬に跨がった三人の姿が見える。

おそらく先ほど避難《ひなん》した冒険者たちの話を聞き駆け付けたのだろう。

「トア、王都の騎士がここに来るかもしれない。見つかる前に逃げよう」

「え？　そ、そうね？　分かったわ」

白い身形《みなり》――馬に跨がった騎士の姿はここからでも分かった。

「ということでシエラさん。できれば俺たちは、その……あまり知られたくないので……」

「それは……あの魔法のことですか？」

何だろうか？　少しシエラさんの雰囲気がおかしいような気がする。声に暗さを感じる。

「そうです。あの魔法もそうですが、それ以外のこともそうです。俺がシエラさんに打ち明けたのは、シエラさんが信用に値《あたい》する人物だと思ったからです……まあ、後はお任せしますけど」

「……」

「じゃあ俺たちは先に王都に戻らせてもらいますので、また向こうで合流しましょう」

そう言い残し、俺はトアを担《かつ》ぎ上げた。

普通に逃げるのでは姿を見られてしまう上に、遅い。確実に逃げるには《神速》しかない。

「しっかり掴《つか》まっておけよ？」

「うん」

しがみつくトアをしっかりと抱《だ》きしめ、俺は固有スキル《神速》を発動し、王都へ向けて草原を駆けた。

そして、そこに一人残されたシエラの姿があった。シエラは今でも目の前で起きたことが信じられないでいる。

（あれは何？　一体……何が起きたの？）

生まれてこの方、見たことも聞いたこともない魔法。

「マサムネ殿……あなたは……」

そしてそこへ数名の騎士が到着《とうちやく》した。

※

時間は少し遡《さかのぼ》る。ここは王都ラズハウセンの王城——その一画に位置する、白王騎士団の本部だ。

「失礼します！　ラインハルト様！」

「何だ？」

そこに一人の騎士の姿があった。耳が隠《かく》れる程の茶色い長髪《ちようはつ》に、白いコート。

彼の名はラインハルト・リックマン——白王騎士だ。

「はっ！　グリールの森にて、発光粒子を纏ったケレーンが出現したという情報がありました！」

「発光粒子だと？……なるほど、それで？　情報提供者はどこにいる？」

「負傷した冒険者四名は、現在、医務室で手当てを受けているとのことですが、その者たちの話によると、三名の冒険者が現在もケレーンと交戦中だということです！」

ラインハルトは何かを考えているような素振《そぶ》りで顎《あご》を触《さわ》る。癖《くせ》なのだろう。

「冒険者につきましては、男性が一名、女性が二名ということですが、内一人の女性は銀髪《ぎんぱつ》であり、レイピアを使用していたということです」

「そうか……なるほど、話は分かった。ならば俺も出よう。レイドに伝えておけ、シエラがヌートケレーンと交戦中だとな」

その後、ラインハルトは部屋を後にした。

※

正門前、そこに白王騎士二名の姿があった。一人はラインハルトだ。そしてもう一人、別の白王騎士の姿があった。

この銀色の長い髪をした女性の名はヒルダ・エカルラート——シエラの姉である。細身にして豊満なその肉体は、周囲の男どもを強く惹《ひ》きつけるだろう。

門の付近にいる民衆は、〝彼らは何者か〟と、目を見開き観察していた。そしてそれは一介《いっかい》の兵士

にとっても同じことであった。

だがその膝《ひざ》まである純白のコートを見て、彼らは心の中で思うのだ。

――『まさか、あれが噂に聞く白王騎士なのでは？』と。

しかし、そこへ不安が彼らを襲う。白王騎士がここにいるということ――それは危険を意味するからだ。

いったい何が起きたのか？　この国は安全なのだろうか？――白王騎士に気づいた者は混乱し、恐怖《きようふ》するのだ。

「これはこれは！　お二方！　お早いお着きで！」

「早かったな、レイド？　もう少し遅《おく》れるかと思っていたが」

「そのおかしな口調、やめてくれないかしら？」

豪快《ごうかい》に伸びた黒い髪、そして《白王》というその名に逆らうように、一部、黒の色合いを挟《はさ》んだ白いコート。

レイド・ブラック――彼もまた白王騎士である。

「いやいや！　流石の俺でもヌートケレーンが出たとなっちゃ、遅れるわけにはいかねぇだろ？　久しぶりの獲物《えもの》だ。俺の大鎌《おおがま》で刈《か》り取ってやるよ」

「発光する粒子を纏っているらしい、まず間違いないだろう」

「じゃあ早いとこ出発しようぜ？　ヒルダ、お前の妹がくたばっちまう前にな？」

不謹慎《ふきんしん》に茶化すレイドを、ヒルダは鋭《するど》い目つきで睨《にら》んだ。

王国の騎士とは思えぬ口調と、悪人のような人相――それがレイド・ブラックという男だ。

そして一行は馬に跨がり、その後、グリールの森へと向かった。

※

正門を抜《ぬ》けてすぐ、目の前に森が見えた――グリールの森だ。

「おそらくあそこだろう……いや……何かおかしい」

その時、ラインハルトは一瞬、肌に奇妙な風を感じた。そして自然と振り返るが、後ろには誰《だれ》も、何もない。

「どうした？」

急に勢いよく振り返ったことで、ラインハルトに違和感を覚えたレイド。

「いや……何でもない。急ぐぞ」

そんなラインハルトの表情に、レイドも同じく違和感を覚えていた。

そして一行がシエラのもとへと辿《たど》り着いた時、そこで目にしたのは無傷のまま立ち尽くすシエラの姿と、一面に広がる血の海だった。

目を凝らしよく見てみると、血海の中に塊が浮いている。それはもはや何であったのかも分からなくなってしまった、ヌートケレーンの姿だ。

ラインハルトは目の前に広がるその惨状を見つめていた。

「おいおいおい！　何だこりゃあ！　この血溜まりは何だ！　ヌートケレーンがいるんじゃなかったのか！　あの肉の塊はなんだ！」

まったく予想もしていなかった光景に、憤慨《ふんがい》し気を荒立《あらだ》てるレイド。だが自分の獲物を横取りされたのだ。キレるのも仕方がない。

白王騎士は普段《ふだん》、その力を振るうことが少ない。これはレイドにとって久しぶりの戦闘《せんとう》になるはずだったのだ。

シエラは例外だが、有事の際にしか機能しないこの部隊は、ほとんどの時間を本部のある王城内で過ごす。つまり、溜まりに溜まったストレスのはけ口が、レイドにとってはヌートケレーンだったのだ。

「おそらく、あれがそうだろう」

目の前の肉塊を指差すラインハルト。だがもはや判別は不可能だ。

「ラインハルトよ？　そう言われて、〝はいそうですか〟と言えるか？　信じられるわけねえだろ！」

「しかし、そうであるのだから仕方がない。ところでシエラ、ここで何があった？　あれはお前がやったのか？」

ラインハルトは冷静な口調でシエラに尋ねた。しかしシエラは心ここに在らずといった様子で、まったく口を開こうとしない。

ラインハルトはその様子に答えを求め、もう一度辺りを窺う。だが何も見つからない。

「シエラ！」

そこで、姉であるヒルダが代わりにシエラへ呼びかけた。するとその声に反応するように、シエラはゆっくりと顔を上げ、ヒルダへ視線を移した。

「お姉……さま……」

「シエラ、いったいここで何があったの？」

シエラは政宗の魔法を思い出していた。あの亀裂から現れた、あの女の赤黒い瞳が頭から離れない。

「私は……」

「情報ではあと二人、冒険者がいるはずだ……シエラ、他の者はどうした？」

ラインハルトは至って冷静だった。シエラの喪失《そうしつ》した様子に心配する訳でもなく、レイドのようにイライラを募《つの》らせる訳でもなく、ただ冷静に見えるものを窺っていた。

「彼らは……もういません」

「……なるほど」

ラインハルトはその言葉の意味を考えた。

「いないとはどういう意味だ？　お前一人でヌートケレーンを倒したとは思えない。あれを倒すには少なくとも白王騎士レベルの冒険者が四人は必要だ」

「それにしてもよくやったもんだよな？」

すると話を茶化すように割り込むレイド。

「何をしたらあそこまでグチャグチャになるんだ？　シエラ、あれをやったのはお前か？　ンな訳ねえよな？」

レイドは何が楽しいのか、ニヤつきながら尋ねた。その目には悪意しかない。

「あれか？　もしかしてそいつら、あいつに喰《く》われたんじゃねえだろうな？　ヒャッヒャッヒャ！　だとしたらお前のその様子にも頷けるんだが……」

「レイド！　あなたは少し黙《だま》っていなさい！」

素行の悪いレイドを睨みつけるヒルダ。だがこれがレイドにとっての標準だ。

「はぁ……とりあえず王都に連絡《れんらく》し、あれを回収しよう」

ラインハルトはそんなレイドとこの状況《じょうきょう》にため息を吐きながら、何も答えようとしないシエラの顔をちらっと窺うと、やはりまたため息で誤魔化《ごまか》した。

※

王都ラズハウセン――玉座の間。そこに、ラインハルトの姿はあった。
ラインハルトはその場で直立し、王座へ敬意を表しながら話をしていた。
「それを葬《ほうむ》ったのはシエラか？」
アーノルド・ラズハウセン――この国の現国王である。

王座に深く腰《こし》を下ろしたアーノルドは、ラインハルトより報告を受けると、そう尋ねた。

「現場の様子からしてシエラ・エカルラートによるものだと思われます。ただ本人の精神状態が不安定である為《ため》、まだ確かなことは分かりません。結論は待たれた方が宜《よろ》しいかと……」

「うむ、ではこの件はラインハルト、お前に一任する」

その言葉に、ラインハルトは深々と頭を下げた。そして謁見《えっけん》を終え、ラインハルトは玉座の間を後にする。

※

「お！　ラインハルトじゃないか！　爺《じい》さんに謁見か？」

「不敬だぞ、ダニエル……」

玉座の間を出てすぐ、そう気さくに話し掛けてきたこの巨体の男の名はダニエル・キング――白王騎士だ。

褐色《かっしょく》の肌にその隆起《りゅうき》した胸板《むないた》と筋肉、そしてこの剛腕《ごうわん》は、周囲の者へ力強さと恐怖を与えるかに思えたが、気さくな一面からかダニエルを怖《こわ》がる者はいない。頼《たよ》れる兄貫といったところだ。

「はっはっはっ！　そんなことよりヌートケレーンが出たっていうのは本当か？」

「調査中だ」

「で？　誰がやったんだ？」

「何だよ？　少しくらい教えてくれてもいいだろ？　どうせ分かることなんだ」

ラインハルトは「どうせすぐに茶化すのだろう？」と、ダニエルを睨み、そして小さくため息を吐いた。

「正直、今は何も分からない。その場に居合わせたのはシエラだ。知りたければ彼女から聞くといい。ただし、今ヌートケレーンの死体を解剖《かいぼう》班が調べている。待っていれば直《じき》に分かるだろう」

ラインハルトは淡々《たんたん》と話した。だがダニエルはその様子にニヤりと笑《え》みを浮かべる。

「何だ？」

「分かるぜ？　何か引っかかってんだろ？」

二人は付き合いが長く、現白王騎士の中では一番の古株だ。そういった理由からか、ダニエルはラインハルトの違和感に気づき易《やす》かった。

「はぁ……目撃者《もくげきしゃ》の話では、交戦中の冒険者の数は三人だ。うち一人はシエラ。あとの二人は駆け付けた時にはいなかった。あったのはヌートケレーンの死体と血の海だけだ」

「血の海？」

「ああ、原形を失うほど損傷の激しい死体だ。その周り一帯を、異常な量の血が満たしていた」

「なるほど、そういうことか。答えはその二人……」

「おそらくな？　シエラは知っているのだろう。だが何故か話さない」

「ならシエラを尋問《じんもん》すればいいだろ？」

「話さない者に聞く気はない。だが話さずとも、白王騎士としての責任は果たしてもらう。もしこの国に害を為《な》す者を庇っているのであれば、それ相応の結果があるというだけだ。そして急がずとも結果は必ずついて回る」

「冷たいねぇ？　お前は」

ダニエルは呆れた顔でラインハルトを見つめていた。

「だが、もし仮にその二人がヌートケレーンを殺《や》ったっていうなら、そいつらは只者《ただもの》じゃないな？　両方か片方かは分からないが、俺たち並みに強いってことになる」

「もしくはそれ以上かだ」

するとダニエルは、その言葉にその場で大笑いした。

「はっはっはっはっはっ！　それはないだろ？　冗談《じょうだん》はよせ、まさかお前よりも強いって言うのか？」

「確かなことは分からない……」

ダニエルは理解している――ラインハルトはこういう時、冗談は言わない男だと。

「敵か味方か……いずれにせよ、重要なのはその一点だけ。この国に害を及《およ》ぼすなら殺すまでだ」

「まあなぁ……ところでお前、もう昼は……ん？　どうした？」

その時、ラインハルトの表情が変わった。どこか遠くを見つめるように眼光が鋭くなり、そして何かを考えている。

「この魔力……レイドか？」

「ん？……ああ、確かにこれはあいつのだな？　何かあったらしい」

「……」

そして二人は、何かを察したように互《たが》いに顔を見合わせた後、魔力を感じたその場所へと向かった。

※

俺とトアは旧市街の広場にあるベンチで休んでいた。そこはほとんど人気《ひとけ》のない場所だった。

「マサムネ、さっきのって……」

しばらく会話もないまま沈黙《ちんもく》が続いたが、そこでトアが口を開いた。

俺はトアに固有スキルの話をした。そのおかげでヒーラーでも攻撃魔法が使えるようになったこと。あの魔法が元はオリバー・ジョーのものだったということ。そして、俺も使うまであんな魔法だとは知らなかったということだ。トアは俺の話を最後まで、ただ黙って聞いていた。

「じゃあ、例えばそれって装備にも使えるの？」

「どうだろう？　多分使えるんじゃないか？　まだ試したことはないけど」

例えば、物である《聖女の怒り》に使ったらどうなるのだろうか？　考えただけでゾッとするが、正直、使ってみたい気持ちの方が強い。

「そうよね……ヒーラーじゃ、火属性の魔法は使えないものね？　それで、それなら使えると思って試してみたら、あんなのが出てきちゃったたってこと？」

「まぁ、そういうことだな？　あれが何だったのかは俺にもよく分からないけど、これからは安易に使わない方が良いかもしれない」

　俺は考えていた。おそらくあの程度のモンスターなら魔法を使わなくても倒せたはずだ。角が折れたくらいだし、ゴブリン同様、素手《すで》で倒せただろう。

　だが俺は自己顕示《けんじ》欲に負けた。二人に自分の力を見せたかったのかもしれない。

　俺は無能じゃないと……それを示したかったのかもしれない。

　だがそれが間違いだった。異世界に来られたことで、少し浮かれていたのかもしれない。

「大丈夫よ」

「え？」

「私が、マサムネを助けるから」

　トアは俺の目を見つめ、俺を安心させようとしているのか、微笑《ほほえ》みと共にそう告げた。

　前から思っていた。何故、トアは俺を助けようとするのかと……。

「マサムネが力を使えないっていうなら、私が頑張《がんば》るわ。母様や父様、姉様には敵《かな》わなかったけど……それでも頑張るから」

　俺はトアを見つめ返した。必死にそう答えるトアを……その目の奥にある、トアの感情を見たかったのかもしれない。

「ありがとう、トア……」

目を真っすぐ見つめ過ぎたからだろうか？　トアは顔を赤くし、俺も照れくさくなった。

「なあトア？　前から聞こうと思ってたんだけど、何であの時、初めて会ったばかりの俺を信用したんだ？」

「え？……それは……」

「マサムネ殿！　トア殿！」

トアが何かを言いかけた時、そこへシエラさんが現れた。何ともタイミングの悪い人だ。

「シエラさん、わざわざすみません」

シエラさんには俺たちの場所が分かるように、宿へ言伝《ことづて》をしておいた。

「また今度、教えてくれ……」

俺は耳元でトアにそう伝え、ベンチから立ち上がった。

「……うん」

「あの……お取《と》り込《こ》み中でしたか？」

「大丈夫ですよ？　それよりこんな所まですみません」

「いえ、こういった場所の方が好都合でしょう。人目は避《さ》けた方が良いかもしれません」

何となくだが、どんな状況なのかはその言葉で分かった。

「それで、どうなりましたか？」

「その話ですが、ヌートケレーンは解剖班に回収されました。マサムネ殿とトア殿のことは伏《ふ》せておきましたので見つかる心配はないかと思いますが、正直、保障はできません」

「そうですか……ありがとうございます。あの、依頼の報酬《ほうしゅう》ってどうなるんですか？　元々はケレーンの討伐でしたし、やっぱり報酬って出ないですよね？」

「それについては今すぐにという訳にはいきません。討伐対象が依頼の内容と違った場合は手続きが必要になってくるのですが……今は状況的に考えて難しいかと」

「そうですか……」

報酬は惜《お》しいが仕方がない。また依頼を受ければいいだけだ。

「もしマサムネ殿が今回の件に関して、その……討伐された本人であることを隠したいということであれば、尚更《なおさら》待っていただく必要があります」

穏便《おんびん》に事を運ぶ上では仕方のないことだ。何にせよ、今は待つしかない。

それにしても今日はどうしようか？　お金もないし、これでは宿にも泊《と》まれない。

「あの……もしよろしければ、今日は私の家に泊まっていただくというのはどうでしょうか？」

それは思わぬ提案だった。

「シエラさんの家、ですか？　俺たちとしては有《あ》り難《がた》い話ですけど、いいんですか？」

「もちろんです！」

シエラさんはニッコリと微笑み、俺たち二人を歓迎《かんげい》してくれた。

「空いている部屋なら沢山《たくさん》ありますし、それにマサムネ殿には助けていただいた恩もありますから、是非《ぜひ》お二人とも、私の家にいらしてください」

「じゃ、じゃあ……お言葉に甘えさせてもらいます」

シエラさんに感謝しないとな。ギルドの場所にしろ依頼にしろ、全部シエラさんがいたからこそスムーズに事を運べた。さらに泊まる場所まで用意してくれるって言うんだ。いつか何かで恩返しをしないといけない。


「なるほど、そいつらか?」


その時だった。気づくとシエラさんの後ろに、不穏《ふおん》な雰囲気の漂う一人の男が立っていた。

「レイド……何故、ここへ?……」

レイド? こいつのことか?

そいつはニヤニヤと高を括《くく》った表情で俺たちを観察していた。俺とトアの顔を窺い、まるですべてお見通しだと言わんばかりに、離れた位置から俺たちを見下ろすような目つきで捉《とら》えていた。

「〝何故〟だと? 簡単なことだ。ヌートケレーンは魔術を無効化する厄介《やっかい》な能力を持つ。だから魔法は効かねえ。剣と拳《こぶし》、つまり物理攻撃でしか殺れねえわけだ? 角を破壊することで一時的に能力を抑えることもできるが、普通はやらねえ。何故なら強度があり過ぎて壊《こわ》すのに時間がかかるからだ」

そこまで硬《かた》くもなかったけどなぁ? 所詮《しょせん》、角な訳だし……。

「だから尚更、物理的にやるしかねえ訳だ? だがあれは剣でもハンマーでも槍でもねえ、明らかに魔法によるものだった。そうでなけりゃあの惨状の説明がつかねえからなぁ？　つまり！　そいつはヌートケレーンの角を破壊し、魔法で奴を殺した！　負傷した冒険者が門の兵士に知らせ、そ
れを知った俺たち白王騎士が駆け付けるよりも早くなぁ？」

　レイドは不敵な笑みでシエラさんを見つめていた。自信過剰《かじよう》という言葉を擬人化《ぎじん》したような奴だ。だが大体当たっているから性質《たち》が悪い。

「シエラ、お前には無理だ。お前じゃあれは殺れねえ、経験が浅すぎる。力も追い付いてねぇお前が、奴の角を破壊できたとは思えねえ。なら他の誰かだ。お前がヌートケレーンを挽《ひ》き肉にできるほどの魔術を使えるとは思えねえ。なら他の誰かだ！　そして！……」

　するとレイドは俺とトアを見た。

「そんな奴がヌートケレーンに殺されるはずもねえ！　何故ならそんなことができるそいつは、明らかに異常だからだ！　殺し方もなぁ？　死体を見て思った。精獣《せいじゆう》を殺してもホーンラビットかゴブリンを殺ったくらいにしか思ってねぇような奴だと……明らかに次元が違う。そんな奴を白王騎士は見過ごさねえ！」

　〝精獣〟とは何だ？　ヌートケレーンのことか？

　そう言いながら、レイドは手の平に火の塊を出していた。それを引き延ばし、まるで火を粘土《ねんど》のように扱《あつか》った。

　火は折れ曲がった長い棒状になり、そして豪快に火が消えると、そこから一本の大きな鎌が姿を現した。

「で？……どいつだ？」

「レイド！　彼らは敵じゃありません！」

「それを決めるのはお前じゃねえ、俺だ」

シエラさんの表情から焦《あせ》りが窺える。目の前のこいつは、どうやら話が通じないタイプの人間らしい。

「つまり、シエラさんは初めから疑われてたってわけか？　そして後をつけた」

「そういうことだ。なんでシエラが庇ってんのかは知らねえがな？　お前、名前は？」

「ニ……ん？」

俺が名前を答えようとした時、それを遮るようにトアが俺の前に出た。

「トア？」

――尋ねたが返答がない。

「何だてめぇは？」

レイドはトアを見るなり、首の骨でも折れたのかと言わんばかりに首を傾げ、必要以上に疑問を表現しながらトアに尋ねた。

「トアトリカ！　ヌートケレーンは……私が殺した！」

その問いに対し、一瞬、躊躇いのような間があったものの、トアは迷うことなくそう答える。

「フハッハッハッハッハッハッハッ！　〝私が殺した〟か！　フハッハッハッハッハッハッハッ！」

それを聞いた途端、レイドは小刻みに震えながら豪快に高笑いした。

「まさか女だったとはな！　ハッハッハッ！　確かにそっちの奴からは何も感じねえ、だがお前は違う！　お前からはすげえ魔力を感じる！」

レイドから殺気が放たれているのが分かる。トアはどうするつもりなのだろうか？

「トア？」

「大丈夫だから、マサムネは下がってて」

トアは小さな声でそう言った。俺を助けようとしているのか？　だが……できればこんな見るからに頭のネジが外れたような奴と、トアを戦わせたくはない。だがトアの意思を真っ向から否定するようなこともしたくない。

俺は「危なかったら助けに入る」とだけ伝え、トアの意思を尊重した。するとトアは腰から剣を抜き、構える。

「ふ……なるほど、隙がねえ。一目見りゃ分かる、鍛《きた》えられた剣だ」

そうなのか？　剣を知らない俺にはさっぱり分からない。

「レイド！　聞いてください！　彼らは私の友人です！　彼らは王都へと帰る道中に出会い、色々とお世話になった方々なのです！」

「そりゃあ、ご苦労なこったな？　任務に私情を挟みやがって……その甘ったれた根性《こんじょう》、後で叩《たた》きなおしてやる」

シエラさんの必死の説得も空《むな》しく、レイドは全く聞く耳を持たなかった。

「じゃあ行くぜ！」

その時、レイドがこちらに向かって走り出した。トアは警戒し、剣を構えなおす。

そして大鎌の刃とトアの剣がぶつかり、広場に金属の交わるような激しい音が響いた。

俺は鎌での戦闘は難しいだろうと思っていた。日本にいる時、俺がプレイしていたＲＰＧでも、鎌は見た目が映えるだけのネタ要素の強い武器でしかなかった。

ところが目の前の男は普通に使いこなしている。流石だ、流石異世界！　なるほど、こうやって戦えばネタでもガチでいけるわけか。

それにしてもトアも見事だ。あれがどういった技《わざ》なのかは俺には分からない。ただ器用なことをしているのは分かる――トアはギリギリでレイドの攻撃を去《い》なしていた。

「これじゃ埒《らち》が明かねえ。おいお前！　先に使うぜ？」

そこでレイドは一旦トアから距離を取ると、足元に魔法陣を展開した。

「《火炎の鎧《ファイア・アーマー》》！」

その瞬間、レイドの体を炎の鎧とも呼ぶべき激しい炎が覆った。それは噴《ふ》き出すような激しさがある一方で、レイドに纏《まと》わりつき、一ヵ所に集中しているようにも見えた。

その間もシエラさんはレイドに戦いを止《や》めるよう叫《さけ》んでいた。だがレイドはニヤつくばかりで、まったく聞こうとしない。

「おっと！　まだだ……」

レイドの体を中心に、噴き出していた炎が体から手へ激しさを維持《いじ》したまま移動していく。気づくとレイドを覆っていた炎は、すべて鎌の刃に集中していた。

「じゃあ、始めようぜ？　続きをよお！」

またしてもレイドはトアに迫《せま》った。だが次は炎の鎌だ。先程まではどう見ても危険度が違う。だがトアは同じように、またレイドの大鎌を剣で去なした。

「ぐっ！」

だが同じようにはいかない。それは分かり切っていたことだ。鎌と剣が接触《せっしょく》した瞬間、炎がトアの腕に飛び火したのだ。

「トア！」

俺は叫ばずにはいられなかった。

「大丈夫……だから」

なんで魔法を使わないんだ？

「トア！　魔法を使え！」

俺はトアに魔法を使うように言った。だがトアは、「大丈夫だから」と、それしか言わない。

「そんな鈍《なまくら》じゃあ、俺の鎌は防げないぜ？」

「そんなこと……やってみなきゃ分からないでしょ？」

トアの息が荒い。流石にあの剣であの鎌を受け続けるのは骨が折れる。だからこそトアは奴の攻撃を受け流していたんだ。それが炎を纏ったことで、去なしても防げなくなった。このままじゃ、トアが一方的に鎌を受け続けるだけだ……トア、なんで魔法を使わない？

「お前、なめてんのか？　まさかその剣で俺を殺れるとでも思ってんじゃねぇだろうな？　さっさと使いやがれ！　魔法を！　力を見せろ！」

「これが、私の全力よ？」

しかし、トアは魔法を使おうとはしなかった。

「へっ……そうかよ。どうやら死にてぇらしいなぁ？」

その瞬間、レイドは殺意を剥《む》き出しにし、トアに迫った。やはりこいつはシエラさんのような騎士とは違う、ジークと同じ異常者だ。いや、まだジークの方がマシに見える。

「トア！」

トアに任せるつもりだった、だがもう待てない。

俺は身を乗り出した。

──だがその瞬間、知らない男が視界に現れた。

「……どういうつもりだ？　何で止める？」

そいつはレイドとトアの間に入り、二人の振り下ろした刃を素手で掴むと、レイドの魔法さえも消し去り制止した。

「それはこちらのセリフだ。お前はここで何をしている？」

見知らぬ男に問い質《ただ》され、手の止まったレイド。鎌がカタカタと震えている。どうやら大鎌を引き抜こうとしているらしいが動かないようだ。それほど強く掴まれているということだろう。

「トア！」

俺は弱って座り込むトアに駆け寄り、すぐに魔術《治癒の波動《ヒール・オーラ》》でトアの火傷《やけど》を癒《い》やした。幸いにもトアの傷は一瞬で治り、痕《あと》も残らなかった。

「大丈夫か、トア？」

「……うん」

「傷が残らなくて良かったけど、何で魔法を使わなかったんだ？　魔法を使えばあんな奴、何とかできただろ？」

「私の魔法は、周りに被害《ひがい》が出るから……」

「……」

ここには家があり、そこには人が住んでいる。トアは自分が魔法を使えば周りの民家に被害が出ることが分かっていた。だからこそ魔法を使えなかった。

「ごめんなさい……私は」

シエラさんは明らかにいつもと様子が違った。この人はいつも規律を、正義を重んじる騎士を演じていた。〝ごめんなさい〟なんて口調では話さなかった。

「気にしないでください。シエラさんは何も悪くない。遅かれ早かれ、こうなっていたんだと思います」

俺はトアの体に傷がないかもう一度確認した。

「ラインハルト！　この女がそうだ。ヌートケレーンを殺りやがった張本人だ！」

「だから、どうした？」

「は？　だからどうしたじゃねぇだろ？　こいつがそうだって言ってんだよ！」

「まだ敵だと決まったわけではない。彼らはただ、依頼通りにモンスターを討伐しただけだ」

「だったら何で逃げたんだ？　逃げる必要なんてねぇだろ？　答えは簡単だ。疾《やま》しいことがあんだろうが！　違うか！」

レイドは「話の分からねぇ野郎《やろう》だ」と、ラインハルトと呼ばれるその男を足蹴《あしげ》にした。

「おいてめえ、プリーストか？」

その時、その場にしゃがみ込む俺たちをレイドが見下ろした。そして俺がトアに治癒魔法をかける様子を見ていたのだろう、そう尋ねてきた。

「プリースト？　俺はヒーラーだ！」

俺はあえて強い口調で答えた。プリーストになど間違われたくなかったからだ。それを認めてしまえば、自分で自分を卑下《ひげ》することになる。特にこいつの前では認めたくない。

「はあ？　ハッハッハッハッハハッハッ！　ヒーラーだあ？　ハッハッハッ！　なるほどな！　道理でお前からは何も感じねぇ訳だ！　そりゃそうだよな！　ヒーラーだもんな！　ハッハッハッ！」

この男を見ていると佐伯《さえき》を思い出す。口調が全くもって佐伯と同じだ。その素行の悪さと教養のなさも、佐伯と同じに違いない。

※

レイドはまだバカ笑いを止めない。だがそんな中、レイドの戯言《たわごと》を聞き逃《のが》さなかった者がいた。

――ラインハルトだ。

(何も……感じないだと?)

ラインハルトは目の前の少年に意識を集中した。魔力を感じ取っているのだ。それは、このレベルの魔導師には容易《たやす》いことだった。

(馬鹿《ばか》な!?……そんなはずは……)

だがラインハルトでさえ、政宗の魔力を感じ取ることはできなかった。

「おい、お前!」

その時、ラインハルトは政宗に声を掛けた。だが素行の悪い騎士に、その声は遮られてしまう。

「ラインハルト!　やる気がねぇならお前はそこで黙って見てろ!　俺がやる!　こいつら二人ともなあ!」

レイドは目の前で邪魔《じゃま》をするラインハルトの横を通り過ぎると大鎌を構え、次はトアではなく、政宗に襲いかかった。

「レイドよせ!　そいつは!……」

だがラインハルトの忠告は空しく、レイドの鎌は容赦なく政宗に迫る。

「意気地のねぇ奴は黙ってろ!」

その瞬間、ラインハルトの危惧《きぐ》していたことが目の前で起きた。

それはわずか、一瞬の出来事であった。

大きな揺《ゆ》れと共に、広場に砂煙《すなけむり》が立ち込めたのだ。一瞬にして視界は悪くなり、もはやそこには煙しかない。

ラインハルトは目を細め、煙で視界の悪くなった広場を窺った。煙の中に人影《ひとかげ》が見える。だが視界が悪く、顔が見えない。

だが徐々に煙が薄《うす》れていき、その全容が見えてきた。

そして、ラインハルトは驚愕《きょうがく》する——

そこには広場全体を呑み込むほどの大きなクレーターができており、その中心には、地面にめり込み意識を失っている者の姿が見えたからだ。

——レイド・ブラック。素行の悪い騎士は陥没《かんぼつ》した地面にめり込み、泡《あわ》を吹き白目を剥きながら、気絶していた
「なん、だ……これは？……」

ラインハルトはその光景に言葉を失った。

（何だ？　何が起こった？）

しかしラインハルトには分かっていた。何が起きて、誰がやったのかということが。

そして煙が完全に消え去ると、ラインハルトは意識を失ったレイドを見下ろすその少年の姿を見つけた。

「つまり、お前がヌートケレーンを殺したということか？」

——煙が晴れ姿を見せたのは、政宗だった。

「マサムネ！」

そこでトアの声が聞こえた。だがトアの現在位置はあまりにも不可解だった。

先程までこの広場のベンチ付近にいた筈《はず》のトア。だが今、トアは何故か少し離れた住宅街の傍《そば》にいたのだ。そしてその隣にはシエラの姿も見えた。

ラインハルトは外傷のない二人を確認し、そしてすぐにその光景の意味を理解した。

「つまり、二人を安全な場所に避難させ……それからレイドを地面に叩きつけた？　それもあの一瞬で？……」

だが厳密には、政宗はレイドを拳で殴っただけだった。つまり、ラインハルトには政宗の動きが見えていない。

「なるほど……」

勝手にそう納得《なっとく》するラインハルト。彼の手は、自然と腰にある剣へと向かっていた。

「ならば、俺も腹を括ろう。白王騎士の名において、貴様をここで討《う》つ」

ラインハルトは直剣を抜き、政宗に向けた。

「待ってください！　ラインハルト！」

するとそこにシエラが駆け付ける。

「聞いてください！　これは誤解です！　マサムネ殿は私の友人であり、敵ではありません！　お願いします！　ラインハルト、剣を下ろしてください！」

必死に訴えるシエラ。だがラインハルトは既に分かっていた——彼は敵ではないと。

シエラの叫びが幸いし、「彼らは敵ではない」と、ラインハルトは今になって気づいたのだ。

我に返り冷静さを取り戻しながら、自分が今向けているその剣先《けんさき》を見つめていた。

（俺は、何をしているんだ？）

「ならば……これはどう説明する？」

（そんなことが言いたい訳ではない）

「それはレイドがトア殿を傷つけたからです。だからマサムネ殿は……」

（ああ……分かっている……分かっているさ。そんなことはここに着いた時点で分かっていた）

ラインハルトは利口な男だった。だが政宗の異常さに当てられ、動揺《どうよう》し冷静さを失っていた。

ラインハルトは広場に到着した時、これはレイドの独断による暴挙だとすぐに気づいた。だからこそ、レイドを責めていたのだ。

（おそらくレイドは力を確かめたかったのだろう。自分の力がどこまで通用するのかを。そして適当な理由を考え、それをネタに剣を突きつけた。どうせ、そんなところだ。そう……彼らは敵ではない。それは考えれば分かることだ）

ラインハルトは自身にそう言い聞かせていた。平静を保つ為に。だが分かっていながら、向けた剣先を下ろせない。

（それにレイドが生きているということ、それが何よりの証拠《しょうこ》だ。彼なら一瞬で殺せただろう）

「すまない……少し、冷静ではなかった……」

謝罪を表情に浮かべ、ラインハルトは剣を鞘《さや》に納める。その様子にシエラは安堵《あんど》した。

「何で分かったんだ？」

そこで問いかける政宗。その表情に、ラインハルトへ対する警戒心《けいかいしん》はなかった。

第七章　理解されない普通

この人はあの一瞬《いっしゅん》、俺《おれ》に声を掛《か》けた。つまり、俺がヌートケレーンを殺した張本人だと、最初から気づいていたんだ。

「レイドはお前からは何も感じないと、そう言っていた。だがそんなことはあり得ない。人は皆《みな》、誰《だれ》しも生まれながらに魔力《まりよく》を持つ。そしてそれはどれだけ小さかろうと感じることができる。だが例外もある……」

「例外？」

「それは、自身の力量を遥《はる》かに上回るほどの魔力を持っていた場合だ」

つまり、それは俺がこいつらを遥かに上回っているということだ。だからこいつは俺の魔力を感じられない。魔力を感じるという発想自体、今知った訳だが、まあそんなところか？

「少し多い程度なら感知できる。つまり、感知できないほど魔力量が異常だということだ」

そうか……異常か。面と向かって言われるのはやっぱりつらいものがある。だがそれは誇《ほこ》って良いことだ。

「それよりも……申し訳ないことをした。これは、こいつを止められなかった俺の責任だ」

「別に気にしてない。ただ俺たちは目立ちたくないだけだ。普通に冒険者《ぼうけんしゃ》として依頼《いらい》を受けて、達成したら報酬《ほうしゅう》を貰《もら》う。そんな普通のことを望んでいただけだ」

この人は信用できる。ただ闇雲《やみくも》に剣《けん》を向けてきたこいつとは違《ちが》う。今はそう思っておこう。

「ヌートケレーン討伐《とうばつ》の件に関しての報酬は、後日支払《しはら》われるようにしよう。それからこの件に関しては口外しない。だが国に報告しない訳にもいかない」

それは困る。できれば国の政治に巻き込《こ》まれたくはない。

「だから国には二人の冒険者がシエラを援護《えんご》したと報告する。あくまでシエラが討伐したと……それでどうだろうか？」

それなら大丈夫《だいじょうぶ》そうだ。あくまで白王騎士《きし》が討伐したということなら、俺の存在は時間と共に抹消《まっしょう》されるだろう。何の心配もない。

「ああ、それで構わない」

「では、レイドを連れて行ってもいいか？　これでも一応、大事な部下なんだ」

部下？　同じ白王騎士でありながら、こいつの方は部下なのか……じゃあシエラさんにとっても、このラインハルトとかいう男は上司？

「ああ、勝手にしてくれ。でももうトアには近づくなよ？　こいつにもそう言っておいてくれ」

「分かった。そう言い聞かせておこう」

そう言うとラインハルトは陥没《かんぼつ》した地面へ滑《すべ》り落ちるようにして下り、レイドを肩《かた》に抱《かか》えると、そのまま地上へと飛躍《ひやく》し抜《ぬ》け出した。

するとまだ用があるのか、去り際《ぎわ》にこちらへと振《ふ》り向く。

「……マサムネといったか？」

そういえば、さっきシエラさんもトアもはっきりと〝政宗《まさむね》〟って言ってたもんな？　これじゃあ隠《かく》しようがない。

「……」

俺はどうしようか考えていたが、それが結果、黙《だま》る形となってしまった。

「……そうか、ではマサムネ。この度《たび》は大変申し訳ないことをした、また会おう」

ラインハルトは俺にそれだけを伝えると、その爽《さわ》やかなイケメンフェイスのように、爽やかにその場から消えた。

そして張り詰《つ》めた緊張《きんちよう》の糸が解《ほぐ》れた俺は、自分がやらかしたその惨状《さんじよう》を目にすることになる。

「……」

――やってしまった。まさか拳《こぶし》一つでこんなことになるとは思ってなかった。精々《せいぜい》、軽くぶっ飛ばす程度のつもりだった。

あれほどトアが気を遣《つか》って被害《ひがい》が出ないようにしていたというのに、俺が壊《こわ》してしまっては意味がない。俺はもう少し自分の力を知る必要があるのかもしれない。

辺りはめちゃくちゃだった。広場の多くはこの深く陥没したクレーターに巻き込まれ、その大半は共に沈《しず》んだ。そして先程《さきほど》まで腰《こし》を下ろしていた思い出のベンチもどこかへ飛んで行ってしまい、そこにはもう何もない。

「これ？　まさか請求《せいきゅう》されたりしないよな？」

この広場を直すのに、一体どれだけの費用が掛かるのだろうか？　それが気掛かりだった。

「はぁ……」

深いため息と共に、俺は頭を抱え込んだ。

※

ラインハルトは丁度、アーノルド王への報告を済ませたところであった。

ラインハルトは白王騎士団を統括《とうかつ》する存在だ。勿論《もちろん》、白王騎士とは王の直轄《ちょっかつ》部隊である。だが王から白王騎士への命令というのは、基本的にラインハルトを通してのみ行われるのだ。そしてラインハルトは毎回、王への報告をする。

広間を後にしたラインハルトの前に、いつもと変わらない光景があった。

「お前、隠れるくらいならついてこなければ良かっただろ？」

玉座の間の入り口前に、白王騎士ダニエル・キングの姿はあった。彼《かれ》はこうして、いつも広間から出てくるラインハルトを待っているのだ。それはラインハルトの指示を聞くためでもあった。

その他の白王騎士に対しては、ラインハルトが自ら連絡《れんらく》することもあるが、基本的にはダニエルの仕事だ。白王騎士団内では、それぞれが役目を担《にな》っている。

「そう言うなって？　これが俺のスタンスだ。だがあの嬢《じよう》ちゃんには気づかれてたみたいだけどな？」

それはトアのことだろう。トアは政宗と違い魔力感知を使える。だからレイドが旧市街で暴挙を働いていた時、付近にいるダニエルにも気づけたのだ。

ラインハルトの言葉に、ダニエルはニコっと苦笑いで誤魔化《ごまか》しながらそう言った。

「気色の悪い笑顔《えがお》を俺に向けるな。それでどうだった？」

「相変わらず冷たい奴《やつ》だなぁ～お前は？」

「怒《おこ》るぞ？……」

「もう怒ってるけどな？」

これがいつもと変わらない二人の会話だ。ダニエルはいつも茶化す。そしてラインハルトの背後に鬼《おに》が見えると、そこで止める。だが折れるのは毎回ラインハルトだ。

「はぁ……冗談《じようだん》はさておき、あのヌートケレーンはどうも様子がおかしい」

「おかしい？」

「ああ、ほとんど原形がなく、復元するのに時間が掛かったらしいんだが、復元してみて分かったことがある」

重要なことは勿体《もつたい》付けて言うのがダニエルの癖《くせ》だった。

「空っぽだったんだ」

その答えに、ラインハルトは険しい表情を見せた。

「普通よりも痩《や》せ細っていることに気づいた解剖班《かいぼう》は、中を確認《かくにん》したが、そこは空っぽだった」

空っぽとはどういうことだ？――ラインハルトは疑問を抱《いだ》く。

「そのままの意味だ」

ダニエルはラインハルトの心の声を読み、そう答えた。

「内臓が無かったらしい。つまり、あれは元から死んでたってことだ」

「……なるほど。ということは……」

「ああ、裏に誰かいる」

精獣《せいじゅう》を操《あやつ》るなど聞いたこともない。精獣とは言わばモンスターの突然変異《とつぜんへんい》だ。きっかけは様々だが、その昔、とある精霊《せいれい》がモンスターに悪さをし、魔力の制御《せいぎょ》が利《き》かなくなったモンスターが町で暴れた。そのことから精獣という名前が生まれ、ヌートケレーンなどは今もそう呼ばれている。

二人は事態を重く受け止めていた。

「そいつが何をやろうとしていたのかは分からない。だがこれで終わるとも思えない。明日にでも、あの森を調査する必要がある」

ダニエルの提案を正しいと受け止めたラインハルトは「分かった」と答えた。

「調査隊の権限についてはとりあえずお前に一任する。後は頼《たの》んだ」

「ああ、分かった」

この国に危険が迫《せま》っている。ラインハルトはそう直感していた。

そして次の日、森に調査隊が送られた。兵士たちは必死に痕跡《こんせき》を探したが、いくら探せどそこは普段《ふだん》と変わらぬ森。調査隊は何も見つけることができなかった。

※

ここは王都の旧市街だ。その一画に構える、《水鳥亭《おとずてい》》という酒場。そこは冒険者は勿論、住人やこの国に立ち寄った者など、様々な理由でこの国を訪れた者たちが通う穴場だ。

そして店を見渡《みわた》すと、壁際《かべぎわ》のとある席にローブとフードで体と顔を隠した二人の者が座《すわ》っていた。

「あんな常識外れな者がいるとは、私も思っていませんでしたよ。彼は何者ですか？」

男は邪悪《じゃあく》な雰囲気《ふんいき》の漂《ただよ》う声で、そう語る。

「心配することはない、ただの冒険者だ。この国の者ではない」

向かいの席に座っている女は、感情の感じられない淡々《たんたん》とした口調でそう返した。

「それを聞いて安心しました。あんな訳の分からない者に、また次も出て来られては計画が進みません。ただでさえ今回の件で白王騎士を殺《や》り損ねたというのに……」

「問題ない。モンスターならいくらでもいるだろ？」

「分かっていないようですねぇ？　私があの精獣を見つけるのに一体どれだけ苦労したことか……」

「お前の苦労など、この計画には関係ない」

するとその言葉で、男の眉間《みけん》にしわが寄った。

「……いいですか？　精獣というのはそう簡単に見つけられるものではないのですよ。そもそも、一つの森に複数いるようなものではありません。偶発的《ぐうはつ》に生まれた産物と言っても良いくらい希少なのですよ」

「では違う森から連れてくればいい」

「いえ、その必要はなくなりました」

「……どういうことだ？」

「フランが明日、王都に到着《とうちゃく》します」

「あの女が⁉」

フードの女は額から汗《あせ》を流す。

「声がデカイですよ？」

「……」

「はい、そのフランです。そう言えば、あなたは彼女《かのじょ》が苦手でしたね？」

「……」

女は向かいの男を睨《にら》んでいた。だがこれは逆恨《さかうら》みというものである。

「私を睨んでも仕方がないでしょう？　それに私に言わせれば、彼女ほど素晴《すば》らしい才能の持ち主はいません」

「お前の趣味《しゅみ》に興味はない。話を進めろ」

「はぁ……いいでしょう。ヌートケレーンの死体を持ってきてください。どうやら回収されてしまったようなのです。あれがなくては事を進められません。明日、彼女が到着するまでにお願いします」

「分かった。では今夜にでも取ってこよう」

「お願いします、早急に」

女は無愛想に席を立ち、そのまま振り返ることなく店から出て行った。

そして残された男は一人、はちみつ酒を口に流し込みニヤリと不敵な笑みを浮《う》かべた。

「楽しくなりそうですね〜」

※

俺たちはシエラさんの家の前にいた。家の前と言っても、そこにあるのは俺の身長を遥かに超《こ》えるほどの門だ。

そして門の向こうには広々とした庭が見え、その先には大きな屋敷《やしき》が見える。

ＴＨＥ金持ち！　日本ならこれは億万長者級だろう。つまり、シエラさんはただの金持ちだった。

「なるほど……シエラさんはお嬢様だったんですね？」

「いえいえ、私は正真正銘《しょうめい》の騎士ですよ。お嬢様などと、そんな言い方はやめてください」

シエラさんは苦笑いしつつ、少し照れていた。どうやら、まんざらでもないらしい。

そして俺とトアは、「で、ではこちらへ」と顔を隠しながら誤魔化すシエラさんに、屋敷へと案内された。


「あらシエラちゃん、お帰りなさい」

屋敷へ入るなり、俺たちを出迎《でむか》えてくれたのは派手な銀髪《ぎんぱつ》のマダムだった。家の中だというのに、まるでパーティーでもあったかのようなドレスに身を包んでいる。

「母上、その……客人の前で、あまりそのような言い方は……」

玄関《げんかん》を照らす大きなシャンデリア。必要以上に大きな階段。そして間違いなく頭を打つことはないだろうと思われる、この高い天井《てんじょう》と広い空間。流石《さすが》、金持ちは違うなぁ～、というか、いつも思うんだがこんなに大きな階段は必要なのだろうか？

この階段が必要なほど、大きな者が住み着いているとは思えないのだが……。

「シエラちゃんったら、また母上だなんて。ママでしょ？　マ、マ？」

「母上、その……少し、黙っていて……」

「そんなことより、そちらの方々はどなたかしら？」

なるほど……シエラさんは家では、〝ちゃん〟付けで呼ばれているのか。完全に甘《あま》やかされているな。

迎《むか》えてくれたのはシエラさんのお母さんだった。まだ紹介《しょうかい》されてないが、会話の内容で分かった。何とも愉快《ゆかい》な人だ。あのシエラさんがたじたじではないか。

「流石です、やっぱりシエラさんはお嬢様だったんですね？」

「マサムネ殿《どの》、お願いします。このことは他言無用で……」

それほど知られたくないのか？　シエラさんは拝むようにお願いしてきた。

俺はシエラさんの知らない一面を見てしまった訳だが、何とも得した気分だ。

「はぁ……母上、こちらはマサムネ殿とトア殿です」

シエラさん？　何か忘れてませんか？　俺……ニトでお願いしますって言いましたよね？　今、自分のことについて、〝他言無用で〟って言ったところじゃないですか？

俺の名前も他言無用でお願いしますよ！……とは今更《いまさら》言っても、もう手遅《おく》れなんだろうな。

「マサムネくん？……トアちゃん？……」

すると首を傾げながら疑問の表情を浮かべていたシエラママは、そこで何かに納得したようにニッコリと微笑んだ。

「あなたがあの、ニトくんとトアちゃんなのね！　お会いできて嬉《うれ》しいわ！　シエラちゃんがお世話になったみたいで。ところで聞いたわよ！　ニト、じゃなくて、マサムネくんはお強いんですって？　何でもターニャ村で男の子を救い出したとか？」

シエラさん……俺、言いましたよね？　内緒《ないしょ》でお願いしますって？

どうやら昨晩、シエラさんは既《すで》に俺のことを少なくともお母さんに話していたらしい。俺はどうやら判断をミスったようだ。シエラさんが美人だったからだろう。それがいけなかった。

この女性への免疫《めんえき》の無さは、後々俺の首を絞《し》めることになるだろう。早めに耐性《たいせい》をつけなければいけない。

そこで、俺が見ると何故《なぜ》かシエラさんは目を逸《そ》らしていた。

——嘘《うそ》だろ？　この人、知っててやってるのか？

いや……そうじゃない。言った後に気づいたということも十分にある。今はシエラさんをそれでも信じよう。愛情も注がれているみたいだし、そもそもシエラさんは悪い人じゃない。

それよりも、なんだろう？　ここ最近、俺の情報が徐々《じょじょ》に漏《も》れているような気がしてならない。

「母上、こっ、こんな所では何ですから……」

「そうね！　三人ともお腹《なか》が空《す》いているでしょうから、ディナーにしましょう！」

その後、俺たち二人はシエラママに案内され、ディナーへと招かれた。

※

リビングには縦長の大きなテーブルがあり、目の前には初めて目にする豪華《ごうか》な料理が並んでいる。

俺たちはそこで、ディナーを御馳走《ごちそう》になっていた。

「初めまして、私はシエラちゃんの母親のマリアよ」

マリアさんは改めて挨拶《あいさつ》をした。

そしてテーブルの角、一番端《はし》に座っているのはブラウンさん。シエラさんのお父さんだ。

「いやぁ～、まさかこれほど早く会えるとは思っていなかったよ！　ニトくん……マサムネくんの話は昨晩、シエラから聞いていてね？　一度会ってみたいと思ってたんだ！」

なるほど……シエラさんはお父さんにまで話したのか……いや、だがこれは俺のミスだ。人を見た目で判断した俺のミス。とは言っても、シエラさんも悪い人ではない。悪い人ではないが……心を許した人にはすぐに喋《しゃべ》ってしまうということだろうか？　助けてもらったことの方が多いし、それに今夜だって泊《と》めてくれる上に晩御飯《ばんごはん》にまで招いてくれたんだ。たかが偽名《ぎめい》と考えて、ここは目を瞑《つむ》ろう。

その時、リビングの扉《とびら》が開くと、もう一人女性が現れた。その人は入ってくるなり見慣れない俺たちを見ると、何故か薄《うっす》らと笑みを浮かべていた。

「あらヒルダちゃん！　お帰りなさい。今日はもういいの？」

「うん、ただいま……あら？　いらっしゃい」

まるで今気づいたように〝あら？〟と、その人は何とも舌先三寸な感じがした。その一端《いったん》を見たような違和《いわ》感を覚えてしまう。

その人はシエラさんと同じ綺麗《きれい》な銀色の髪《かみ》をしていた。だがシエラさんよりも髪は長く、大人の女性という感じがする。

だがそこで俺は思い出した。そう言えばこの人の顔は一度見ている。

それはヌートケレーンの討伐を終え、トアと草原から王都へ逃《に》げた時の話だ。馬に跨《また》がった三人のうちの一人が、確かこの人だったような気がする。

「ヒルダちゃん。こちらはマサムネくんとトアちゃんよ、シエラちゃんのお友達《ともだち》なの」

「初めまして、シエラの姉のヒルダです」

その人はシエラさんのお姉さんだった。なるほど、瓜二《うりふた》つだ。だがシエラさんとは明らかに胸の大きさが違う。スタイルもスレンダーで、何というか色気がある。

すると特に凝視《ぎょうし》していた訳でもないのに、何故気づいたのかは分からないが、トアが横目で俺を睨んでいた。

俺は思わず苦笑いをしてしまい何も言えず、適当に「ワインでも飲むか？」と誤魔化す。トアは「うん」と不満そうに答え、俺は睨まれたままだった。

でもそんなに睨まなくてもいいだろ？　あんな豊満な胸、男なら誰だって見るさ……とは開き直れない。

つい数日前まで女性との些細《ささい》な会話さえ諦《あきら》めていた俺が、今は少しだけそういったものに興味を示している。どうやら異世界に来て浮かれているらしい。そしてどうやら俺は好き者のようだ。

俺は異世界にそんなものを求めていたのだろうか？　異世界症候群《しょうこうぐん》とはそういうことか？

とりあえず、何があってもトアにだけは嫌《きら》われないようにしたい。

ヒルダさんが席に着くなり始まるディナー。するとマリアさんは、俺がシエラさんに口止めしていたターニャ村での一件を話し始めた。

もはや俺が行っていた隠蔽《いんぺい》工作が何だったのかすら分からなくなってくる。

「シエラを助けていただき、ありがとうございました」

ヒルダさんはターニャ村での一件について、丁寧《ていねい》にお礼を述べた。だが別にシエラさんを助けた訳ではないし、礼を言われるのも微妙《びみょう》だ。

「それどころか、今日もシエラを助けていただいたみたいで……」

ああ、ヌートケレーンのことか……ん？　何で知ってるんだ？　あれは確か俺たちとラインハルトくらいしか知らないはずじゃ……ん？　ちょっと待てよ？

「あの失礼ですが、ヒルダさんはどういったお仕事をされているんですか？」

それにはシエラさんが答えてくれた。

「姉は私と同じ白王騎士ですよ」

なるほど、そういうことか。どうやらエカルラート家では、俺のことは筒抜《つつぬ》けになっているらしい。ということは……まずい。まさかターニャ村での一件も白王騎士に筒抜けなんじゃないだろうな？

「姉妹揃《しまいそろ》って国に仕える、それもトップの白王騎士だなんて、流石ですね～」

何が流石だ……社交辞令など言っている場合か？　だが今日は泊めてもらうことになっているし、ここで失礼なことも言えない。

「いいえ、そんなに大したことではないのよ？」

すると口調の変わったヒルダさんが、少し前のめりになり胸を見せつけながら、俺にそう言ってきた。

「偶々《たまたま》、白王の席が空いていただけで、私たちに才能があった訳ではないわ」

ヒルダさんは艶《なま》めかしい雰囲気を醸《かも》し出しながら、謙遜《けんそん》していた。この人の色気についてはー先《ひとま》ず置いとくとして、まず王直轄の騎士を数合わせで選ぶ訳がない。まあ結局、才能があったってことなんだろうな。相当、剣の腕《うで》が立つってことだろう。もしくは魔法に長《た》けているかだ。

ヒルダさんは白王騎士になるまでの、これまでの経緯《けいい》についても話してくれた。

二人は小さい頃《ころ》に剣術《けんじゅつ》を教わり、それからずっと剣一筋の道を歩んでいるらしい。その後ヒルダさんは王国騎士になり腕を認められ、ヒルダさんが白王騎士に選ばれる頃にはシエラさんは王国騎士になっていたそうだ。そして二年前、シエラさんも白王騎士に選ばれたということだった。

「なるほど、お二人は天才だったんですね？」

「私たちは天才とは程遠い存在よ？　天才と言うなら、それはラインハルトでしょうね」

ヒルダさんは迷うことなくそう言った。そこには謙遜は含《ふく》まれていないように感じた。

「ラインハルトですか？　あのイケメンが天才なんですか？」

「ええ、彼はわずか十二歳《さい》で白王騎士に選ばれた、本物の天才よ？」

そうか、あの男はそんなに凄《すご》かったのか。口調や振る舞《ま》いは確かに強者のそれだったが……最初にシャオーンに会ったのが間違いだったのだろうか？　まったく強そうに見えなかった。

「マサムネくんと比べると、話は変わってくるでしょうけどね？」

ヒルダさんはそんなことを言いながら、上目遣《うわめづか》いでニヤリと笑みを浮かべ、見透《みす》かしたように俺を窺《うかが》った。

ヒルダさんはヌートケレーンの一件については知っているらしいが、広場での一件も知っているのだろうか？　いや、白王騎士なら知らない訳がないか。

「お姉さま！　そんな目でマサムネ殿を見ないでください！」

その時、何故かシエラさんが俺を守るかのように、身を乗り出して手を広げ、ヒルダさんから俺が見えないように遮《さえぎ》った。

「マサムネ殿、気をつけてください。姉は気に入った男性は絶対に逃《のが》さない、蛇《へび》のような女なのです」

自分の姉に向かって、よくそこまで言えたもんだ。まあ、それほど仲が良いとも言えるが。

「冗談よ冗談。せっかく理想の姉を演じてあげたんだから、少しくらい私に譲《ゆず》ってくれたっていいでしょ？」

「マサムネ殿はダメです！　客人なのですから！　それに折角も何も、化けの皮が剥《は》がれてしまっては演じた意味もないではありませんか！」

「客人だったら良いじゃない？　シエラの彼氏でもないんでしょ？」

「彼氏だとか、そういう問題ではありません！」

「だったらいいわ、この際だから彼に直接聞きましょう？　マサムネくん？　シエラのこと、どう思ってるの？」

そう言うと、ヒルダさんは面白《おもしろ》がるようにニヤニヤしながら俺の目を見つめた。

一方でシエラさんは顔を真っ赤にしながらあたふたしている。その様子を見ながらヒルダさんは密《ひそ》かに笑っていた。

何故そんな話の展開になっているのかは、俺には分からない。だが仲が良いということだけは分かった。互《たが》いに理解し合い、信用し合っているのだろう。

「ちょっ、ちょっと姉さま！　何を言って……」

「良いじゃない？　この際だから本人に聞けば」

「私は何故そんな話になっているのかと聞いているのです！」

「うるさい！」

その時、俺の隣《となり》から怒鳴《どな》り声が聞こえた。そして、そこにいたのはトアだ。

トアは左手にワインの入ったグラスを持っていた。そして目の前のテーブルには空になったボトルが一本置かれている。

「トア、お前まさか……これ全部飲んだのか⁉」

俺はマリアさんに「すみません」と頭を下げながら、トアを尋問《じんもん》した。

「いいのよ、気にしないで。こんなに楽しそうなシエラちゃんを見るのも久しぶりだから、私たちも楽しいわ」

「ワインならたくさんあるから、好きに飲みなさい」

そんな気前の良いことを言いながら、ブラウンさんはもう一本ワインを持ってきてくれた。何と寛大《かんだい》な二人だろうか。やはり金持ちは違う。

「この際、だから……シエラに言って、おくけど……マサムネは……私の……」

急にシエラさんを呼び捨てにするトア……完全に酔《よ》っぱらっている。まさか酒乱だったとは……。

「トア、危ないから座ってろって？」

席を立とうとするトアを押《お》さえ、俺は落ち着かせようとした。するとトアは、何故か俺をじ～っと見つめていた。そして目を逸らさない。

「……分かったわ」

何だ？　やけに素直《すなお》じゃないか？　トアはそのまま椅子《いす》に座ると大人しくなり、グラスに入ったワインを一口飲む。

「ん？　トア？」

そして椅子に座るなり、そのまま俺の方へともたれかかってきた。どうやら眠《ねむ》ってしまったらしい。とりあえず落としそうになっていたワイングラスを救出し、テーブルに置いた。

「あら？　シエラにライバルができたみたいね？」

ヒルダさんはシエラさんの顔を覗《のぞ》きながら、妹を楽しそうにからかっていた。そしてワイングラスを片手にそのままリビングを出て行こうとしている。

「姉さま！　いい加減なことを言わないでください！」

「そろそろ私は寝《ね》るわ。じゃあおやすみなさい」

ヒルダさんはひらひらと手を振りながら、そのままリビングを後にした。何という自由な人だろうか？　シエラさんをからかうだけからかって置いて行くなんて……。

「すみませんでした、姉はいつもああなんです」

「いえ、俺は別に……楽しい人ですね？」

「騙《だま》されてはいけませんよ？　あれがお姉さまの作戦なんですから」

俺は軽く笑い流しておいた。騙されるも何も、そこまで興味はない。

「肝《きも》に銘《めい》じておきます。それよりトアを寝かせたいんですが、どちらに運べばいいですか？」

「ああ、すみません。ご案内します」

俺はマリアさんとブラウンさんにお礼を言い、それから「おやすみなさい」と一言添《そ》える。

そしてトアを抱《だ》きかかえ、シエラさんに案内されながらリビングを後にした。

※

玄関前にあった大階段を上がり、シエラさんに案内されながらトアを抱え、この月明かりに照らされた廊下《ろうか》を進む。だがこの光が月によるものなのかどうかは分からない。

寝室《しんしつ》は開放的な雰囲気のある、バルコニー付きの大部屋だった。俺はトアをベッドに寝かせ、そして毛布を掛けてやった。

「そういえば初めてトア殿にお会いした時、どうしてトア殿はマサムネ殿にだけ心を開いたのですか？」

　すると思い出したようにそんなことを尋《たず》ねるシエラさん。

「それは俺もまだ聞いてないんですよ。何ででしょうね？」

　そう言えばあの時、聞きそびれたんだったな。でも本当にそうだ。何でだったんだろうか？

「また今度、聞いておきますよ」

「その時は私にも教えてくださいね？」

「はい」

　その言葉に和《なご》み、俺は少し笑みが零《こぼ》れる。アリエスに飛ばされた時、俺はもっと絶望的な状《じょう》況《きょう》にあるのだと思っていた。まあ実際、ダンジョンは絶望的な場所だったし、あの液体を見つけていなければ死んでいただろうが、今となっては些細なことだ。

　まさか美女をベッドに寝かせ、寝顔を拝める日が来ようとは、思いもしなかった。

　そして爆《ばく》睡《すい》したトアを確認し、俺はシエラさんと共に寝室を出た。


「マサムネ殿、その、明日はお暇《ひま》ですか？」

　俺の寝室へ案内してもらったところで、シエラさんがそんなことを尋ねてきた。

「どうでしょう。明日はギルドに依頼を受けに行こうかと思ってますけど、どうかしたんですか？」

「いえ、実はマサムネ殿に剣術をお教えしようかと思いまして」

「そう言えばそうでしたね」

今朝、俺がもし依頼を受けたいと言っていなければ、剣術の訓練は今日だった。だがあれは仕方のないことだった。何しろ金がないのだから剣術など覚えている暇がない。

とは言え、結局、金は手に入らず、そしてシエラさんの家に泊めてもらうことになり、ご飯まで食べさせてもらった訳だ。最初からこの人に頼んでいれば、素行の悪い騎士に目をつけられることもなかっただろう。俺はもう少しこの人を頼《たよ》っていいのかもしれない。いや、最初から無理に険しい道へ進まず、最善の判断をしていれば良かったんだ。

「分かりました。じゃあ、よろしくお願いします。依頼はいつでも受けられますし、明日は剣術の習得に励《はげ》みたいと思います」

「そ、そうですか！　ではまた明日、伺《うかが》います！」

シエラさんは最後に「おやすみなさい」と付け加え、自分の部屋へと歩いて行った。

その時のシエラさんはいつになく嬉しそうな表情をしているように思えた。そんなに剣術を教えたかったんだろうか？

「シエラさんもあんな表情するんだなぁ……」

「意外だったかしら？」

前触《まえぶ》れもなく問いが聞こえ振り返ってみると、そこにはヒルダさんの姿があった。

「あれ、どうしたんですか？」

「偶然《ぐうぜん》通りかかっただけよ？　それよりレイドを倒《たお》したっていうのは本当？」

レイド？……ああ、あの素行の悪い佐伯《さえき》モドキか。

「まあ、結果的にそうなりましたね？」

「ふふっ……結果的に？　それは、トアちゃんのためかしら？」

　この人はどこまで知っているのだろうか？　何となくだが怖《こわ》い人だ。まるで俺の考えていることが見透かされているような感じがする。

「大体の話は聞いたわ？　だけどあなた達の関係までは聞いてないわよ？　でも見てれば分かるわ。トアちゃんはあなたを想い、あなたもトアちゃんを想ってる……」

「別にそういう関係じゃ……」

「シエラも入れてくれないかしら？　その中に」

「え？」

　シエラさんも入れる？　どういうことだ？

「あの子が男性に興味を持つなんて初めてなのよ、今までは剣しかなかったから。あの子が家に知り合いを連れてきたのもあなたが初めてよ？　あの子はなんて言うか……真面目《まじめ》すぎて、そういったことには少し疎《うと》いのよ。だからこれまで、親しくなってもそれ以上にはならなかった。必ずどこかで歯止めがかかったの」

　シエラさんはどんな幼少期を送ったのだろうか？　友達を一人も家に連れてこないとは……それは真面目すぎたということなのだろうか？　あの微笑《ほほえ》ましいシエラさんからは想像できない。

「だからあなたたちがこの国を離《はな》れる時は、シエラも一緒《いっしょ》に連れて行ってほしいの。シエラは剣しか知らない。物心がついた時には王国騎士だったわ。でもそれじゃあ可哀想《かわいそう》。剣以外のことも知るべきなのよ」

「俺は構いませんが……でもシエラさんが何て言うか」

「今は言わなくていいわ、ギリギリで良い。今はあなたもこの国での生活を楽しんで？　でもその時が来たら、無理やりにでもシエラを連れて行ってほしいの。きっといつか、それがあの子のためになるから」

するとヒルダさんは「今日はもう寝なさい」と言って、どこかへ歩いて行ってしまった。

まったく、この人は何を考えているのだろうか？


俺はそれから自分の寝室へ入り、そしてベッドに横になり毛布を被《かぶ》った。そして天井を見つめると、今日あった出来事が何となく思い出された……寝起き早々シエラさんに頬《ほお》をぶたれ、ヌートケレーンの討伐に、レイドの撃退《げきたい》。ふっ……こうやって振り返れば、俺も異世界を楽しんでるじゃないか。

俺はそんな思い出に少し頬が緩《ゆる》み、気づくとそのまま眠りに落ちていた。

第八章　存在に導かれて

翌朝、目が覚めた俺《おれ》は寝返《ねがえ》りをうつ……俺の隣《となり》に、何故《なぜ》かトアがいた。

何でだ？　何でトアがいるんだ？　昨日ちゃんと部屋に運んだはずだよな？

「んんん……おはよう、マサムネ」

どうやらトアも目が覚めたらしい。

「いや！　おはようじゃないんだよ！　何でトアがここにいるんだよ？」

「だって目が覚めたら誰《だれ》もいなかったんだもん」

「なるほど……だから俺の隣にいるのか……てっ！　答えになってなくないか？」

「ダメなの？」

トアは寝起きの目を擦《こす》りながら、じっとを俺を見つめていた。寝起きでもいつも通り肌《はだ》は透《す》き通っており、そして美人だ。

「いやぁ……ダメではないけど……」

そんな目で見つめられた後にダメとか言えるわけがないだろ？　その青く輝《かがや》いた瞳《ひとみ》には何も言えなかった。

　俺はそもそも童貞《どうてい》、陰《いん》キャラ、彼女《かのじょ》無しという三重苦を兼《か》ね備えた男だ。ついでに言うなら、そこに虐《いじ》めが加わることにより負け組の称号《しょうごう》すら持っていた男。ステータスの称号欄《らん》に《負け組》の表示がないのが不思議なくらいだ。故《ゆえ》に俺には女性への免疫《めんえき》がない。

　何度も言うがトアは美少女だ。こんなに透き通った肌は、俺も生まれて初めて見たくらいで、そう簡単に慣れるものじゃない。

「じゃあ何で怒《おこ》ってるの？」

「いや、怒ってはないというか……何というか……」

　その時、俺はトアがシャツ一枚という《童貞殺し》の恰好《かっこう》であることに気づいた。世の中には《童貞を殺すセーター》という物があるらしいが、一度立ち止まって考えてほしい。そして間違《まちが》いに気づいてほしい――童貞は薄手《うすで》のシャツ一枚で殺せるということを。

「トア……その、とりあえず服を着てくれないか？」

「嫌《いや》よ、暑いじゃない」

「マサムネ殿《どの》、おはようございます。何やら話し声が聞こえたのですが……」

　そこで部屋の扉《とびら》が唐突《とうとつ》に開くと、この状況《じょうきょう》を更《さら》にややこしくする人が現れた。

「おはようございます、シエラさん」

「おはよう、シエラ……」

「……」

俺はできるだけフレンドリーに朝の挨拶《あいさつ》をしたはずだ。なのにシエラさんは昨日と同じように顔を真っ赤にし、震《ふる》えていた。トアが呼び捨てにしたからだろうか？　いや、そうじゃないことは確かだった。

「そう、ですよね？　マサムネ殿も男性、仕方のないことなのかもしれません……ですが、できれば自重していただけないでしょうか？　何よりここは……」

「シエラさん誤解ですよ！　これはトアが勝手に入ってきただけで！」

「それならシエラも入ってくればいいじゃない？　マサムネの左は空いてるから」

「な！　そういうことを言っている訳では！」

トア？　何故余計なことを言うんだ？　もう少しで誤解が解けそうだったのに……。

何だろう？……気のせいだろうか？　最近トアの様子がどんどんおかしくなっていってるような気がする。もともとこういう性格なのだろうか？　トアが俺に対し、積極的になってきているような気がする。

その後、そこへヒルダさんが「トアちゃんいる？」と言いながら現れた訳だが……トアに俺の部屋を教えたのは、どうやらヒルダさんだったらしい。

考えてみれば、トアが俺の部屋を知っているはずがない。何故なら昨日、トアは俺の部屋の場所も知らずに寝てしまったからだ。

更に言うとシエラさんに俺を起こしてくるように言ったのもヒルダさんらしい。この人はいったい何がしたいのか？　よく分からないが、つまり俺たちはこの人に遊ばれていた訳だ。シエラさんは最終的にヒルダさんに怒っていた。だが何より疑いが晴れて良かったと、俺は胸をなで下ろす。

こうして俺は、目覚めの良い朝を迎《むか》えた。

※

「そうです！　そのまま前へ踏《ふ》み込《こ》んでください！」

俺はシエラさんに剣術《けんじゅつ》の稽古《けいこ》をつけてもらっていた。それはラズハウセンに仕える騎士《きし》なら誰でも知っているような基本的な剣術らしく、その内容のほとんどは足の動かし方だった。

「マサムネ殿、この辺りで一度休憩《きゅうけい》にしませんか？」

「そうですね……流石《さすが》に疲《つか》れてきましたし、そうします」

俺は「ありがとうございました」と一礼し、そこで一度休憩に入った。だが疲れている訳ではない。シエラさんは俺が剣の初心者だと知っているから気を遣《つか》ってくれているのだろう。だが俺の方は全く疲労《ひろう》感などなかった。

それにしてもやってみると難しいもんだ。別にすぐできるとも思っていなかったが、もう少しくらい動けると思っていた。果たして、俺に剣術など習得できるのだろうか？

シエラさんはそれでも、「覚えが早い」と言ってくれた。だが自分で分かっている――俺に剣は向いてない。

「シエラさんはいつ頃《ごろ》から剣を習い始めたんですか？」

幼少期だとは聞いているが、具体的にはいつ頃なんだろうか？

「そうですね……三歳《さい》くらいでしょうか？　当時はまだ木でできたおもちゃの剣を使っていましたけど、気づくと真剣に変わっていました」

そんなに幼い頃からだとは……三歳の頃、俺は何をしていただろうか？

「そういえばトアも剣を使えるんだろ？　いつからなんだ？」

実はトアも剣を使える。そしてシエラさんとトアとでは、剣術における流派と言えばいいだろうか？　どうやら種類が違《ちが》うらしく、そしてその腕前《うでまえ》は白王騎士のレイドも認めるほどだ。

「忘れちゃったけど、私も多分そのくらいだったと思うわ。森でレオウルフに襲《おそ》われそうになったことがあって、その時は父様が助けてくれて……それをきっかけに剣と魔法を習い始めたの」

「森って、故郷の森か？」

「うん、城のすぐ傍《そば》にある森よ」

幼少期にモンスターに殺されそうになっていたとは……だが異世界なら珍《めずら》しい話でもないのか？

「そうか……トアも苦労したんだな？」

「それほどでもないけど、そうね……でも怖《こわ》い思いをしたのはその一回だけよ？」

そう言いながらトアはどこか悲しそうな顔をしていた。城から出たことがないと言っていたが、それが原因だろうか？　だから外出禁止にされたとか？　色々考えてしまうが分からない。

「まさか、レオウルフとは！……あのレオウルフのことですか⁉」

すると突然《とつぜん》、シエラさんは何故か驚《おどろ》いたように〝レオウルフ〟の名を繰《く》り返し確認《かくにん》した。

「レオウルフと言えば、Sランクのモンスターですよ⁉　トア殿のお父上は、あのレオウルフを倒《たお》されたのですか⁉」

「うん、今でもその時のレオウルフの剥製《はくせい》が飾《かざ》ってあるもの」

シエラさんはまだ知らないだろうが、トアは魔族だ。ということはトアの父親も魔族ということになる。ならばSランクであれ、倒せても不思議じゃない。

「Sランクってことは、あのヌートケレーンよりも強いんですよね？」

「強いなんてものではありません！　王国中の騎士や冒険者《ぼうけんしゃ》が総出で挑《いど》み、やっと倒せるレベルですよ！」

嘘《うそ》だろ？　そんなに強いのか？　ということは、あのダンジョンにいたミミックより強いってことになる。レオウルフ……一度見てみたいもんだ。

「この国にSランクのモンスターと戦ったことのある人はいないんですか？」

「私は知りませんが、過去に白王騎士団がSランクモンスターを討伐《とうばつ》したという話は聞いたことがあります。ラインハルトなら知っているのではないでしょうか？」

あいつか……幼い頃から白王騎士団にいるみたいだし、知っていてもおかしくないか。

その後、シエラさんから色々と話を聞いた。ギルドにもSランクのモンスターなんかを対象にしたような、《Sランク任務》というものがあるらしい。

だがラズハウセンの周囲はこの国も含《ふく》めて比較的《ひかくてき》平和であるらしく、そのランクの依頼《いらい》だと大抵《たいてい》は遠出することになるため、一度受けるとすぐには戻《もど》ってこられないらしい。

「ですがSランクの依頼だからといって、Sランクのモンスターが対象とは限りませんよ？」

そう言えばそうだった。Sランクモンスターで言うと、通常依頼の難易度はSに設定される。その場合、Aランクモンスターも対象として含まれるんだった。

「それにモンスターにも個体差はありますし、同じ種類のモンスターでもレベルによってはSランクか、それ以上ということもあります」

つまり最終的にはレベルで決まる訳だ。

「じゃあ例えばなんですけど、レベル500のミミックがいたとして、そいつらのランクはどの程度に設定されるんですか？」

「500ですか？　それはまた、何というか……」

その反応だけで、あのダンジョンの非常識さが分かる。だが薄々《うすうす》気づいてはいたし、意外でもない。

「大体で良いですよ？　シエラさんの意見が聞きたいんです」

「そうですねぇ……もし、仮にそんなレベルのモンスターがいるとすれば、それはランク外ですね？」

「ランク外？」

「はい。ギルドが定めるランクは基本《SSS》《トリプル・エス》までです。その上に《無限級》というクラスはありますが、これは実質ランクではなく《未確認》という意味になります」

「つまり、レベル500は未確認だから無限級になるわけですか？」

「そうです。ですがあくまでも未確認という意味なので、もし仮にそんなモンスターが確認された場合はランク外に指定されます。無限級というのはギルドが定めた、言わば保険のようなものですから」

つまりあのダンジョンで出会ったミミックは、この世界の基準で言えば存在しないということになるらしい。でも、ミミックはいたんだけどな……レベル900超《こ》えのおっさんまでいたくらいだし。

「シエラさんはそんな高レベルのモンスターがいるとは思ってないんですか？」

「いないとは思いません。もしかしたら、いるのかもしれませんね？　ただ確認できたところで、生きて帰れなければ報告もできない訳ですから、結局、世間的には未確認になってしまうのだろうと思います」

ではあのダンジョンは何だったのか？　やっぱり、ちゃんとシャオーンに聞いておくべきだったような気がする。殺したのは失敗だったか？　あいつの屁理屈《へりくつ》なんか聞かずに助ければ良かった。

その後、シエラさんの剣術の稽古は夕方まで続いた。退屈《たいくつ》そうにしていたトアを交え、最終的に俺は二人の先生から剣を学ぶことになったのだった。

そして、その日は剣術だけで一日が終わり、流れでまたエカルラート家にお世話になった訳だが、その晩ベッドに横になるなり、俺は死んだように眠《ねむ》った。

剣術の特訓による疲労ではないと思う。おそらく慣れない土地での生活に、少なからずストレスが溜《た》まっていたのかもしれない。

※

ん？……ここは、どこだ？　気づくと意識はあり、俺はそっと目を開けていた。

視界に入ってきたのは見渡《みわた》す限りの白――雲海だった。

そして憂鬱《ゆううつ》感の漂《ただよ》う夕日色の空。だがそれは俺の知る夕暮れとは少し違い、まるで雲海の隙間《すきま》から溢《あふ》れ出すように、明らかに雲の下から差し込んでいた。

そこで、俺はもう一つあることに気づいた。そしてそれが最も神秘的であり、俺に疑問を抱《いだ》かせる。

これは……神殿《しんでん》か？　後ろを振《ふ》り返ると、そこには何かの神話に出てきそうな神殿らしき建造物が見えていた。だがそれだけだ。それ以外には何もない。

町も木々も当然のように見えず、俺は思わず「死んだのか？」とお決まりのセリフを口にした。

「久しいな、マサムネよ……」

すると神殿を正面に、背後で何者かの声がした。だが俺はその時点でその声に察しがついており、

振り返りながら「何故、お前が生きてるんだ？」と戸惑《とまど》った。

「……シャオーン……なのか？」

そうだ。それはあのダンジョンで俺が殺したはずの男――蛇《へび》の王シャオーンだった。

相変わらず見た目に似つかわしくない紳士《しんし》みたいな話し方だ。そして肌も相変わらず異常なほどに白く、その瞳は蛇を彷彿《ほうふつ》とさせた。

「何でお前がいるんだ？　お前は俺が……」

「まあ待て、とりあえずついて来るがいい。さすればその意味も自《おの》ずと分かる」

「……」

俺は以前と雰囲気《ふんいき》の違うシャオーンに少しばかり戸惑っていたが、ついて行く以外にこの疑問を晴らす方法も見つからず、言われるがまま後に続き、短い階段を上り神殿へと足を踏み入れた。

神殿の中は外装よりも神々《こうごう》しくはなく落ち着いていた。喩《たと》えるなら玉座の間といったところだ。

だがそこには玉座などなく、そして国旗がひらひらとぶら下がっている訳でもない。

ただの俺の正面に、見知らぬ黒髪《くろかみ》の男が一人、偉《えら》そうに突《つ》っ立っているだけだ。

「よく来たな、マサムネ。というより俺が招いたんだが……」

無造作に立たせた黒い短髪《たんぱつ》。そして特徴《とくちょう》のない雑多な帯付きの服。そんな普通《ふつう》の男が、何やら偉そうに広間の中央に立ち、そう言って俺を出迎《でむか》えた。

「誰だあんた？　シャオーンの知り合いか？」

「ああ、そうか……だったら、これなら分かるか？」

男がそう尋《たず》ねた時だった。男の足元にいつか見たような赤黒い影《かげ》が現れ、それはそいつの全身を包み込むように体を這《は》いながら纏《まと》わりつくと、男を呑《の》み込んだ。

赤黒い影に覆《おお》われ男の姿は見えなくなるも、影は男のシルエットに沿い、何やら動きを見せる。

そして気づくと、まるでそれは男を守る《漆黒《しっこく》の鎧《よろい》》へと姿を変えていた。

「……コレデ、ドウダ？」

その籠《こも》った声で、俺はすぐに気づいた。

「その声……お前は、あの時の……」

それはあの時、俺にあの赤黒い液体を飲めと勧《すす》めた者の声だった。男の目は赤く光り、見たことはないが、まるで悪魔《あくま》のような印象を受けた。

影はまた蠢《うごめ》き、男の体から徐々《じょじょ》に剥《は》がれると、最初に見た普通の男が現れる。

「そうかお前が……シャオーンの知り合いだったのか？」

「我の戦友だ。名を……」

「シャオーン！」

シャオーンが名を教えようとした時、男の不必要にデカい声が広間に響《ひび》いた。だが声は完全には響き切らず、不自然にもピタリと止《や》む。

「それ以上は言わなくていい」

男が急に激昂《げっこう》したことで、俺は一瞬《いっしゅん》ビクついてしまった。それよりも、〝言わなくていい〟とはどういうことだ？　でもシャオーンは今、多分、名前を教えてくれようとしてただけだよな？　だったら教えてくれても良くないか？

「なんだよ、自己紹介《しょうかい》もなしなのか？」

「そう言えばそうだったな……すまぬ」

俺の問いは流され、男の言葉に納得《なっとく》するシャオーン。するとしばらく沈黙《ちんもく》が続いた。

つまり、こいつは《復讐神《ふくしゅう》》ってことだ。道理であの時、シャオーンがその名前におかしな反応を見せた訳だ。知り合いだったなら当然だよな。

「お前の言いたいことは分かる。ここがどこだか気になるんだろ？　だがここは、お前にとってはどこでもない場所だ。ふっ……俺たちにとっては牢獄《ろうごく》だがな」

「なるほど、牢獄とは……実に見事な表現だな、友よ」

二人はなにが可笑《おか》しいのか、そう言いながらクスクスと笑っていた。

「ん？　ああ悪い、話がそれたな。安心しろ、お前の体はちゃんとベッドの上だ。今のお前は言わば魂《たましい》みたいなものだ。そう考えてくれ」

「魂？」

「まあ厳密には《存在》っていうんだが、それはいい。まずは可能な範囲《はんい》で疑問を晴らそう。俺はお前を一時的にだがここに呼び寄せた。だからお前はここにいる」

「呼び寄せただと？　どういうことだ？」

だが男は俺の問いには答えず、淡々《たんたん》と説明していく。

「お前に与《あた》えた秘薬……あれは言わば、俺と使用者を繋《つな》ぐ薬だ」

「繋ぐ？」

「そして俺はその絆《きずな》を使い、お前を呼び出した」

「ちょっ、ちょっと待ってくれ？　話が唐突過ぎてよく分からないんだが、あの薬は何だ？　あれはお前のものだろ？　なんで俺に飲めなんて言ったんだ？」

「あれは俺の血と……まあそれはいい。とりあえず俺の血を混ぜて作った秘薬だ。その効果は、一度だけ使用者に固有スキルを与えるというものだ。だが何が出るかはランダムであり、お前に分かるように説明するなら、習得できるスキルは言わば《無限級》だ」

つまり未確認ってことか？

「未確認であることが条件だ。つまり希少な物しかない。だからと言って優《すぐ》れたスキルが出るとは限らない。条件は未確認だけだからな？　中には使いものにならないような能力も当然あっただろう。そう考えると、お前は運が良かったのかもしれないな。シャオーンまで倒せる程《ほど》のスキルなんだ。だが運が悪ければ、あのダンジョンで死んでいたかもしれない。あのミミックにそのまま食われていてもおかしくなかった」

なるほど……もしかすると俺は最弱のまま、今頃《いまごろ》あのミミックの腹の中って結末もあった訳だ。

「秘薬のことは大体分かった。あの時は助かったし、ありがとうとだけ言っとくよ」

「気にするな、あれは俺の気まぐれだ。ただ実験的に置いておいただけだからな」

あんな《生臭《なまぐさ》い闇《やみ》》を使って実験とは……趣味《しゅみ》の悪い奴《やつ》だ。

「それで？　なんで俺を呼んだ？　見たところここには何もなさそうだし、できれば早くベッドの上に帰してほしいんだが？」

と言いつつも、俺はこの幻想《げんそう》的な空間にワクワクしていた。とりあえず、分からないというだけで楽しい。

ここはどれも白一色な訳だが、その意味も、ここを作った奴の趣向《しゅこう》も全く意味が分からない。だがだからこそ楽しい。

「それについてはシャオーンが説明する」

するとシャオーンは男の声に従うように、俺の前へ出た。その面持《おもも》ちは何故か軽くはなく、俺は漠然《ばくぜん》とした違和《いわ》感を覚えていた。

「マサムネよ。貴様に、我の剣術を授《さず》ける」

「……は？　剣術だと？」

いきなり何の前触《まえぶ》れもなく、そんな意味不明なことを言い出すシャオーン。その言葉で背筋に悪《お》寒《かん》が走り、俺は嫌な汗《あせ》をかいたような感覚に襲われた。剣術は正直……勘弁《かんべん》してほしい。

だが二人は俺がそう尋ねても何も語らず、凝視《ぎょうし》したまま無駄《むだ》な間を作るばかりだ。

まさか……ここで剣術の訓練でもするつもりか？　マジで勘弁してくれ。シエラさんは美人だったから良かったものの、蛇人間とただの一般《いっぱん》男性というむさい男二人に、こんな神秘的な場所で剣など教わりたくはない。

「なあ？　まさかここで剣術を教えるのか？　それが呼び出した理由か？　できればまた今度にしてほしいんだが？」

「それは俺の口からは説明できない。何故話せないのかも言えない。それと剣術は訓練ではなく《伝授》だ。心配する必要はない、一瞬で終わる」

基本的に説明は男の担当らしい。その間、シャオーンは目を瞑《つむ》ったように話し終わるのを黙《だま》って待っていた。

「〝話せない〟ってのは、あんたが俺に名前を明かせないことと何か関係してるのか？」

「……それも言えない。シャオーンに聞いても同じだ。シャオーンも話さない」

なら何故シャオーンは……いや、違うか？　〝シャオーン〟という名前を俺はそもそも知っていた。この男の〝話せない〟という言葉のニュアンスがやけに引っ掛《か》かる。まるで俺に何かを気付かせたがっているみたいだ。話せないってことは、誰かに止められてるのか？

「なら教えてほしいんだが、シャオーン？　お前は何でここにいる？　お前は俺が殺したはずだろ？　その経緯《けいい》について教えてくれないか？　説明が難しいならヒントでもいいぞ？」

「それも言えぬ」

それについてはシャオーン本人が答えた。やはり、〝言えない〟という言葉を強調してくる。

この会話は埒《らち》が明かない。いくら尋ねても〝言えない〟しか返ってこないんじゃ、言葉が詰《つ》まって俺も何も言えなくなってしまう。

だが一つ言えるのは、この二人は話を逸《そ》らそうとはしないということだ。俺が質問し出すと必ずその問いに耳を傾《かたむ》け、どうせ答える言葉は決まっているのに、必ず〝言えない〟と答える。

つまり……この二人は何かに縛《しば》られているということか？　でも何故それすら言えないんだ？

「……言いたいことは分かった。だったらもう聞かない」

ここまで聞いておいてなんだが、特に興味もなかった。それよりも剣術だ。

教えてやると言うのだから黙って教わってやろう。断る理由などない。俺も丁度、剣術を学びたかったところだ。ただし、訓練はご免《めん》だ。

「ではこれから我の剣術を伝授する」

「さっきから気になってたんだが、お前らって会話が拙《つたな》いよな？　途中《とちゅう》から俺への言葉が棒読みになってないか？」

「マサムネ、疑問は直《じき》に晴れる、急ぐ必要はない。今はシャオーンの話を聞いてくれ」

「……」

正直、こいつには恩がある。力を得るきっかけをくれた恩だ。あそこにあの液体がなければ、俺は間違いなく死んでいた。

「……話は聞く。けど用が済んだらすぐに帰せよ？　ここはもう飽《あ》きた」

「ふっ、飽きたか……俺もだ」

なんだろうか？　弱々しいその呟《つぶや》きの後、男はどこか寂《さび》しげに微笑《ほほえ》んでいた。

「ああ、分かった。これが済んだら帰す」

「……じゃあ聞いてやるよ」

理由は分からない。だがこいつらがふざけているようには見えない。ただ、理由を教えてもらえないというのは単純にイラつくもんだ。

「では説明するぞ？　伝授は一瞬だ。貴様が秘薬を飲んだ時と同様、体に痛みが生じる。それでも構わぬな？」

痛み？……ああ、筋肉痛のことか？　まあ体はレベルが上がったせいか丈夫《じょうぶ》になったし、多少無茶をしても問題ないだろう。

「ああ、別に気にしない。教えてくれるっていうなら学びたいが、でも剣術だろ？　一体どれだけの時間が……」

その時、気づくと俺はシャオーンに頭を掴《つか》まれていた。相変わらず素早《すばや》い。レベルは上がったはずなのに、俺は全く反応できなかった。

「おい、何やってんだ？」

「マサムネよ、同意したな？」

「ん？」

「では！……」

その瞬間、俺の頭に激痛が走った。石で殴《なぐ》られたような……いや、そんな痛みとは比べ物にならない。

そして痛みは頭だけでなく、気づくと全身に回り、俺はまともに立っていられなくなり呼吸もままならない状態に陥《おちい》った。息が詰まるほどの激しい痛みだ。そして震え。

頭の中に高速で知らない感覚が流れ、それと共に映像が流れる。まるで高熱を出した時に見る幻《げん》覚《かく》のようだ。だがあれの何十倍も酷《ひど》く、俺はそこで嘔吐《おうと》したような感覚に襲われるが、目の前には何もない。俺の体はここにはないと言っていたが、吐《は》きたくても吐けない感じで、気持ち悪さは増すばかりだった。

「無駄だ、それは《肉体》ではない。貴様の体は今ベッドの上にある」

シャオーンがそう呟いた。そしてその声が聞こえた時——

「……あれ？」

——不思議なことに、痛みは余韻《よいん》すら残さず、すべて消えていた。

「これは？……」

そして俺は気づいた——俺の中に、それまで無かったはずの剣術に関する記憶《きおく》があることに。

「それが剣術だ」

「蛇《シャー》流派……獣王流派……グレイベルク式剣術……」

頭に次々と浮《う》かぶ知らない言葉と、その全容。

「帝国《ていこく》式剣術……リント……石化鳥《コカトリス》流派……」

——その数は説明しきれない。

「リント……何だそれ？」

「それはエルフの剣術だ。派手さはないが力強い」

エルフか、まあ異世界だもんな？　いつか会ってみたいもんだ。

俺は剣術を理解していることに気づきながら、頭の中でそれぞれの名を確かめていった。

そこで、ある一つの剣術に辿《たど》りつく。

「これは……」

「我の剣術だ。習得したすべての剣術と、我自身の剣術を混ぜ合わせ、隙《すき》の無い一つの剣術を生み出した」

「……名無き流派？」

「この剣に名は無い。あるのは……斬《き》られる者のみだ」

そう語るシャオーンの目はどこか寂しく、何故か遠くを見つめているように感じた。

自分が生み出した最高傑作《けっさく》に、何故名前をつけないのだろうかと少し気になったが、どうせ〝言えない〟としか答えないだろうと思い、俺は口を閉じた。

教わったというよりも、気づけばそこにあったという感覚だ。本当に自分が剣術を習得したのかも分からないような、奇妙《きみょう》な感覚……。

「気まぐれだとでも思い、受け取っておけ」

シャオーンは名も名乗らない男の言葉を借り、そう言いながら軽く微笑んでいた。

「だが間違いなく、この先必要となる力だ」

「必要？……まあ冒険《ぼうけん》をする上ではそうだろうけど、そういう意味で言ってるのか？」

俺は何となくだが、その〝必要〟という言葉に重みのようなものを感じていた。シャオーンが言っているのは、単に冒険に必要だというような、そんな単純な意味ではないような気がする。

「……」

だが目の前の男も、そしてシャオーンも何も答えない。

「……それも言えないか」

「知りたければ自分で調べろ。旅を続けていればいつか分かってくるはずだ」

男は投げやりとも取れるいい加減なセリフで答えた。肝心《かんじん》なことは全部それか……。

「ところでシャオーン？　思ったんだけど、そんなに強いなら何であの時、俺に負けたんだ？　この剣術があれば普通に勝てただろ？　まさか、わざと負けたのか？」

はっきり言ってシャオーンは剣豪《けんごう》だ。今ならそれが分かる。こいつは剣のすべてを知り尽《つ》くしている。

現状、そのすべては俺に引き継《つ》がれた訳だが、とは言っても俺は知識を手に入れたに過ぎない。おそらくだが、シャオーンはこの膨大《ぼうだい》な剣の知識をすべて把握《はあく》し、そして自在に操《あやつ》れる。今の俺とでは《自在》という意味において大きな差があるように思う。

「それは買いかぶり過ぎだ」

「……」

「一五〇年ぶりに会った人間。そして戦闘《せんとう》……それが原因とも言える。だが我はあの時、油断などしていなかった。つまりあの瞬間においては、貴様の方が上であったということだ。貴様が見せた魔法、あれは我も見たことのない得体の知れぬ魔法であった。確かに薄《うつす》らとではあるが、そこにいる友の気配も感じた。だから我は一瞬、奴の魔法かと勘違《かんちが》いをしたのだ。だがそれは魔法からではなく、秘薬を取り込んだ貴様自身からのものだった。だがその時点で我は遅《おそ》すぎたのだ。既《すで》に体の大半は消失していた。つまり、我は貴様の魔法を見抜《みぬ》けず、実力で負けたということだ」

「……実力ねぇ」

そういうもんだろうか？　ところで今、シャオーンは〝そこにいる友の気配も感じた〟と言っていたが……やっぱり止《や》めておこう。どうせもう答えてくれないだろうし、確認するのが何となく怖い。

「マサムネ、ビヨメントへ行け」

するとその時、何も教える気のない男が突然にそう言った。

「ビヨ……何だって？」

「ビヨメントだ。そしてカリファという女を見つけろ。そして見つけたら、正しくこう伝えてくれ。《あの丘《おか》で待ってる》と……」

まったく、注文の多い奴だ。勝手に呼び出し、勝手に剣術を押《お》し付け、今度はどこに行けだって？

「そしてカリファが質問してきたら、《三番目の引き出しにある》と、そう答えろ。あとは分かるはずだ」

訳が分からん。ただ単に覚える事が増えてしまっただけだ。

「はぁ……それも必要なことか？」

「必要だ」

　男はぬけぬけとそう答えた。面倒《めんどう》臭いが仕方ない、こいつには恩がある。

「まあ、俺は普通に冒険をしていたいだけなんだが、仕方ないからその町に寄った時には訪ねてみるよ」

「ああ、それで構わない。それともう一つ。これは俺からの提案だが、魔術を学べ」

「魔術？」

「ああ。どこでもいい、魔法学校に行け。普通、お前ぐらいの歳《とし》の魔法使いは、学校で勉強するものだ」

「でも、俺はヒーラーだぞ？」

「問題ない。ヒーラーであれ学べば知識は増える。そうすれば景色も変わって来るはずだ。ヒーラーには、まだまだお前の知らない先がある。まあ、使えるのはどこまでも治癒魔法や支援《しえん》系の魔法だが、覚えればお前自身の幅《はば》も広がるだろう。魔法に限界はない……」

　限界はないか……今の俺には有《あ》り難《がた》い言葉だ。俺が経験したヒーラーの限界も、できれば勘違いであってほしい。

「分かった。そうするよ」

「やけに素直だな？」

「魔法学校には前から興味があったんだ。機会があれば行ってみたいと思ってたしな？　それに、あんたには秘薬の恩もある」

その言葉に男は小さく微笑み、「そうか」と短く答える。俺が礼を言うのが意外だったのだろうか？

「マサムネよ。あの蛇剣だが、もし合わなければあの魔族の少女にでも渡《わた》すが良い。きっと気に入るだろう。あれは特殊《とくしゅ》な剣であることから貴様には合わぬかもしれぬ」

「分かった。そうするよ。というか何でトアのこと知ってんだ？」

一々質問するのも面倒臭くなり、俺は安易に〝分かった〟とそう返した訳だが……なんでトアのことまで知ってるんだ？　まさか……こいつら監視《かんし》してたのか？

「お前らもしかして……」

だが……急に、眠気が襲ってきた。それは眠りにつく前のような、そんな生易《なまやさ》しいものではなく、意識が飛び、力が抜《ぬ》けるほどの睡魔《すいま》だった。

「ここまでのようだな」

視界と感覚が朦朧《もうろう》とする中、そんなことを言いながら近づいてくる男の姿が見えた。

「マサムネ、俺たちはそう何度もお前を呼び出せる訳じゃない。次はいつになるか分からない。もしかしたら、これが最後になることだって考えられる……だから、最後に頼《たの》みがある」

「ん？　なん、だって？……」

視界が歪《ゆが》み、声も遠ざかっていく。シャオーンが俺を見ているのは分かる。そして男が何かを告げているのも聞こえる。だが内容があやふやだ。視界同様、音もぼやけてきた。

「俺たちを、見つけてくれ！……」

え？……見つけてくれ？　今そう言ったのか？……あれ？　声が出ない。

　そこは既に神殿ではなく、いつも見る夢の中にいるような感覚であり、声も出せず身動きも取れない。

　そして、その声を最後に視界は白一色に染まるも、やがて闇に閉《と》ざされ、俺の意識はそこで途切《とぎ》れた。

書き下ろし短編　マサムネはどこ？

「……マサムネ？」

目が覚めると、私はベッドの上にいるようだった。でも私にとっては知らない場所。

隣《となり》を見ても、部屋を見渡《みわた》しても、そこにマサムネの姿はない……。

ベッドから降り、私は部屋を出る。すると扉《とびら》を開けてすぐ、目の前に知らない……違《ちが》った、この人はシエラのお姉さんだ。確か名前はヒルダさん？

何でか少し頭痛がして思い出せないけど、昨日、この人には会ったような気がする。

「マサムネくんならこっちよ？」

すると丁度そのタイミングで、ヒルダさんはそう言った。そして〝ついてきなさい〟とでも言うように笑《え》み浮《う》かべながら、廊下《ろうか》を進む。

「え？」

その様子に少し戸惑《とまど》いながら、それ以上は話さないヒルダさんの後を私はついていく。

窓の外はまだ暗いけど、向こうから歩いて来るシエラの姿が見えるくらいには明るかった。

「トア殿《どの》、おはようございます。昨夜はよく眠《ねむ》れましたか？」

「……う、うん」

別に、シエラのことは嫌《きら》いじゃないけど……なんていうか、この他人行儀《ぎょうぎ》な話し方が苦手。

「そういえばトア殿、昨晩は意外な一面を見せていただきまして、ありがとうございました」

「え？」

意外な一面？……どういう意味？

シエラの言葉の意味が分からず、私はどう返していいのかも分からなかった。

「まさか、トア殿が酒乱だったとは思いもしませんでした」

「酒乱？…………あ」

そこで私は腑《ふ》に落ちた。この微《かす》かな頭の痛みはそういうことだったのね。

この間もターニャ村でマサムネに、〝あんまり無茶な飲み方はしないように〟って言われたところなのに……またやっちゃった？

あれ？　でもちょっと待って？　じゃあ私は何でベッドにいたの？……まさか……。

「その……もしかして、シエラが運んでくれたの？　それともヒルダさん？……それとも、シエラのお父さんとか？……」

「〝運んでくれた〟とは？……ああ、違いますよ？　それはマサムネ殿です」

「え？……」

「ワインのせいでしょう。リビングでそのまま眠られたトア殿を寝室《しんしつ》に運んだのは、マサムネ殿ですよ？　私ではありません」

……マサムネが、私を運んだ？　嘘《うそ》……。

それを聞いた途端《とたん》、私は恥《は》ずかしくて、シエラとヒルダさんに目も合わせられなくなった。

「ですがトア殿、ダメですよ？　いくらマサムネ殿がお強い上に、お優《やさ》しいからといって、迷惑《めいわく》をかけてはいけません。マサムネ殿も昨日は疲《つか》れた顔をされていましたし」

「シエラ。あなた、分かってないのね？」

「ん？　〝分かってない〟とは、どういう意味ですか？　お姉さま」

「いいのよトアちゃん。あなたはマサムネくんに迷惑をかけてもいいの」

「……」

え？　どういうこと？　迷惑って……私は迷惑なの？

「きっと彼《かれ》は迷惑だなんて思ってないわ。むしろあなたの役に立てて喜んでいるんじゃないかしら？」

「お姉さま、一体なにを言っておられるのですか？　昨晩、寝室までご案内した時、マサムネ殿はため息をつかれていましたよ？　きっとお疲れだったのでしょう。そうでなければ、あんなに深刻そうにため息をつかれる訳はありません」

「それはシエラ、あなたの思っている疲れるとは、また少し意味が違うのよ？　トアちゃんのことで疲れていたというのは確かにそうなんでしょうけど、それは彼にとって、とても幸せなことなのよ？　あなたにもそのうち分かる時がくるわ」

　この二人は一体なんの話をしているの？　マサムネが私のことで疲れてた？　それって、どういう……。

「あれ？……ちょっと待って？　もしかしてトアちゃんもシエラと同じ？」

「同じ？……って、どういう……」

　何故《なぜ》か私の目をじっと見つめてくるヒルダさん。この人が何を考えているのかが、まったく分からない。

「はぁ……まったく。鈍感《どんかん》なのはシエラだけで十分よ。いいかしら？　トアちゃんは甘《あま》えていいの。いくらでも彼に頼《たよ》りなさい。マサムネくんはあなたがいくら頼ったところで、嫌《いや》な顔なんてしないわ。それが彼のためになるのよ？」

「マサムネの……ため？」

「そうよ。シエラから聞いたけど、トアちゃんを故郷へ送り届けると最初にそう言ったのは、マサムネくんなんでしょ？　つまり、そういうことじゃないの？　彼は初めからそういうつもりでそう言ったのよ？」

　まったく意味が分からない。〝そういうこと〟とか、〝そういうつもり〟とか、もうこの人が私に何を言いたいのかが何も分からない。

「はぁ……マサムネくんも大変ね。だけど、もうそれ以上は言わないわ。あとはあなたたちの問題よ。それよりシエラ。あなた、朝の特訓にいくところだったんでしょ？　もうそろそろ夜が明けるけど、いいの？」

「あ！　そうでした！」

するると思い出したように焦《あせ》り出すシエラ。シエラはいつも特訓をしているのかしら？　それもこんなに朝早くから？

「それではトア殿、私は日課の訓練がありますので」

そしていつものようにかしこまった一礼をして、シエラは廊下を駆《か》けていった。

「さあ、私たちもいきましょう。マサムネくんの部屋はこっちよ。早く会いたいでしょ？」

「そ、そんな……私は、ちょっと気になっただけで……」

するとヒルダさんはまた私の目を見つめる。何かを調べられているようで落ち着かない。

「そう。なるほど、安心したわ。思ったよりも分かってるじゃない？　それでいいのよ？　トアちゃん自身が分かっているならそれでいいの」

そんなよく分からないことを言いながら、ただ廊下の奥《おく》へと進んでいくヒルダさん。

「あの子も気の利《き》かない性格をしているでしょ？　次は相部屋にするから安心してね？」

「え……」

「ここよ」

するとヒルダさんがとある部屋の前で止まった。

「ここが、マサムネの部屋ですか？」

私が尋《たず》ねると、ヒルダさんは何も言わずにその扉を開ける。

扉の磨《す》れる微かな音と共に、部屋の様子が見えてきた。そして私はベッドの上で横になっているマサムネの姿を見つけた。

「……マサムネ」

気づくと私はすぐに駆け寄っていた。マサムネを見つけた時、何故か安心できた。

ただ、マサムネの傍《そば》にいたかった……ヒルダさんもシエラも訳が分からないし。

「マサムネ？」

でも、呼びかけても返事はない。やっぱりシエラが言っていたように疲れてたのかしら？

でもそうよね？　マサムネはずっと頑張《がんば》ってたから……。

そこで気づいた私は後ろを振《ふ》り返る。すると扉を閉めようとしているヒルダさんと目が合った。

ヒルダさんはにっこりと微笑《ほほえ》み、徐々《じょじょ》に閉まっていく扉の隙間《すきま》から手を振っている。そしてそのまま姿は見えなくなった。変わった人だけど……優しい人だとは思う……だからシエラもすぐ誰《だれ》かを助けようとするのよ、きっと。

それから私はベッドにもぐりこみ、マサムネの毛布を半分だけもらった。それから体を横に向け、マサムネの寝顔《ねがお》を見つめていた。

「私、あの時マサムネがどうして怒《おこ》らなかったのか、それが今でも分からないわ。普通《ふつう》なら……あんなに馬鹿《ばか》にされたんだから、怒ってもいいはずなのに……」

強いからこそ怒らない——マサムネはそう言ったけど、あの時のマサムネは、なんだか悲しそうに見えたから。

「マサムネ？……」

呼びかけても、まだマサムネは起きない。

「……でも、何となくだけど、少しだけ分かるような気がするの。私もそうだったから……きっと、マサムネは慣れちゃったのよね？」

私もあの城にいることに慣れて、気づくと何も思わなくなってた……それが普通だったから。だから、分かるような気がする……でもあんなに、こんなに強いマサムネがなんであんな寂《さび》しそうな顔をするのか、それが分からない。どうして？……

私はあなたを責めた。だけど、あれはほとんど八つ当たりのようなものよね？　でも、あんなマサムネ、見てられなかったから……。

――〝壊《こわ》れてる……〟

不意に、あの時マサムネが呟《つぶや》いた言葉を思い出した。

「マサムネ……あなたは……」

その意味は今も分からない。だけどそれは多分、すごく悲しいことなんだと思う。

マサムネが見せる幸せそうな顔……私はそっちの方が好き。

だけど、あなたは時々寂しそうな目をしてる。どこか遠くを見つめているような、そんな目を……。

気づくと夜は明けていた。窓の外――バルコニーの先から、徐々に微かなオレンジ色の光が見え始める。

私は朝を迎《むか》えたことを知り、もう一度、マサムネを起こそうと顔を覗《のぞ》き込《こ》む。それでもマサムネは一向に目を覚まさない。

するとと不意に寝返りをうつマサムネ。

「……」

でも、起きたわけじゃなかった……。

別に不貞腐《ふてくさ》れてなんかいないけど、今は、マサムネしかいないから……。

ため息を吐《つ》きながら、私はまたマサムネの隣で横になる。それからマサムネが起きるのをずっと待った。

背中をつついてみたりもした。彼が微かに動く度《たび》に、毛布にくるまり隠《かく》れる。それも楽しかったけど……でも、マサムネは目を覚まさない……。

もう外は明るく、部屋には朝日が差し込んでいた。私はうとうとしつつもマサムネを待つ。

するとそんな時、不意に、寝返りをうったマサムネがこちらへ振り向いた。

そして彼と目が合った時、私は心の中で微笑む。顔に出して変に思われても嫌だし……私はただその目を見つめ返した。

「んんん……おはよう、マサムネ」

マサムネが起きた！……私は寝起きであるように装《よそお》い、マサムネと同じように目をこする。マサムネが中々起きないから何度か寝そうになったけど、丁度よかったのかもしれない。

マサムネは目をこすりながら、細めた目で私を見ている。そして私に気づいたのか、はっとしたように目を見開いた。

「いや！　おはようじゃないんだよ！　何でトアがここにいるんだよ？」

寝起きなのにマサムネは頬《ほお》が赤い。多分、まだ疲れがとれてないのね。

シエラが言うように、やっぱりマサムネは私のことで疲れてるの？……分からない。

「だって目が覚めたら誰もいなかったんだもん」

「なるほど……だから俺の隣にいるのか……てっ！　答えになってなくないか？」

マサムネは少し怒っているようだった……なんで？

「ダメなの？」

「いやぁ……ダメではないけど……」

そうでもない？……マサムネは時々はっきりしない。そして早口になる。

時々、マサムネが何を考えているのか分からなくなることもあるけれど、でも、優しい人だってことは分かってる。

偶《たま》に早口になるその理由はまだ分からないけど、これから少しずつ知っていけばいいわよね？

「じゃあ何で怒ってるの？」

「いや、怒ってはないというか……何というか……」

ほら、やっぱりマサムネは優しい。

私が見つめれば、見つめ返してくれる…………マサムネのことが知りたい。

でも今は……マサムネと一緒《いっしょ》にいられれば、それでいい。

「トア……その、とりあえず服を着てくれないか？」

でも時々、よく分からないことも言うけれど……。

あとがき

今、この本を手に取っていただいている読者の皆様《みなさま》、本巻をお読みいただきまして誠《まこと》にありがとうございます。はじめまして、作者の蒸留《じょうりゅう》ロメロと申します。本巻は蒸留ロメロの書籍《しょせき》作品としては一作目になります。人生初の書籍化に向けた執筆《しっぴつ》ということで、今自分ができる最良の状態を目指して取り組みました。

最初に、イラストを担当してくださいましたＧａｒｕｋｕ《ガルク》さんにお礼の言葉を述べさせていただきます。表紙から挿絵《さしえ》に至るまで、本当にありがとうございました。担当編集の方より途中《とちゅう》イラストを送っていただきまして、そのメールに気づいたのが電車の中だったのですが、トアのキャラデザを拝見させていただきました時、思わず口元が緩《ゆる》み、数年ぶりに感動したような気がしました。そしてシエラが想像通りで驚《おどろ》きました。また佐伯《さえき》には衝撃《しょうげき》を受けました。政宗《まさむね》の宿敵がまさかあそこまでカッコよくなるとは思っていませんでした。語ればきりがありません。感謝しています。今後とも、よろしくお願いいたします。

異世界ファンタジーということで、本巻は微笑《ほほえ》ましい物語であったかと思います。次話からはおそらく爽快《そうかい》なものになるかと思います。本作の主人公である政宗の想像していた異世界がそうであるように、異世界は爽快で微笑ましいものでした。ですが政宗は異世界という新たな人生を手に入れたというのに、過去の痛みを忘れることができません。そんな政宗の支えとなるのがトアであり、または異世界です。物語は徐々《じょじょ》に政宗の内面にも入っていき、政宗の痛みが浮《う》き彫《ぼ》りになっていきます。政宗は今後登場する多数の仲間と世界を旅することで、異世界の知識を深めていき、この世界に対しての見方を変えていきます。つまり、物語が進むにつれて楽しい話もあれば暗い話もある訳です。ライトノベルの持つ特色を生かし、そういったものをよりソフトに、より受け入れやすいものとしてお伝えしていければと思っています。

本作ですが、執筆を始める前にコンセプトをいくつか設けました。ですがおそらく考えを二転三転させるだけの材料にしかなりません。物語を読み進めていただくにつれて、何らかの形で皆様に伝わると信じています。ですが基本は異世界ファンタジーです。複雑で難しい話はおいておくとして、この物語では異世界ファンタジーを描《えが》きます。私自身ファンタジー作品が大好きで、小説に限らずこれまで多くのファンタジーに触《ふ》れてきました。その度《たび》に、こんな夢のような世界があればいいなと思い、そんな安易な理由から自分なりの異世界を描きはじめました。きっかけは逃避《とうひ》です。ですが、だからこそ異世界を描くことができます。それが皆様の見たい異世界であるかどうかは不明ですが、少しでも皆様が楽しめるよう、これからも執筆に励《はげ》みます。

本作にお付き合いいただきまして、ありがとうございました。これからも政宗とトア、そして今後登場するキャラクターたちの成長を見守っていただけましたら幸いです。

本書は、2018年にカクヨムで実施された「ドラゴンブック新世代ファンタジー小説コンテスト」で特別賞を受賞した「ニトの怠惰な異世界症候群～最弱職〈ヒーラー〉なのに最強はチートですか?～」を加筆修正したものです。

DRAGON NOVELS
ドラゴンノベルス

ニトの怠惰《たいだ》な異世界症候群《いせかいしようこうぐん》
～最弱職《さいじやくしよく》〈ヒーラー〉なのに最強《さいきよう》はチートですか？～ 1

2019年3月5日　初版発行

著　者　蒸留《じようりゆう》ロメロ

発行者　三坂泰二

発　行　株式会社 KADOKAWA
〒102-8177　東京都千代田区富士見 2-13-3
電話 0570-002-301（ナビダイヤル）

編　集　ゲーム・企画書籍編集部

装　丁　AFTERGLOW

印刷所　大日本印刷株式会社

製本所　大日本印刷株式会社

KADOKAWA カスタマーサポート
［電話］0570-002-301（土日祝日を除く11時～13時、14時～17時）
［WEB］https://www.kadokawa.co.jp/（「お問い合わせ」へお進みください）

※製造不良品につきましては上記窓口にて承ります。
※記述・収録内容を超えるご質問にはお答えできない場合があります。
※サポートは日本国内に限らせていただきます。

定価はカバーに表示してあります。

ISBN978-4-04-073067-7　C0093

DRAGON NOVELS
好評発売中！
0《ゼロ》から始めるノーチートスローライフ
WEB発！
3100万PV超
異世界転移、
地雷付き。
著：いつきみずほ　イラスト：猫猫 猫
邪神の手で異世界転移したナオたち幼馴染3人。
チート無しぎりぎりの状態からスタートしたので、
お互い協力してまずは安定した生活を目指します！
工夫と努力で生活を豊かにする異世界スローライフ。

カクヨム
書籍化作品
異世界相手に“やり過ぎ”なんてことはない
好評発売中！
異邦人、ダンジョンに潜る。
著：麻美ヒナギ　イラスト：クレタ
ドラゴンブック新世代ファンタジー小説コンテスト大賞受賞作！
異世界探査計画の中、ただ一人で放り出されたソーヤ。
目的達成のため、現地人との協力、騙し合い、なんでもあり。
ダンジョン探索と過酷な異世界サバイバルに挑む。
危険と謎に満ちた死と隣り合わせのダークファンタジー、開演！
DRAGON NOVELS